U0398578

红楼梦俗文艺作品集成

戏曲集（四）

朱恒夫　刘衍青　编订

上海大学出版社
·上海·

序言

詹 丹

《红楼梦》所具的百科全书性,单从其与戏曲结缘论,也洋洋大观。

虽然这种结缘让有些学者产生冲动,很愿意相信《红楼梦》作者是一位戏曲家,也费心费力做了研究,所得出的结论,堪称另一种"荒唐言"。但产生这种冲动的原因,是可以理解的。因为隐含在《红楼梦》小说中,作为情节发展和人物性格塑造一部分的元明清戏曲作品,姑且称之为小说文本外的"副文本",随处可见。据徐扶明等学者统计,《红楼梦》共有40来个章回涉及了当时流行的37种剧目,据此,有人夸张地称《红楼梦》中藏着一部元明清经典戏曲史,也并不令人惊讶。

研究元明清戏曲与《红楼梦》文本的关系,努力挖掘涉及的剧目是怎样滋养着《红楼梦》的创作成就,当然是一种重要的研究路径,而且确实取得了令人瞩目的成绩,丰富了我们对《红楼梦》同时也是对那些戏曲作品乃至当时社会文化的认识。当然这仅仅是一方面。

另一方面,《红楼梦》作为一部传统社会的小说巨著,也构成文化创作的丰富源泉,不断激发后人的创作灵感,延伸出大量戏曲改编作品。而且,不受传统戏曲种类局限,辐射到其他各种类别,在近两百年的历史长河中,持续不断,滚滚而来。

虽然本人的研究兴趣在《红楼梦》小说本身,但偶尔对改编的戏曲乃至影视作品也稍有涉猎,这里略谈几句感想。

其实,小说问世没多久,就有了仲振奎改编的共32出的《红楼梦传奇》。由于需要将《红楼梦》小说的基本内容在32出戏中全部演完,就不得不对小说的许多线索进行归并。比如将原本分处于第一回和第五回的木石前盟的神话传说和太虚幻境的情节进行归并。再比如在情节设计中,交代林黛玉的父母在黛玉进贾府前都已去世,这样林黛玉进贾府后不会再有牵挂,也避免再去探望病重的父亲及奔丧之类横生的枝蔓。又比如戏曲中林黛玉和薛宝钗是一起进贾府的,而在小说中,林黛玉和薛宝钗分别在第三回和第四回进贾府。在读小说的时候,读者可能感到奇怪:为什么对林黛玉进贾府有详细的描写,而对薛宝钗进贾府的情况则几乎没有描述,宝玉和宝钗正式见面的场合又在哪里?戏曲改编大概考虑到读者的心理疑惑,于是就安排了两人恰巧凑在一起进贾府,同时也改去了小说第三回中贾政未见林黛玉的情节,而让这两人见到了家中每一位长辈,等等。虽然从整体看,戏曲对小说文本的改造比较多,但出于演出制约和现场效果的特殊需要等,不得不对纷繁复杂的小说情节线索加以重新梳理,使得小说文本一些细腻之处就不可避免地被抹除,原本较能够凸显人物性格差异的精微之处,也不再彰显。

如何看待戏曲改编和小说文本的差异,是一个饶有趣味的接受学问题,这里举两例来谈。

其一,《红楼梦》小说改编而成戏曲的,影响最大、最深入人心的是越剧《红楼梦》。而越剧《红楼梦》改编之所以成功,一般认为,重要原因之一,是改编者在改编过程中做了一个大胆选择:将《红楼梦》小说中家族衰败的主线基本删除,只抓住了宝黛爱情这条线索。当《红楼梦》被改编成一部凸显爱情主题的作品时,尽管在越剧最后部分也有抄家的情节设计,但主要也是为了烘托宝黛爱情的悲剧性。此外,越剧《红楼梦》对小说一些重要情节的处理变动也很有意思。比如,它将黛玉葬花的情节放在了宝玉挨打之后,而在小说中,黛玉葬花在第二十七回,宝玉挨打在第三十三回,当中还间隔了六七回。这一改动让北大教授、曾经也是红楼梦学会会长的吴组缃非常不满。他认为,小说中,宝玉挨打后,林黛玉前来探望,宝玉让晴雯给林黛玉送去两条旧手帕,林黛玉在其上作《题帕三绝句》,通过这些情节的处理,表明两人此时已彻底理解了对方的心意,不可能再有大误会发生。而越剧在这之后,还把小说之前的一段情节挪过来,即林黛玉误以为贾宝玉吩咐怡红院里的丫鬟不给自己开门,然后心生哀怨,在悲悲戚戚中葬花,这样的变动设计是不合理的,也没有理解宝玉挨打后的一系列事件所蕴含的宝黛已经有了默契的深意。但现在回过头来思考这个问题,我觉得还可以有另一种思路。为什么越剧《红楼梦》要进行这样的情节改动?在我看来,情感的高潮与情节的高潮未必相等。在越剧《红楼梦》中,情感是其表现的主要内容,黛玉葬花则是其高潮,不同于宝玉挨打这一情节的高潮。如果黛玉葬花这一幕出现过早,是不符合越剧《红楼梦》高潮设计的整体布局的。

其二,鲁迅曾为厦大学生改编的《红楼梦》话剧写过一篇小序,这就是著名的《〈绛洞花主〉小引》。其中有一段话,十分经典,即"单是命意,就因读者的眼光而有种种:经学家看见《易》,道学家看见淫,才子看见缠绵,革命家看见排满,流言家看见宫闱秘事"。这虽然是从读者反应角度对《红楼梦》主题的经典概括,其梳理也相当精准。但让人感到疑惑的是,何以在这篇短小的"小引"中,鲁迅会强调这个问题?其实,如果我们阅读了《绛洞花主》剧本,就可以意识到,这出话剧对《红楼梦》作出了很大的改动。它甚至安排了"反抗"这样一出戏,让宁国府的焦大和进租的乌进孝等分享反抗的经验,并设计黑山村、白云屯等村民联合起来,要求贾府减轻租税,显示了一个来自底层的人对上层社会的对抗。而这种对抗性,在小说本文中,是很难发现的。即使鲁迅本人不会这样理解小说(就像他在其他场合论及焦大一样),但话剧的改编,把《红楼梦》定位为社会问题剧,鲁迅还是从读者接受的角度,给出了同情式理解。所以"小引"引入种种不同的眼光,其实,也是给话剧的大胆改编提供了合法依据。这在一定程度上启发我们,所谓改编,其实都是后人站在自身立场,对原作的一次再理解和再创作,从而形成持续不断地与原作的对话。从这一思路看,拘泥于作品本身的改编,改编者宣称的所谓忠实于原作,就可能是迂腐的,也是不现实的。

令人感叹的是,《红楼梦》作为白话小说,在当初正统文人眼里应该就是俗的,但时过境迁,它也有了雅的地位,而使得改编的其他类别的文艺作品,成为一种俗。这种雅和俗的微妙分离、变迁和对峙,也是值得讨论的耐人寻味的现象。

朱恒夫老师是我十分钦佩的国内研究戏曲的名家,不但善于发现新问题并加以解决,也勤于收集整理原始资料。之前,他已经主编并出版了数十卷的《中国傩戏剧本集成》,令人叹为观止,如今他和他的高足刘衍青教授搜罗广泛的《红楼梦俗文艺作品集成》也即将面世,知道我是《红楼梦》爱好者,就嘱我写序。以前翻阅顾炎武《日知录》,说"人之患在好为人序",使我对写序一事,颇有忌惮,但朱老师所托之事,又不便拒绝,只能硬着头皮,略写几句感想,反正"人之患在好为人师"方面,我几十年教师当下来,已脱不了干系,再加一"患",有虱多不痒的心理准备。只是一路写来,定有不当处,还请朱老师指正,借此也表达我对朱老师勤勉工作的敬意。

是为序。

2019 年 3 月 15 日

前言

朱恒夫　刘衍青

　　《红楼梦》自问世之后,不断地衍变,至今天,已经形成了一个形式多样、品种丰富的"红楼梦"文艺作品群。我们可以将它们分成五类,即曹雪芹创作的小说《红楼梦》,根据原典改编、续编的小说、戏剧、曲艺和影视剧。因而研究"红楼梦"的"红学"范围也相应地扩大,亦将它们纳入研究的范围。所以,"红楼梦"不仅仅指原典小说,还包括用多种文艺形式改编的作品,"红学"也不只是研究曹雪芹所创作的《红楼梦》的学问。

　　客观地说,《红楼梦》的人物与故事能达到几乎是"家喻户晓,人人皆知"的程度,主要得力于由原典改编的作品,尤其是戏曲、说唱和影视剧,所谓"俗文艺"是也。因为,接受原典的思想和艺术,须具备识字较多和文化修养较高这两个条件,否则,即使了解了故事情节的大概,也是囫囵吞枣、似懂非懂的,甚至阅读的兴趣会越来越小,直至束之高阁。而俗文艺的戏曲、说唱和影视剧就不同了,它们将原典《红楼梦》中的故事内容,通过悦耳的音乐、动人的表演、怡人的景象等,让人们直观理解并得到美的享受。与原典相比,更为不同的是,俗文艺的改编者所呈现的作品,往往选取小说中最动人的故事情节、最为人们关注的人物并对原典的内容进行通俗化处理,接受者用不着费心思考,就能明了作品的思想内涵和人物性格。

　　因原典用精湛高超的艺术手法逼真地描写了复杂的社会生活,表现了能引发许多人共鸣的人生观,故而甫一问世,就受到了读者的欢迎,尤其到了乾隆五十六年(1791),程伟元、高鹗刊行了一百二十回本后,《红楼梦》迅速传播,到了士人争相阅读的地步。为了让更多的人接受,一些文人与艺人将其改编成戏曲或说唱作品。据现存资料看,程高本问世的第二年,仲振奎就写出了第一出红楼戏,名曰《葬花》。说唱可能略晚于戏曲,据范锴《汉口丛谈（卷五）》记载,1808年,汉口的民间艺人开始说唱《黛玉葬花》。随着文明戏的出现,1913年,春柳社等话剧社团开始改编并演出《红楼梦》。最早的电影《红楼梦》问世于1927年,为上海复旦影片公司和孔雀影片公司分别摄制的《红楼梦》无声片;1944年,中华电影联合有限股份公司摄制了第一部《红楼梦》有声片,由卜万苍执导,周璇饰演林黛玉,袁美云饰演贾宝玉。因电视剧这一文艺样式晚出,故而电视剧《红楼梦》直到1987年才出现。但由于电视剧的传播方式不同于戏曲、说唱和电影,它真正达到了让《红楼梦》的故事与人物家喻户晓、人人皆知的普及程度。

将原典小说改编成俗文艺作品的人,除了文人外,还有艺人。文人改编者,其动机多是因为由衷地热爱原典小说,欲让更多的人分享其精彩的故事、发人深思的思想和栩栩如生的人物形象,如仲振奎读了《红楼梦》后,"哀宝玉之痴心,伤黛玉、晴雯之薄命,恶宝钗、袭人之阴险,而喜其书之缠绵悱恻,有手挥目送之妙也",于是他用40天的时间,编成传奇。万荣恩作《潇湘怨传奇》也是出于这样的心地,在购得《红楼梦》后,"披卷览之,喜其起止顿挫,节奏天成,末节再三,流连太息者久焉。因不揣愚陋,谱作传奇"。艺人改编者,则多是受艺术市场引导,样式以说唱为主。他们在改编时,很少像文人那样借他人之酒杯以浇自己心中之块垒,而是力求吻合大多数接受者审美之趣味。

如果说原典《红楼梦》是定型的、不变的话,那么,俗文艺红楼梦则不仅运用新出现的文艺样式,如话剧、电影、电视、歌剧、舞剧、音乐剧,等等,就每一种样式的内容来说,也在不断地变化。仅以戏曲为例,从时间上来说,自1792年仲振奎的传奇《葬花》诞生始,清代相继创编了20部红楼梦传奇、杂剧,今存的就有仲振奎《红楼梦传奇》、孔昭虔《葬花》、万荣恩《潇湘怨传奇》、吴镐《红楼梦散套》、吴兰徵《绛蘅秋》、石韫玉《红楼梦传奇》、朱凤森《红楼梦传奇》、许鸿磐《三钗梦北曲》、陈钟麟《红楼梦传奇》、周宜《红楼佳话》、褚龙祥《红楼梦填词》,等等。民国年间,京剧名角纷纷与文人合作编创新戏,齐如山与梅兰芳、欧阳予倩与杨尘因、张冥飞、冯叔鸾、陈墨香与荀慧生等,刘豁公与金碧艳等,编创了大量的京剧红楼戏。除京剧外,各地方剧种中的名旦也纷纷编演红楼戏,经过长时间的舞台实践,有许多剧目成了粤剧、闽剧、秦腔、越剧、评剧等剧种的骨子戏。新中国成立后,戏曲红楼梦的编演掀起了一波又一波的高潮,仅越剧就有弘英《红楼梦》(1953年)、夏昉《红楼梦》(1953年)、包玉珪《红楼梦》(1954年)、洪隆《红楼梦》(1956

年)、王绍舜《晴雯之死》(1954年)、冯允庄《宝玉与黛玉》(1955年)、张智等《晴雯》(1956年)、徐进《红楼梦》(1958年)、胡小孩《大观园》(1983)、吴兆芬《晴雯别宝玉》《宝玉夜祭》《元春省亲》《白雪红梅》《晴雯补裘》(20世纪80—90年代)等等。除了徐进的越剧《红楼梦》影响较大之外,受观众欢迎的还有吴白匋等改编的锡剧《红楼梦》,徐玉诺、许寄秋等改编的河南曲剧《红楼梦》,王昆仑等改编的昆剧《晴雯》,赵循伯改编的川剧高腔《晴雯传》,徐棻改编的川剧高腔《王熙凤》,陈西汀改编的京剧《尤三姐》,等等。其他剧种如粤剧、评剧、潮剧、湘剧、吉剧、龙江剧、黄梅戏、秦腔等,亦编演了许多红楼戏。

总之,两百多年来,俗文艺红楼梦作品因不断地涌现,已经形成了一个改编、衍变原典小说内容的品种较多、数量庞大的作品群。

对于这些俗文艺红楼梦作品,学人从它们出现时就关注着。早期的红楼梦戏曲研究,多是作者的亲友以对剧本的题词、序、跋等形式介绍其创作的背景、动机,并对作品进行评论,如许兆桂对吴兰徵《绛蘅秋》评曰:"观其寓意写生,笔力之所到,直有牢笼百态之度,卓越一世之规。虽游戏之作,亦必有一种幽娴澹远之致,溢乎行间,不少留脂粉香奁气。"民国时期,学人对红楼梦俗文艺作品,开始以专文的形式发表研究成果,如含凉的《红楼梦与旗人》、哀梨的《红楼梦戏》、赵景深的《大鼓研究》、李家瑞的《北平俗曲略》、方君逸研究话剧的论文《关于〈红楼梦〉的改编——〈红楼梦〉剧本序》等。新中国成立后,因政治的与文艺的原因,"红楼梦"受到了前所未有的关注,"红学"自20世纪50年代到20世纪末,不断掀起热潮,学人除了对原典做深入探讨之外,还对红楼梦俗文艺作品进行全面的研究,其成果之一就是汇编俗文艺作品或包括俗文艺作品在内的资料集,如一粟编的《红楼梦资料汇编》(全二册,中华书局1964年版),阿英编的《红楼梦戏曲集》(上、下册,中华书局1978年版),胡文彬编的《红楼梦子弟书》(春风文艺出版社1983年版)、《红楼梦说唱集》(春风文艺出版社1985年版),天津市曲艺团编的《红楼梦曲艺集》(春风文艺出版社1985年版),台湾"中央研究院"历史语言研究所俗文学丛刊编辑小组编的《福州评话红楼梦》(上、下集,新文丰出版股份有限公司2001年版),刘操南编的《红楼梦弹词开篇集》(学苑出版社2003年版),等等。

然而迄今为止,学界还没有将大部分在历史上产生过一定影响的红楼梦俗文艺作品结集汇编,这无疑是一个缺憾。因为俗文艺作品能够为现在及未来对原典小说《红楼梦》的改编提供经验与教训，能够由它们了解到不同时期的人们对《红楼梦》的审美趣味，能够由它们探讨《红楼梦》的传播范围和深度，也能够由它们而了解到"红学"理论对红楼梦俗文艺作品的影响程度，从而对"红学"发展史有全面而较为正确的认识。

鉴于这样的认识，我们便做了这项工作。之所以称之为"集成"，是因为一定还有遗漏的作品。本集成中，我们仅收录了俗文艺红楼梦的戏曲、说唱与话剧的剧本，而没有收录也属于俗文艺的电影与电视剧的剧本，之所以这样，主要出于这两种文艺样式剧本在其艺术形态中所占的成分不大的考虑。

本集成比起同类的书籍，有两个特点：一是作品较全。民国之前的传奇、杂剧剧本和民国以来的话剧剧本基本上搜集齐全，晚清以来诸剧种的红楼戏剧目和诸曲种的红楼说唱曲目，搜集并刊载了杂剧、传奇、京剧、桂剧、粤剧、秦腔、评剧、越剧、川剧、潮剧、吉剧、龙江剧、曲剧、锡剧、黄梅戏等十多个剧种和子弟书、弹词、广东木鱼书、南音、福州评话、弹词开篇、滩簧、高邮锣鼓书、梅花大鼓、西河大鼓、东北大鼓、京韵大鼓、南阳大调曲子、河南坠子、岔曲、单弦、兰州鼓子、马头调、岭儿调、扬州清曲、四川清音、四川竹琴、长沙弹词、粤曲、山东琴书、相声等二十多个曲种的剧本。当然，由于中国的剧种、曲种实在太多，每个剧种和曲种又有很多的班社，想搞清楚在两个多世纪的时间内有哪些剧种、曲种和有哪些班社编演过红楼戏和红楼曲目，是十分困难的，所以我们也只能说已经尽了自己最大的努力，不敢称"完美"，如果以后发现新的俗文艺作品，再作补遗。二是忠实于原著。为了反映作品原貌，我们尽可能采用最早的版本，如仲振奎的传奇《红楼梦》，用的是嘉庆四年(1799)绿云红雨山房刊本；南音《红楼梦》，则用的是清末广州市太平新街以文堂机器版刻印本。

原典小说《红楼梦》是中国文学的代表作，是中国古典小说的巅峰之作，在艺术审美、历史认知和人生启迪的作用上，古今的任何文艺作品都难以望其项背。文艺创作界为了传承这一宝贵的文化遗产，也为了让当代的人更容易接受它，会持续地对它进行改编；学术界尤其是"红学"界为了挖掘原典和俗文艺作品所蕴含的思想与艺术价值，也会持续地对它进行研究。因此，我们所编的这部集成，无论是对文艺创作，还是对学术研究，应该说都能发挥点积极的作用。

编 校 说 明

本集成的编校整理,遵循如下原则:

一、收录红楼梦俗文艺作品中的戏曲、说唱、话剧剧本,共分为八个分册:"戏曲集"四册、"说唱集"二册、"话剧集"二册。

二、对于收录的剧本,尽可能采用最早的版本,并标注每部剧本的出处。

三、为了尽可能地展现剧本原貌,除必要的文字订讹外,原则上不逐一考订原剧本的疏误。

四、对未加标点的抄本,按现行标点符号使用规范进行标点;难以辨认的字,用□代替。

河南曲剧

红楼梦 ·················· 岳军(执笔) 徐玉诺 许寄秋 3

川剧·高腔

王熙凤 ····································· 徐棻 53
红楼惊梦 ··································· 徐棻 95

川　　剧

薛宝钗 ····································· 谭愫 135

龙江剧

荒唐宝玉 ······························ 杨宝林 徐明望 173

评　　剧

刘姥姥 ································ 卫中 李汉云 209

潮 剧

葫芦庙 ………………………………………… 范莎侠 239

吉 剧

晴雯传 ………………………………………… 田子馥 277

河南曲剧

红 楼 梦

岳军(执笔) 徐玉诺 许寄秋

演员表

家　母——李金波
林黛玉——王秀玲
贾宝玉——张香兰
薛宝钗——赵　华
王熙凤——赵小喜
紫　鹃——高桂枝
雪　雁——秦万春

人物表

贾　母　林黛玉　贾宝玉　王熙凤　贾　政
宝　钗　袭　人　晴　雯　鸳　鸯　雪　雁
焙　茗　莺　儿　紫　鹃　玉　钏　王夫人
傻大姐　侍　从　琪　官　差　官　丫鬟甲
丫鬟乙　小丫鬟

第一场

〔荣国府太夫人贾母起居宴息之正房。迎门为紫檀架大理石屏风,屏前置绣榻,铺猩红洋毯。上设大红金线蟒引枕,秋香色金线大条褥,两边设梅花式洋漆小几。左摆文王鼎,右边设汝窑美人觚,内插时鲜花草。
〔屏后可见上房大院,雕梁画栋,游廊迤逦,挂满鹦鹉、画眉等鸟笼……
〔幕启。灯渐明,音乐声远,鸟声喧噪。

　　　　　〔鸳鸯自屏风后上。
鸳　鸯　廊下谁在？
　　　　　〔两个丫鬟应声自左右两侧上，垂手侍立。
丫鬟甲
丫鬟乙　有，鸳鸯姐姐。
鸳　鸯　老太太吩咐！
　　　　（唱【剪剪花】）
　　　　　　老太太——堂上玉讯传。
　　　　（后台接腔重唱）
　　　　　　说道是苏州城，林姑老爷那边，
　　　　　　黛玉姑娘她的马车若是到府前，
　　　　　　你们速速传报莫迟慢。
丫鬟甲
丫鬟乙　是。
　　　　（接腔）哎……老太太吩咐往外传……
　　　　　〔后台递唱两次全尾。
鸳　鸯　（唱【阳调】）人说林姑娘的船只今日拢岸，
　　　　　　派出去迎接的车马不见回还。
　　　　　　老太太一迭连声催人打探，
　　　　　　暖阁内盼姑娘叨念连天。
　　　　　　林姑娘没见过外婆面，
　　　　　　况又值新丧母绣帏孤单。
　　　　　　老太太惜外孙百般疼爱，
　　　　　　定要她搬进京膝前承欢。
　　　　　〔内颤颤巍巍地喊："鸳鸯！"
鸳　鸯　（回身向屏）老太太！
　　　　　〔鸳鸯趋前侍听，内声隐约不清。
　　　　　〔王夫人上。
王夫人　（唱）老太太盼孙女神思萦念，
　　　　　　顷刻间三倩命阖府不安。

　　　　　到上房来探省宽言解劝，
　　　　　且效那戏彩斑衣暂慰高年。
鸳　鸯　（请安）老太太！
王夫人　老太太此刻如何？
鸳　鸯　还是要传话，催问林姑娘到码头没有。
王夫人　哎！老太太这样操劳如何了得？来！拿骨牌侍候。〔下。
鸳　鸯　是！
　　　　〔台上略静片刻。
小丫鬟　（急急跑上）鸳鸯姐姐，鸳鸯姐姐……
丫鬟甲　（急拉）嚷什么，还有点规矩没有？什么事，快说！
小丫鬟　林姑娘车轿快到府前。〔下。
丫鬟甲　（急趋屏前）鸳鸯姐姐，禀老太太，林姑娘车轿快至府前。
鸳　鸯　知道了！〔下。
小丫鬟　（比前次更匆忙跑上）姐姐，林姑娘快至垂花门外。
　　　　〔外："林姑娘到！"黛玉携雪雁上。
丫鬟甲　（禀报不及，急先上前行礼）见过林姑娘！
黛　玉　（以袖挥止）呀！
（唱【玉娥朗】）
　　　　但只见侯门公府果然不寻常，
　　　　甲第连云九曲藏。
　　　　珠帘垂绣户，
　　　　宝烟满庭芳。
　　　　仆女如云奔走忙。
　　　　曾记得母亲对我讲，
　　　　外祖母门阀甚是赫扬。
　　　　今日来府下，
　　　　诸事要多礼让、敛行藏，
　　　　言谈话语也要多斟量，
　　　　才免得一步差池贻笑大方。
丫鬟甲　禀老太太，林姑娘到！〔行弦。

〔贾母、王夫人、鸳鸯仆妇等屏后拥出。

贾　母　（失声嘶气）黛玉，我的心肝肉……〔直奔堂外。

黛　玉　外祖母，外孙女黛玉拜上……〔跪扑前拜。

〔贾母一把扶起，抢抱入怀内。

贾　母　（接唱【阳调】）
　　　　　望孙女日夜间老泪纵横，
　　　　　到如今见你面犹如梦中。

黛　玉　（唱）外祖母为孙女玉体劳瘁，
　　　　　儿这里代亡母再拜慈情。

贾　母　儿啊……〔更痛。

黛　玉　（哭）母亲！

贾　母　我可怜的黛玉呀！

〔祖孙抱头痛哭。

王夫人　（接唱）老太太还须要多加保重，
　　　　　黛玉更不宜思母伤情。
　　　　　今日婆孙喜相见，
　　　　　老太太，且开怀与黛玉洗尘接风。

贾　母　（抑悲转喜）着着，今日原是喜事，你看我倒喜极生悲了。
　　　　黛玉，这是你二舅母，上前行礼。

黛　玉　二舅母，甥女有礼。

王夫人　免了吧，我的儿。〔拉座。

贾　母　少时拜见你大舅父、二舅父，还有两个嫂嫂、三个姐姐。

鸳　鸯　回老太太，刚才大老爷派人来叫说给姑娘。

黛　玉　是。〔离座，垂首肃立。

鸳　鸯　大老爷说了，连日身上不好，见了姑娘彼此伤心，暂且不忍相见。劝姑娘不必伤怀想家，跟着老太太和舅母是和自己家一样。

黛　玉　遵命。谢过舅父。〔施礼，叹，入座。

王夫人　你二舅父今日斋戒去了，晚上回来再见吧。

黛　玉　是。

王夫人　免礼坐下吧。

黛　玉　谢过舅母！〔归座。
贾　母　你三个姐妹我命人到学里叫她们去了，一时就来。以后你们一起念书、识字、学针线，或偶一玩笑，只是彼此都要有个尽让。
黛　玉　是。
王夫人　老太太少说一个人，我倒要先交待你几句。我有一个不省事的冤家，今日往庙里还愿未回，那是家里个混世魔王。你这里的姐妹都不惹他，少时见面你少理会他。
黛　玉　舅母所说可是衔玉而生的？记得母亲在时常说这个哥哥比我大一岁。虽然淘气，对待姐妹们确是极好。
王夫人　你哪里知道，他和别人不同，自幼老太太疼爱，和姐妹一处娇养惯了。姐妹们在一起有时也甜言蜜语，有时又没天没日、疯疯傻傻的，所以嘱咐你别理会他。
黛　玉　是。
王熙凤　（内叫）老祖宗，我来迟了！〔上。
　　　　哎呀！（唱【谓垛】）
　　　　　　今日贵客远方到，
　　　　　　你看我，七事八事一步来迟——
　　　　　　哎，这简慢了妹妹怎得了！
　　　　　　老祖宗，你见了孙女忘孙媳，
　　　　　　为什么藏起林妹妹不让瞧？
贾　母　你们听听，这个泼辣货。自己来迟了，怕你妹妹怪罪，反倒编排我的不是。（拉黛玉）索性我藏起不让你见！
王熙凤　（拉黛玉）妹妹呀！
　　　　（接唱）我日里想，梦里念，
　　　　　　星星盼月把你盼。
　　　　　　妹妹的人才长得好，〔看。
　　　　　　你们看——
　　　　　　分明是仙女下了凡。
　　　　　　她天性聪明有品行，
　　　　　　哎呀，老祖宗——

　　　　　这个妹妹真算的贞静、贤淑不一般！
　　　　　妹妹，不愧老太太疼爱你，
　　　　　她一天念诵有千遍。
　　　　　你这样的体态与品格儿，
　　　　　纵然是天上人间也难挑选。
　　　　　我长了这么大算头回见。
　　　　　哎！（转【书韵】）
　　　　　只可惜，我这妹妹命薄运浅，
　　　　　俺的姑妈怎舍得就驾返了西天。
　　　　　撇下妹妹年纪幼……
　　　　　哎！可怜的妹妹呀！

贾　母　你看，快给我住了！好容易我心里好受了一些，你又来了。你妹妹虚弱又跑了远路，再引的她伤心，这不是又叫我不安了吗？

王熙凤　（破涕为笑）真是呀，我该打，该打！
　　　　（接唱）这都是见了妹妹想姑妈，
　　　　　　　　我又是喜欢又是心酸。
　　　　（白）来！
　　　　〔丫鬟乙应声上。

丫鬟乙　在！

王熙凤　林姑娘的东西搬完了无有？带来了几个人？房子可曾打扫齐备？

丫鬟乙　东西早已搬完。跟林姑娘来的外仆不算，贴身服侍的一个年老的奶娘王妈妈，一个十岁的小丫鬟雪雁。

贾　母　这怎么能行？总共两人服侍还老的老、小的小。把我身边的二等丫鬟紫鹃给了黛玉。另外按家里的规矩和她三个姐妹一样，除自幼乳母外，再添四个教引妈妈，两个管钗钏盥浴的大丫头。房子也不用另外收拾，就同我住在暖阁碧纱橱里，叫宝玉搬在碧纱橱外的大床上。等过几天暖和了，再给他们收拾房屋。

王熙凤　看老祖宗安排的多周到，只是有些偏心。妹妹一到就把她揽霸到自己房里，生怕别人小气哈她一下！

贾　母　猴儿，你眼馋也不中！除了宝玉我又添了一个心尖子。哎！怎么说了半日,宝玉还没回来?

王夫人　想也快回来了。

　　　　[外:"宝二爷到"。

王熙凤　我说呢,老祖宗福大神通,想谁谁到。

　　　　[宝玉上。

王熙凤　宝兄弟快进来吧,老祖宗正想你想得了不得哩!

宝　玉　(施礼)见过祖母、母亲!

贾　母　宝玉,有远客到此,快上前见过!

宝　玉　这是——林妹妹?

王夫人　正是你林妹妹。

宝　玉　林妹妹,宝玉这厢有礼了!

黛　玉　宝哥哥,黛玉还礼。

贾　母　(笑)你看看这两个小人儿,竟是这样的知礼。

宝　玉　(拉黛玉)林妹妹![呆看半晌。

　　　　[黛玉亦审视宝玉。

宝　玉　
黛　玉　(同)呀!(唱【阳调】)乍一见便觉面善,似曾相识可又记不全。

宝　玉　老太太,这位林妹妹我早认识的。

贾　母　(向王夫人)你听,尽说呆话。你妹妹向未来过咱家,你又何时见过?

宝　玉　虽未见过,心里倒像早就熟了,恍若久别重逢一般!

贾　母　好好……

　　　　(接唱)你二人如此投缘我更喜欢。

宝　玉　妹妹!

　　　　(唱)手拉着我的妹妹仔细看,[看。

黛　玉　(背白)想不到这位哥哥异样多端,未见面光听说他百般淘气。今见他谈吐不俗,举止大方。

　　　　(唱)倒觉得另是一般情致缠绵。

宝　玉　(唱)妹妹读书是哪几种?

黛　玉　(唱)略识几字微通经。

宝　玉　(唱)妹妹芳名如何叫?

黛　玉　（唱）黛玉二字是乳名。

宝　玉　哎！

（唱）黛玉二字甚可人，

　　　送你个表字叫颦颦。

　　　你是否也有这块玉？

黛　玉　（唱）这一件宝物世原稀。

宝　玉　怎么！妹妹没有？

黛　玉　这原是一块稀世之宝，哪能人人都有？

宝　玉　啊！什么宝物，分明不是好东西！〔顿时发作如狂，将玉摘下摔地上，丫鬟、仆妇一拥抢起。熙凤过去拉住宝玉。

贾　母　冤家，你生气了打人骂人都容易，何苦摔这命根子？

宝　玉　（哭诉）什么命根子？家里姐妹都没有，单我有，我说没趣。如今来了一个神仙一般齐整的妹妹，她也没有，算什么宝物？连人的高低都不识，算什么好东西！

贾　母　又胡闹了！谁敢说你妹妹没有玉？她原有一块，只为你姑妈去世之时，舍不得你妹妹，家中人就将那块玉殉葬了。这也是你妹妹的孝心，妹妹说没有原是谦逊之理。你这个都不懂，还不给我戴上？小心你老子知道！〔亲与戴玉。

王熙凤　宝兄弟真是聪明千载糊涂一时，连这个谦虚之理都不懂，真是羞……闹了这半天，老祖宗酒宴早已摆好了。是摆在这里，还是别处？我还等着给林妹妹敬酒洗尘呀！

贾　母　都怨宝宝给我搅糊涂了。摆到暖阁里吧，来！（起身拉黛玉）宝玉扶住我。（一手拉一个）咳！正是：堂上黼黼皇恩重，膝下儿孙百岁春。哈哈……

王熙凤　老祖宗请！

〔贾母扶宝玉、黛玉款步入暖阁。

〔王夫人正待举步，丫鬟自后跑上。

丫　鬟　太太，金陵薛姨太太家有人下书。〔递上。

〔王熙凤接书呈夫人。

王熙凤　太太请看。（待王夫人略看毕）太太，姨母来信说些什么？

王夫人　说是你姨妈家蟠儿与人争买一个丫头,打死人命。人家告到应天府案下,如今他们全家进京来了。

王熙凤　官司没什么不了。姨母一向金陵居住,这次能来与太太叙叙别情,倒是喜从天降。不知何日到京?

王夫人　信上说三口五口就到。你该安排人等准备迎接,再将咱那梨香园房舍收拾出来,姨妈来时就在那里居住。一来,我们老姐妹多年不见,早晚说话方便;二来你表妹宝钗这次进京原是为进宫待选的,外间不宜居住。

王熙凤　是!哎呀,刚刚来了个林妹妹,这又添了个宝姑娘,咱们家里越发热闹了!真是家有德庆多亲故,来得越多越兴旺。请吧太太,老太太那边还在等着咱们哩。

〔王夫人前行,王熙凤稍后,相将转入屏后。幕落。

第二场

〔二幕外。宝玉上。

宝　玉　(唱【阳调】)林妹妹刚刚到府中,
　　　　薛姨妈全家又进京。
　　　　薛姨妈她带个宝姐姐,
　　　　居住在府内梨香园中。
　　　　宝姐姐典雅人亲敬,
　　　　聪明知礼诗书通。
　　　　闲无事今日将她访,

〔内喊:"宝二爷!"
〔宝玉止步,焙茗跑上。

宝　玉　(唱)问焙茗为何事行色匆匆?

焙　茗　二爷呀!
　　　　(唱【扭丝】)这几天不见面,焙茗我好煎熬,
　　　　想找你又不敢走近大观园。

宝　玉　哎!什么事?

焙　茗　(唱)怕二爷闷出病,

    我偷偷到街前,

    买闲书,孝敬二爷心烦。

   〔怀中取书,双手高举。

宝 玉 《西厢记》!

焙 茗 (说板)管它《西厢记》《东厢记》,只听人说这本书有趣。说的是:张君瑞看上了崔莺莺,普救寺里退贼兵。老夫人嫌弃把婚昧,出来个红娘打不平。半夜拉住她小姐,西厢偷偷去配张生……

宝 玉 哎呀,才子佳人信有之,真乃至情至理好文章,好文章啊!

   (唱【满舟】)西厢记,寓意深,

    满纸真情醉人心。

    难得这成眷属俱是有情人,

    愿天下姹紫嫣红满园春。

焙 茗 (唱【阳调】)管它夏,管它春,

    总算我没有白费心。

    既然二爷心欢喜,

    你如何赏我这大功臣?

宝 玉 明日赏钱一吊买果子吃。〔欲下。

焙 茗 (拉住)谁没见过一吊钱?把这荷包香囊赏了我吧!〔伸手就解,宝玉劈手夺过,焙茗死缠不休。

宝 玉 这是林妹妹给的,谁也不能要!

   〔焙茗指另一个。

焙 茗 那一个?

   〔宝玉从身上取下另一个。

宝 玉 拿去!〔欲下。

焙 茗 (拉)二爷,你可不敢把《西厢记》带进大观园。要叫姑娘们看见,告到老爷跟前,可就要了我的小命啦!

   〔宝玉拔腿就走,焙茗追。

焙 茗 二爷,二爷!(顿足)我的小祖宗!〔匆匆追下。

   〔二幕开,大观园沁芳闸在望。

   〔宝玉上,四顾无人。

宝　玉　（唱【阳调】）沁芳闸春水碧波漾，

　　　　　　花深树幽花草香。

　　　　　　懒念那八股文，

　　　　　　此地正好读《西厢》。

　　　　〔宝玉袖中取出《西厢记》，坐在太湖石上，默然品读。一阵风过，吹落许多桃花。

宝　玉　落红成阵！（看满身满地花瓣）落红成阵！妙啊！

　　　　（唱【阳调】）恰读到绝妙词落红成阵，

　　　　　　风过处吹落了桃花满身。

　　　　（唱【汉江】）好文章自生香耐人细品……〔归坐原处。

　　　　〔黛玉上，见宝玉捧着书看得出神。

黛　玉　好用功啊！

　　　　〔宝玉闻声，赶紧把书掩起，回头见是黛玉始放宽心。

宝　玉　啊！林妹妹……

黛　玉　（接唱）什么书引得你这样出神？

　　　　（白）你读的什么书？

宝　玉　不过是《中庸》《大学》。

黛　玉　哟，这可要"蟾宫折桂"了。

宝　玉　你取笑我什么？

黛　玉　谁叫你在我面前弄鬼！趁早拿出来我看！〔说着便伸手要。

宝　玉　妹妹你看！（稍加迟疑）千万别告诉别人！〔交黛玉。

黛　玉　《西厢记》，（品味）《西厢记》……〔坐下细读。

宝　玉　这才是一本好书啊！

　　　　（唱【北柳】）字字珠玉，锦绣文章，

　　　　　　非经非典非寻常。

　　　　　　管叫你沁肺腑满口生香。

　　　　〔宝玉左右回绕，注意黛玉神情。

黛　玉　果然是好文章啊！

　　　　（唱【鼓尾】）这样的好书真稀少，

　　　　　　词句惊人手笔高。

　　　　　　阖卷犹见人物在，

　　　　　　一个个音容笑貌历历神韵画描。

　　　　　　怪不得一过目你着了魔道，

宝　玉　（唱）怎禁得意惹神驰，不忍便抛。

黛　玉　（唱）只看到书中绝妙处，

　　　　　　禁不住一阵阵心动神摇。

宝　玉　（唱）我是那，多愁多病身，

　　　　　　你是那，倾城倾国貌。

黛　玉　（怒甚）你说什么？

宝　玉　（自知鲁莽，急辩）我没说什么。

黛　玉　胡说！〔满面含嗔。

　　　　（唱）混账话，信口道，

　　　　　　真叫人，气难消。

　　　　　　舅父面前将你告。

　　〔黛玉说着就走，宝玉吓得惊慌失色，手足无措，拦阻赔礼。

宝　玉　（唱落【江怨】）我本无心，胡言乱道，

　　　　　　或打或骂，任你开销。

　　　　　　求妹妹千万饶我这一遭。

黛　玉　（不禁失笑）吓得这样还尽管胡说，呸！

　　　　（白）却原来也是个"银样的蜡枪头"。

宝　玉　你说说，你咋也说这个？我也告诉去。

黛　玉　啊！

　　　　（唱）你说你能过目成诵，

　　　　　　难道我就不能一目成行？

宝　玉　好妹妹，快读书吧！

　　〔两人坐下，继续同读《西厢记》。

第三场

　　〔宝玉带醉上。

宝　玉　（唱【阳调】）薛大哥今日摆寿宴，

　　　　　　传严命骗我到席前。
　　　　　　偶遇琪官两相慕，
　　　　　　兴至哪怕颓玉山。
　　　　　　踉跄跄转回怡红院，
　　　（白）开门！
　　　［袭人秉烛上。

袭　　人　谁呀？
宝　　玉　开门！
　　　［晴雯上。

袭　　人
晴　　雯　是二爷。

　　　（接唱）问二爷为什么这般时候你才回还？
宝　　玉　朋友处吃酒吃多了两杯。
袭　　人　这又奇了，分明是白日老爷传话将你唤走，怎么又到朋友处吃酒？
宝　　玉　哪里是老爷唤？（取出汗巾）将这拿去与我好好收存。
袭　　人　哪里来的这汗巾哪？
宝　　玉　席前琪官相赠。
袭　　人　琪官，她是什么样人？
宝　　玉　忠顺王府优伶。
袭　　人　优伶？那不就是唱戏的戏子吗？
宝　　玉　哎，你怎们也说这等话？
袭　　人　哎！难怪老爷成日说，五经四书不读专好结交下流。
宝　　玉　什么下流？好端端一个清白女人家，从哪儿学这些混账话。难道戏子就亲近不得？［拂袖向床。
袭　　人　二爷呀！
　　　（唱【银扭丝】）休怪俺为奴婢饶舌规劝，
　　　　　　二爷你人长树大立志要当先。
　　　　　　四书你不温理。
　　　　　　那仕途经济全不历练，
　　　　　　一味老贪玩！

　　　　　老爷说八股举业是经世之言，
　　　　　偏偏是提起这你就厌烦。
　　　　　不从老爷教，行事多乖偏，
　　　　　全不思立身扬名把亲显。
　　　　　怎做堂堂儿男？

晴　雯　（不耐烦）哎呀！二爷早已睡着。你还拉呱个什么？

袭　人　（无奈）哎！把人的心都操碎了，他却无半点体谅。

晴　雯　（打趣地学袭人口吻）哎，不体谅人的宝玉呀，宝玉，把管家婆的心都操碎了……

袭　人　死丫头！跟着凑趣，二爷不学好，倒像趁了你的心愿！

晴　雯　哎哟，你倒找我的不是了。我凭什么趁愿？二爷好不好是爷儿们自己的事，与我这当奴才的何干？况且就结交个戏子有什么玷辱他的地方？我不信那戏子就不是父母生养？一般为人，为何偏作践她下贱？纵是下贱，我看我当丫头的也没有嘴脸去说笑人家，拿我出的什么毒气？

袭　人　我的小奶奶，一句话就拉出一大篇，我劝你少轻狂些吧。

晴　雯　我哪里有你好？出了名的大贤人，平日又会替老爷太太管教宝玉。要不，太太还一月额外多给二两银子月钱？

袭　人　死丫头，我且不和你拌嘴，去看看门户关好没有。

晴　雯　哼！〔下。

袭　人　我恨的牙痒痒！要不是这个狐狸精撑住胆子，二爷怎能如此放荡！唉……〔坐灯下做针线。

　　　　〔宝钗上。

宝　钗　（唱【四股绳】）
　　　　　堂上有礼罢，黄昏过庭院。
　　　　　闻道说宝兄弟醉卧在怡红。
　　　　　踏芳尘，度幽径，姗姗而前行。
　　　　（白）开门。

袭　人　晴雯，门外是谁？
　　　　〔晴雯上。

晴　雯　谁叩门呀？

宝　钗　是我,袭人!
袭　人　是宝姑娘!
　　　　〔晴雯开门,袭人迎宝钗进门。
宝　钗　袭人,天色还早,怎么就把院门闭了?
袭　人　姑娘哪里知道,我们这位爷喝了酒,如今沉睡昏昏,闭上门好让他躺一会儿。
宝　钗　宝兄弟酒还未醒?
袭　人　哎!也不知道在哪里喝的如此烂醉。上午原说老爷唤出,家中都捏着一把汗,回来时却说赴了宴,叫人不明不白。问又不说。哎!老爷素日管教严谨,偏二爷一味骄纵放任,为这招的老爷成日不乐,他只是不听。这怎么不叫人忧烦!
宝　钗　怪不得太太不断夸你懂事,原来却在宝兄弟身上竟是这样的勤谨用心!
袭　人　我哪里便能体谅太太的心意了,只不过自幼在老太太房中长大,后来又给了宝二爷。这番看承恩义,纵是把心全用在二爷身上,也难报答一分半分。眼看着二爷年岁日增,还是照旧贪玩,在姐妹行里厮混又没个分寸,怎不叫人着急!
宝　钗　这话也是。你是个明白人,凡事只要替太太操些心,往后亏负不了你。
袭　人　姑娘说的,我哪里敢妄想?但见二爷能读书上进,不负老爷太太平日所教,我就服侍一场也算光彩。只顾说话,姑娘稍坐,我去打茶来。〔下。
宝　钗　你看她是丫头,说话倒是很有见识。
　　　　(唱【坡儿下】)宝兄弟娇生惯养习性放诞,
　　　　　　　　　　　平日里厌读书一味贪玩。
　　　　　　　　　　　多亏了袭人丫头她遇事多规劝。
　　　　　　　　　　　难得她身为奴婢,
　　　　　　　　　　　确实温良恭俭令人敬羡。
　　　　〔宝玉梦中跃起。
宝　玉　姐姐!休提那金玉良缘,俺只念木石前盟。〔复扑睡。
宝　钗　(惊异)他……他是做梦啊!
　　　　(唱【斗鹌鹑】)听宝玉,梦中言,
　　　　　　　　　　　暗泄机关心曲转。

不由人，神思黯，
一阵怔忡耳热心寒。
（转【慢垛】）进京来早已是春花烂漫，
柳絮飘时光飞暗度流年。
漫道争说金玉事，
系红丝呀，好事多磨古难全。
听宝玉梦寐见金玉褒贬，
说什么木石盟好合前缘。

宝　玉　袭人打茶来！
宝　钗　呀！
（转【扭丝】）此事且不论，男女有大范。
怕的是宝玉醒来两腼颜。
〔莺儿上。
莺　儿　开门！
〔晴雯开门，莺儿入内。
宝　钗　（接唱）我转回蘅芜院。〔欲下。
莺　儿　姑娘叫我好找！
宝　钗　嘘！〔指床上有人睡觉。
〔莺儿噤声，宝钗往外走。
晴　雯　有事没事跑来了，踢塌门槛子，坐折板凳。三更半夜，叫人不得睡觉。
〔使气下。
〔袭人端茶上。
袭　人　姑娘怎么要走啊？
宝　钗　我该回去了！
袭　人　姑娘稍待，我还有事要说——
宝　玉　茶！
袭　人　来了！
宝　钗　什么事，说吧！
袭　人　我想请莺儿妹妹给我们几根穗子。
宝　玉　我口渴得很哪！

袭　人　（忙赶跟前）二爷,茶在这里。

宝　玉　和谁尽说话?

袭　人　宝姑娘来好一会儿了?

宝　玉　（起身）宝姐姐来了,你怎么不叫我?（出）宝姐姐请坐!

宝　钗　我要回去了,宝兄弟。

宝　玉　忙什么！袭人怎么不端茶? 宝姐姐请坐。

　　　　〔袭人为宝玉整理衣服、戴玉。

宝　钗　你照顾宝兄弟吧!

莺　儿　宝二爷让我看看你的玉。成日听人说,今日可要仔细看看。〔宝玉摘玉,袭人接过递给莺儿,同看。

　　　　〔黛玉上,打门。

黛　玉　开门!

晴　雯　又打门！谁呀?

黛　玉　是我!

晴　雯　都睡了,明天再来吧!

黛　玉　是我,还不开门!

晴　雯　凭你是谁,二爷吩咐了,一概不许放人进来!〔下。

　　　　〔黛玉怅然,欲待再喊,猛听见——

莺　儿　姑娘,这玉上还有字呢:"莫失莫忘,仙寿恒昌。"哎呀! 这字和姑娘金锁上的话一样。

宝　钗　胡诌什么? 死丫头!

宝　玉　原来姐姐的锁上也有字,我倒要鉴赏鉴赏!

宝　钗　休听她说,哪有什么字?

宝　玉　好姐姐,让我看看吧!

　　　　〔宝钗递锁。

　　　　（念）"不离不弃,芳龄永继。"〔重。

袭　人
　　　（接过看）这真是稀罕事儿。〔相对笑介,齐念。
莺　儿

　　　不离不弃,芳龄永继。
　　　莫失莫忘,仙寿恒昌。

莺　儿　哎呀！这竟是一对呢！

黛　玉　啊！〔震惊欲倒。

袭　人　真是——〔不好再说下去。

宝　玉　竟是一对？（忽感不快）哎……

宝　钗　（瞪莺儿一眼）时候不早了，我们回去吧！

袭　人　姑娘再坐会儿！

宝　钗　不早了！〔出。

宝　玉　待我送姐姐。〔同出门，黛玉躲过一边。

宝　玉　姐姐慢走！

宝　钗　你安歇吧！〔下。

黛　玉　（自语）宝玉，你……
　　　　〔宝玉进门又止。

袭　人　怎么不进房啊？

宝　玉　告诉宝姐姐，小心路上的青苔滑倒！

袭　人　你安歇吧！我的爷！〔砰然关门，拉宝玉下，闭二幕。

黛　玉　（刚至门）好！（忽然若狂）好宝玉呀！〔跟跄退步。
　　　　（幕后伴唱）方才房中比金玉，
　　　　　　　　宝钗宝玉两情真。
　　　　　　　　此情此景亲闻见，
　　　　　　　　雪崩魂飞泪涌心。
　　　　〔宿鸟正避，凄鸦惊鸣……
　　　　〔黛玉痴痴如醉，遥遥欲颓。
　　　　〔紫鹃上。

紫　鹃　姑娘叫人好找啊！〔扶。

黛　玉　紫鹃。〔欲言又止，咳。

紫　鹃　姑娘，怎么站在这里？也不管这苍苔露冷，花径风寒。倘若受了惊，岂不又要添病？天色这样晚，宝二爷为何不送你？

黛　玉　谁要他送！

紫　鹃　定是二爷和姑娘拌嘴，姑娘且不要生气。他就是那样脾气，等会儿姑娘再说也是一样。方才老太太命人来说，明天是芒种节，叫姑娘早上和宝二爷一起到她屋里吃饭。老太太要带你们到大观园里饯花神呢,咱们回去吧!

黛　玉　饯花神?〔点头默默移步。

紫　鹃　是啊,饯别花神。老太太高兴,明天府里又要热闹一番。

黛　玉　(自语)他们又要热闹了,哎!

　　　　花谢花红飞满天,

　　　　红消香断有谁怜?

紫　鹃　姑娘不要生气!〔慢慢扶黛玉下。

第四场

〔芒种节。大观园中树枝花梢均用彩绸扎结。

〔贾母等祭饯花神,游园。

〔众丫鬟牵红缕彩线,婆娑上场。

〔内声:"哎,不要走!"

〔众丫鬟上。

〔鸳鸯指挥众丫鬟打扫山后花树。

众　　(唱)老太太今年兴致新,

　　　　亲到院中饯花神。

　　　　带领姑娘们到处游,

　　　　绣带满园飘香沉。

王熙凤　(内)老祖宗,让我扶你!

〔贾母、王夫人、王熙凤、宝钗、宝玉、丫头等上。

贾　母　哈……

　　　　(唱【剪锭花】)艳阳天,

众　　(唱)游赏大观园。

贾　母　(唱)莫道三春花事残。

众　　(接腔重唱)莫道三春花事残。

王熙凤　老祖宗,歇息一会儿吧!

贾　母　好!〔众将相归座。

王熙凤	（接唱）花飞春城香满天，
	难得是老祖宗心中喜欢。
	白玉堂前福寿添。
众	（接腔重唱）白玉堂前福寿添。
贾　母	你这泼辣货，真会凑趣。今日芒种节乃是闺中女儿家饯送花神的日子，与我这老太婆何干？怎么又拉扯起我来了？
王熙凤	今日虽是女儿家节日，只是敬的却是花神。老祖宗里里外外有多少如花似玉的孙女儿，就是花神哪有这福气？依我看，你就是花神、花仙、花菩萨、花奶奶、花祖宗也不为过——
贾　母	（笑）你们听听，就凭她这张巧嘴……
宝　钗	二嫂子纵是再巧，留心看，总是巧不过老太太。
宝　玉	老太太，林妹妹今日怎么还不见来？
贾　母	你林妹妹身子不大好，她就不来了。
宝　玉	林妹妹病了，我怎么不知道？待我去看她——
王熙凤	哟，宝兄弟，真是听风就是雨。这半日痴痴呆呆地一声不响，听见林妹三个字，就慌了脚。我看今天难得老祖宗高兴，你就陪着玩一会再去吧！
贾　母	宝玉，这阵子不要再去闹腾你妹妹，等一下到她那里看看就是了。
王熙凤	老祖宗，果品茶点，已摆在滴翠亭上多时。咱们到那里再歇息吧！
贾　母	好！（宝钗扶）今天就索性乐一乐。宝丫头想吃什么，只管说来。我有本事叫你凤姐姐弄了来吃。
王熙凤	妹妹千万别说。老祖宗要不是嫌人肉酸，早就把我也吃了呢！
众	哈……［大笑下场。
幕　内	（合唱）看不尽满园春色富贵花，
	说不尽满嘴献媚奉承话。
	哪知院中另有人，
	偷撒珠泪葬落花。

［一阵落花缤纷，黛玉携花带锄未随风飘然而出。

黛　玉	（唱）花谢花飞飞满天，
	红消香断有谁怜？

（白）想我黛玉，父母双亡，寄人篱下。外祖母纵然怜惜，怎比自己父母？虽有宝玉温存体贴，不料昨夜比金论玉，可怜我一片痴心竟是白费了。更值这时节，落花满地，恰似我红颜薄命，怎不使人倍增感伤啊！
（唱哭【汉江】）离潇湘出绣帷来把花葬，
　　　　　千种愁万重恨忧怀自伤。
〔杜宇声中，黛玉摇摇欲坠，缓缓步行。
（转【诗篇】）一声声杜鹃啼留春不住，
　　　　　双落影啊顺水流倍增感伤。
　　　　　把花锄偷撒泪心酸难禁，
　　　　　谁怜我似落花身世凄凉！
　　　　　尔今死去侬收葬，
　　　　　未卜侬身何日丧？
〔远处传来贾母等笑语喧闹之声。
〔黛玉不禁默然。
　　　　　看起来最难是人情反复间，
　　　　　最恨宝玉变心田。
　　　　　一年三百六十日，
　　　　　风刀霜剑两相逼。
　　　　　质本洁来还洁去，
　　　　　不叫污浊陷沟渠。
　　　　　但愿今日生双翅，
　　　　　随花飞到天尽头。
　　　　　天尽头，天尽头，
　　　　　呀！天尽头，何处有香丘？
　　　　　可有惜花人，
　　　　　肯把艳骨收。
　　　　　独把花锄葬落花，
　　　　　一抔净土掩风流。
〔宝玉上。
（葬花，念）侬今葬花人笑痴，他年葬侬知是谁？

〔至此不念皆厌,不觉大恸失声。

(唱哭【扫板】)一朝春尽红颜老,

　　　　花落人亡两不知。

〔宝玉早已痴倒山石之上,至此已大恸失声。

宝　玉　(重唱)一朝春尽红颜老,

　　　　花落人亡两不知。

黛　玉　啊!人人都笑我痴,难道还有一个黛玉不成?(看)原来是这个狠心短命……〔掩口叹气,欲下,哭。

宝　玉　妹妹,妹妹,我知道你不理我。我只说一句话,从此便丢开手。

〔黛玉上。

黛　玉　请讲!

宝　玉　说两句话,你听不听?〔黛玉回身便走。下。

〔袭人上。

宝　玉　妹妹慢走,妹妹……嗳!〔哽咽。

袭　人　你怎么还不回去呀?

〔宝玉一把拉住袭人。

宝　玉　妹妹,你怎么还想不开呀?我的心事几年也没敢说过,今天对你说出来,死也甘心!我为你也弄了一身病,睡梦里也忘不了妹妹……

袭　人　二爷,你这是哪里话呀?老太太找你快去呢!

宝　玉　(醒觉)啊!……〔羞下。

袭　人　啊呀!这可如何是好啊!

(唱【阳调】)二爷心事对我讲,

　　　　把我错认林姑娘。

　　　　日后若有荒唐事,

　　　　大家难免祸一场。

〔忧郁万绪,惴惴不安,叹声叹气下。

第五场

〔潇湘馆,黛玉凝坐妆台,对镜伤神。

幕　内　(合唱)春风吹老梨花面,

　　　　　冷雨敲窗梦难全。
　　　　　黛玉能有多少泪？
　　　　　春夏秋冬流不干。
　　　　〔紫鹃端药上。
紫　鹃　姑娘，请用药！
黛　玉　端下去！〔伤心、叹气。
紫　鹃　姑娘！怎么又伤心了？这又何苦……
黛　玉　（制止）给鹦鹉添食去吧！
　　　　〔紫鹃默然出门，宝玉上。
宝　玉　紫鹃！
紫　鹃　二爷！（向内）姑娘，宝二爷来了！
黛　玉　紫鹃，不要让他进来！
　　　　〔紫鹃暗示宝玉入内，宝玉稍停入内。
宝　玉　林妹妹——
　　　　〔黛玉拂袖而起，冷眼相对……
宝　玉　妹妹，前几日几句玩笑话，惹你生气，今日特向你来赔礼。
黛　玉　你我不相干，谁要赔礼！〔背身。
宝　玉　（笑呵呵）好妹妹……
黛　玉　（怒）动手动脚，是何道理？〔拂袖欲去。
宝　玉　（失望，冷言自语）既有今日，何必当初？
　　　　〔黛玉止步。
黛　玉　今日怎样？当初又怎样？
宝　玉　哎！（唱【银扭丝】）
　　　　　当初妹妹刚来到，宝玉我终日陪你玩笑。
　　　　　我的东西你说要，任凭着姑娘你来挑。
　　　　　我的东西你爱吃，双手给你捧着——
　　　　　什么花儿你愿戴，我亲自到花园内找。
　　　　　什么鸟声你爱听，我拿来挂在帘梢。
　　　　　丫头们侍奉你，我唯恐不周到。
　　　　　事事说在先，件件亲照料。

咱有话两人说，有书两人瞧。
你哭时我陪泪，你喜欢我先笑。
就是同胞生，也不过——也不过这样好。
谁知你人大心大把我来抛。
如今你，对宝玉全不睁眼瞧，把许多从前事一笔勾销。
三天不理我，隔两天又着恼。
无故生闲气，哪管人受不了。
可怜我满腹屈，全然无人晓。
我纵然有错处，任你来开销。
或是骂几句，或是来开导。
或是将我打，或是将我饶。
你若是不理我，所为哪一条？
我屈死冤死也难消。

林黛玉　（唱【谓垛】）休提你的冤屈苦，说起来我的冤屈深似海。
　　　　那晚我到怡红院，你为何不叫丫鬟把门开？

贾宝玉　（唱）这是哪里说起？我要知道有此事，
　　　　定叫我死在眼前无人理，万世不能再投胎！

林黛玉　（唱）有便有，无便无，像我这草木之人怎敢怪？
　　　　你何必对我发誓来！

贾宝玉　（唱）黄昏后来了宝姐姐，也不过坐了片时便离开。

林黛玉　（唱）比金论玉好畅快，临行时谆谆嘱咐多关怀。

贾宝玉　啊！林妹妹！（转【莲花落】）
　　　　你说话不管好和歹，不该说出金玉来！
　　　〔急摘下玉。
　　　　我为何还把你来戴？砸碎你方除掉孽胎祸根！
　　　〔砸玉。
　　　〔黛玉急拉宝玉。

黛　玉　（唱【满舟】）砸碎它你不如砸死我，
　　　　跟它生气太不该！

宝　玉　（唱）砸碎它又与你何干碍？

　　　　　　　〔黛玉指玉穗。

黛　玉　（唱）这这这是我亲手做起来的。
　　　　　　　〔宝玉揪掉玉穗，投给黛玉。
　　　　　　　〔黛玉恼恨万端，拿起就剪。

宝　玉　（唱【撩子】）看起来我是白白认识了你，
　　　　　　　枉费了我一片苦心。
　　　　　　　你你，你你总是想不开。

黛　玉　（唱【汉江】）既然你心里没有金玉在，
　　　　　　　为什么又怕人将它提出来？

宝　玉　（转【阳调】）妹妹终究不相信，
　　　　　　　满腹冤屈难辩白。
　　　　　　　拿剪刀剖开肚肠叫你看——
　　　　　　　〔欲自刎。

黛　玉　（拉住）可怜我一片痴心千愁万虑，我，我自己也排遣不开……〔哭。

宝　玉　（泣不成声）……妹妹……

黛　玉　（无限怜惜）不必再讲，你的话我全都明白了。
　　　　　　　〔两人对哭，黛玉见宝玉用自己的袖子拭泪，将自己的手帕投去，宝玉拾起。

紫　鹃　（捧上茶）姑娘，怎么还未梳妆？都怪二爷，大清早起，一来就招姑娘伤心！

宝　玉　哎！你姑娘哪里是伤心，她是在欢喜呀！你看她不是笑了吗？（逼）笑了！（代笑）哈哈……

紫　鹃　真是不是冤家不聚头！

黛　玉
宝　玉　不是冤家不聚头！〔黛玉为宝玉挂玉。

宝　玉　妹妹，再给打一个吧？
　　　　　　　〔黛玉惨笑。

宝　玉　待我与妹妹理妆！

黛　玉　咳！你真是我命中的魔星。
　　　　　　　〔宝玉代黛玉理妆。

第六场

〔宝玉摇扇蹒跚上。

宝　玉　（唱）书斋里闷热如火焚,苦读四书八股文。
　　　　　　　头晕目眩苦难禁,乘凉且去碧梧荫。
〔袭人内喊"二爷"上。

袭　人　老爷叫你前庭会客。

宝　玉　读书,会客;会客,读书！整天是应酬事务。你们也不让我清闲清闲！

袭　人　快去吧！贾雨村老爷一定要见你！

宝　玉　混账人,混账人,天天不断,真是岂有此理！

袭　人　这真是混账事？老爷叫你会客,原为给你结交几个官场朋友,日后也好有个前程照应。前日宝姑娘为此劝你也是好意,你给她那样难堪,要是林姑娘——

宝　玉　林妹妹从来不谈那些混账话。她要也说这些混账话,我早和她生分了！

袭　人　劝你读书上进,是混账话吗？

宝　玉　原是混账话！

袭　人　快换衣服吧,别叫老爷等急了。〔拉宝玉。

宝　玉　唉！〔无可奈何地随袭人下。
〔侍从上。

侍　从　有请老爷！
〔贾政自内岸然上。

贾　政　何事？

侍　从　现在忠顺王爷府差官要见老爷。

贾　政　啊！（思忖）忠顺王府？我家与忠顺王府素无往来,到此何事？（向侍从）里边有请！

侍　从　里边有请！〔下。
〔王府差官上,贾政出迎。

贾　政　大人驾临,有失迎讶,望祈见谅！

差　官　岂敢,岂敢！〔揖让而入,就坐如仪。献茶毕。

贾　政　请问大人……

差　官　下官此来,有事相求,敢烦老先生做主!

贾　政　有何见谕,学生定然遵谕承办!

差　官　只需老先生一言即可!

贾　政　(倒抽一口气)这……

差　官　我们府里,有一个戏子,名叫琪官,乃是王爷最爱之人。他一向好好在府,如今竟然三朝五日不归,各处寻找无着。闻听人言,他近日与令郎过从亲密。下官只得回明王爷,特来面求老先生转致令郎:请将琪官放回,以慰王爷奉退之意,也免下官寻觅之苦。〔施礼。

贾　政　啊!(又惊又气)哎呀! 大人请坐,待学生唤逆子出来。

　　　　（向外）唤宝玉前来见我!

　　　　〔内声:"是!""请二爷!"

　　　　〔宝玉上。

贾　政　(一见宝玉,不等施礼)你这该死的奴才!

　　　　(唱【落江】)你终日游荡,做事荒唐。

　　　　　　引逗琪官,何等草莽!

　　　　　　在外边无法无天把祸闯!

宝　玉　(倒抽一口冷气)这这,这是从何说起呀?

差　官　(冷笑)公子不必隐晦,现有证据,休怪直言——请问那汗巾怎么系在公子腰间?

宝　玉　这个……〔如雷击顶,目瞪口呆。

贾　政　快讲!

宝　玉　大人!（唱【阳调】）

　　　　　　那琪官对歌舞早已厌倦,暗地里置买下茅舍数间。

　　　　　　许是他归东篱潜隐不现,弃旧业理桑种豆南山。

差　官　既然如此,待我去寻。若有便罢,若无有少不得再来请教!

贾　政　学生实在汗颜之至,改日定当亲往请罪!〔暗暗擦汗。

差　官　下官告去!

贾　政　恕学生无礼!（向宝玉）且退一旁,回来我有话问你!

差　官　老先生留步!

贾　政　大人请!〔贾政送差官下,返身折回。

贾　政　快将宝玉给我绑下！

　　　　〔侍从只得齐声答应："是。"

贾　政　天哪，天哪！想我贾氏门中，乃诗礼簪缨之族，富贵功名之家，竟出此不忠不孝的逆子！奴才！

　　　　（唱【阳调】）全不念光灿灿胸悬金印，

　　　　　　　　　　败家规无王法诲盗诲淫。

　　　　　　　　　　趁今日结果了孽障狗命，

　　　　　　　　　　也免得到日后你弑父弑君！

　　　　　　　　　　取大棍来！把他拉下去与我着实打死！

　　　　〔侍从等拉宝玉下。

贾　政　（接唱）快把院门闭紧，

　　　　　　　　不许出入一个人。

　　　　　　　　谁再往里去传信，

　　　　　　　　打断两腿血染尘。

　　　　（白）与我重打，重打，重打，重重地打！

　　　　〔幕内一片笞杖声，渐缓渐停。

贾　政　为何不打？拉上来！

　　　　〔侍从拉宝玉上。

侍　从　启禀老爷，哥儿打重了。

贾　政　狗才！〔贾政一脚将侍从踢开，夺了板子，一下将宝玉打倒。正欲举板再打，被扶着玉钏跑上来的王夫人伸手拉住。

王夫人　老爷住手！宝玉虽然该打，老爷也要保重。打死宝玉事小，倘若气着老太太岂不事大？

贾　政　夫人休提此言。我养了孽子已是不孝，趁今日结果了他的狗命，以绝后患！拿绳子来，把他勒死！

　　　　〔王夫人拖住宝玉。

王夫人　老爷要管教儿子，也应看在夫妻份上。我如今年已五十，有此子，必定苦苦以他为法。我也不敢深劝，不如先勒死我，再勒死他！母子们在阴司里也有个依靠。（抱住宝玉）宝玉，苦命的儿啊……〔大哭起来。

　　　　〔贾政长叹一声坐在椅上，泪如雨下。

贾　政　罢罢罢,今日定要将我气煞!

　　　　〔内声:"老太太到。"话未完,只听见贾母颤巍巍的声音:"宝玉……"贾母扶着鸳鸯摇头喘气上。

　　　　〔凤姐随上。

贾　政　(躬身赔笑)老太太,暑热天气,何必自己走来?

贾　母　先打死我,再打死他!

　　　　〔贾政忙跪下。

贾　政　儿子管他,也为的是光宗耀祖。老太太这话叫儿子如何担待得起!

贾　母　一句话就禁不起,难道你那板子宝玉就禁得起了?(泪下)你不要跟我赌气,分明是多见于我。我走了看谁还叫你管教儿子?快吩咐外边打轿,我回南京去!

　　　　〔侍从们只得答应。

　　　　〔贾政叩头谢罪。

贾　政　儿子不敢,还求老太太不要生气,以后再不打他了!

贾　母　儿子不好,原该管教,但不该打到如此地步。宝玉……你这不争气的冤家……

第七场

　　　　〔音乐声中开启二幕,宝玉躺床上。袭人立床侧。

袭　人　二爷!〔掀起衣服。
　　　　哎呀!怎么打成这样子了。我的娘——竟然下这样的毒手!

宝　玉　(轻轻推袭人)不要理我。若被人看见,你比金钏的罪,不更大十分?

袭　人　我的爷爷,安生一会儿吧!

宝　玉　哎!

　　　　〔宝玉阖眼欲睡。袭人轻轻抚摸。

　　　　〔内:"宝姑娘到了。"

　　　　〔袭人掩住宝玉的下体。宝钗上。

宝　钗　宝兄弟,宝兄弟。(见宝玉不应)宝兄弟睡着了?袭人,晚上把这药丸用酒研开,替他敷上,把淤血散开就好了。(轻声)宝兄弟……早听人一句话,也不至有今日。

31

袭　人　可不是，但凡听人一句话，也到不了这步田地！
宝　钗　教他静养一时，少时我再来！〔下。
　　　　〔袭人送宝钗出，返身欲下。
宝　玉　哎呀，不好了……〔哭醒。
袭　人　二爷，二爷你怎么啦？
宝　玉　琪官被王府绑走了！
袭　人　我的小祖宗，你照顾自己吧！家里上上下下都为你牵肠挂肚，你一点也不体谅！他算什么东西？也值得你这样操心？〔见宝玉闭目不听乃止，持药下。
　　　　〔黛玉哭上。见宝玉伤重，伸手欲抚，复退回。
黛　玉　（唱【哭阳调】）鲜血淋淋透衣红，不由阵阵心内疼。
　　　　不知是昏还是醒，紧锁双眉眼不睁。
　　　　舅父这样心肠狠，（转【阳调】）忍心毒手下绝情！
　　　　前事茫茫无踪影，人生坎坷路不平！
　　　　〔宝玉渐为哭声惊醒，睁眼一看是黛玉，急欲起来，禁不住疼痛失声。
宝　玉　哎呀！〔又倒下。
　　　　〔黛玉急至床前。
宝　玉　你来做什么？毒日头底下不要中了暑，那可怎么好啊？我虽然挨了打，倒也不觉得疼。我这样是装着哄他们，你可别当真了。
黛　玉　这回你可都改了？
宝　玉　你放心，我就是为这些人死了，也是心甘情愿！
　　　　〔晴雯匆匆上。
晴　雯　二爷，姨太太、二奶奶都来看你来了！
黛　玉　我从后边回去，一会儿再来！〔欲下。
宝　玉　（拉住）这又奇了，怎么又怕起她们来了？
黛　玉　你看我哭成什么样子？（指眼）要叫他们看见又该拿咱们取笑了。〔下。
宝　玉　妹妹。（猛想起一事，回头向晴雯）晴雯！
晴　雯　二爷！
宝　玉　林妹妹回去，不知要哭成什么样子呢，你快去劝劝她。
晴　雯　我去说些什么呢？

宝　玉　你就说……宝玉的伤不疼了……

晴　雯　只这一句,多没意思啊!

宝　玉　(取手帕)你把这送去。

晴　雯　怎么是两条手帕?

宝　玉　去吧,她会明白。[晴雯欲下。

宝　玉　哎,还有——你叫她— 放心……

晴　雯　(不解)啊?……[顿悟,飞快下。

第八场

[贾母随王夫人、宝钗上。

贾　母　(唱【阳调】)万岁恩德如海洋,
　　　　　　举家老少沾恩光。
　　　　　　盼望宝玉成人大,
　　　　　　显亲扬名家道昌。

[玉钏上。

玉　钏　老太太、太太,老爷命我来问张家给宝玉提亲的事。

王夫人　请老太太指示,怎么回答人家?

贾　母　我倒忘了!我们宝玉岂能入赘他家?这断使不得!宝玉的亲事,我早有主意,必是知根达底,亲上加亲才行。

王夫人　老太太说的是!

王熙凤　若论宝兄弟的婚事,我倒想起来了。

贾　母　猴儿,你倒说说。

王熙凤　不是我在老祖宗跟前说句大胆的话,一个"宝玉"一个"金锁",老祖宗怎么忘了?

贾　母　咳,我真是糊涂了!哈哈哈!
　　　　(接唱)宝丫头生有宜男相,
　　　　　　　金玉良缘最相当。

王夫人　(唱)宝玉得她常相劝,
　　　　　　久后定然福寿长。

贾　母　我倒想起来了,近来林丫头忽然病了、忽然好的,谁知原有些知觉了。

像咱们这种人家的女儿一有了心病，成什么体统？我所以不想把林丫头配宝玉，也是为这一层。因此我也渐渐没有疼她的心肠了。

王夫人　老太太，倒是把他两个的婚事早些办了吧！

贾　母　自然要先给宝玉娶了亲，再给林丫头说婆家。没有先外人后自己的理。

王夫人
王熙凤　老太太说的极是！

贾　母　啥事都有个亲疏远近，外孙女究竟和孙子隔一层。

（唱【阳调】）回去对他老子讲，

　　　　我定要给宝玉定妻房。

　　　　明天你亲自求亲去，

　　　　凤丫头你把媒人当。

王熙凤　（接唱）不是我夸口说大话，

　　　　走一趟姨妈便承当。

贾　母　（接唱）这事别叫胡乱讲，

　　　　院内外谨防透风墙。

王熙凤　（对丫鬟）你们可听见了，宝玉的亲事，谁漏半句口风，小心她的皮！

贾　母　可完了我一桩心事，哈哈哈……

王夫人　（赔笑）哈哈哈……

第九场

〔潇湘馆外，紫鹃坐在檐下做活，若有所思，慢慢停针。

紫　鹃　是奇怪……

（唱【阳调】）那一日与雪雁廊下谈话，

　　　　刚说到宝二爷定了姻缘。

　　　　猛听到"哎呀"一声叫，

　　　　姑娘在房中昏倒床边。

　　　　一霎时只病的朱颜改变，

　　　　手脚冰冷双目紧闭紧咬牙关。

　　　　好容易醒转来也不把药用，

　　　　为什么到今日陡然好转？

〔雪雁端燕窝粥上。

雪　雁　紫鹃姐姐，姑娘的燕窝粥好了。

紫　鹃　先放下吧，姑娘这回刚躺下。

雪　雁　哎呀，真吓人呀！姑娘的病来得快去得急，真是奇怪。

紫　鹃　你这一说，我倒想起来了。三姑娘打发侍书来探病，我拉住她问道："二爷定亲的话到底从哪里传出来？"

雪　雁　侍书怎么说啊？

紫　鹃　她说："张家提亲是真，只是老太太没有答应。"

（唱【扭丝】）老太太心中早有打算，

　　　　二爷亲事不向外边选。

　　　　亲上又加亲，就在大观园，

　　　　要知根达底，才貌双全。

（白）一定是姑娘又听见了。

雪　雁　对呀！要不，等老太太来时，她便要饭吃、要水喝了。

紫　鹃　怪不得人家说："心病终要心药治，解铃还须系铃人。"多亏她好了，以后可别胡说乱道了。

雪　雁　你放心！从今以后，我就是亲眼看见宝玉和别家姑娘结了亲，再也不露一个字了。

紫　鹃　快给姑娘送燕窝粥去。（二幕开）这一位心事已就，但不知那一位端的怎样！

宝　玉　（内）紫鹃！

紫　鹃　二爷！〔打定主意试探宝玉。

〔宝玉上。

宝　玉　林妹妹可大好了？

紫　鹃　大好了！自从天天喝燕窝粥，能出外走动了。

宝　玉　只要天天不断，吃上两三年就再也不害病了。

紫　鹃　一年也吃不成，回家去哪有闲钱吃这个？

宝　玉　谁回家去？

紫　鹃　林姑娘回苏州老家去。

宝　玉　回苏州？

紫　鹃　迟则一年，少则半载。这里就是不送，林家本族人也要来接。
宝　玉　你胡说。
紫　鹃　林家也是世代书香，难道能叫自家姑娘住一辈子亲戚家不成？
宝　玉　我回老太太不放她走！
紫　鹃　老太太也没有留她的理，难道长大就不出嫁了？
宝　玉　那，林妹妹也不答应。
紫　鹃　林姑娘正打点着，预备回去呢！
宝　玉　啊？
紫　鹃　前日姑娘叫我交代你，把你们小时候赠送的东西，收拾收拾给她，她也正打点还你的东西呢！
宝　玉　这可是当真？
紫　鹃　不信便罢，何必问我？〔故意做活。
宝　玉　好妹妹，（拉紫鹃）你别哄我。
紫　鹃　（挣脱）一年小两年大的，拉拉扯扯，成什么样子啊！
宝　玉　啊……〔神色改变，呆若木鸡。
　　　　〔袭人上。
袭　人　二爷，回去吃饭罢，啊！……他怎么了？紫鹃？
紫　鹃　二爷问姑娘的病，我对他说了说。
袭　人　紫鹃，你去回老太太，我是不管啦！〔哭。
　　　　〔黛玉上。
黛　玉　袭人怎么了？
袭　人　也不知道这小姑奶奶说了什么，他回去眼也直了，手脚也凉啦，捏着也不知道痛了。
黛　玉　如今呢？
袭　人　已经死了大半啦！〔下。
黛　玉　啊……〔呕，几乎栽倒。
紫　鹃　姑娘！〔急上前扶住，为黛玉捶背。
黛　玉　（推开）你也不用捶，你不如拿绳子勒死我吧！
紫　鹃　我不过说了一句咱们要走了，他就认真了。
黛　玉　啊！你赶快去解说，赶快去……

〔紫鹃不顾黛玉,先跑下,黛玉望影许久。

黛　玉　(又恨又痛地)紫鹃,你——啊!
　　　　(唱)你不知深浅真少有,
　　　　　　谁叫你饶舌信口诌?
　　　　　　哪堪晴天霹雷骤,
　　　　　　教人担惊又担忧。
　　　　〔雪雁上。

雪　雁　姑娘,院子里有风,小心受了寒。
　　　　〔黛玉含泪,如未闻。

雪　雁　(近前)姑娘,屋里去吧!
黛　玉　(摇头不语)……唉!〔无力地坐下。
雪　雁　姑娘,披上这件斗篷吧?
　　　　〔黛玉点头,雪雁抖开,掉下一个绢包。

黛　玉　什么东西掉了?
　　　　〔雪雁给黛玉披上斗篷,拾绢包。

雪　雁　是个手巾包,我送回去吧?
黛　玉　拿来!〔打开一看,不觉泪下。
雪　雁　姑娘,还看这个玉穗干啥?那已经是过去的事了。那时候,今日好了,明日恼了。要是像如今这样,怎能把它剪了?
　　　　〔黛玉把残穗递过去,又看手帕。

雪　雁　宝二爷让晴雯送来的两个手帕,姑娘都写了字,不能用了。还叫我收拾起来吧!
黛　玉　(唱)诗帕两幅拿在手,
　　　　　　无限往事涌心头。
　　　　　　秋雨潇湘题诗夜,
　　　　　　疾病寸心倍增愁。
　　　　　　眼空蓄泪泪空垂,
　　　　　　暗洒闲抛却为谁?
　　　　　　尺幅缎绢劳惠赠,
　　　　　　为你哪得不伤悲?

　　　　　抛珠滚玉只偷洒，
　　　　　镇日无心镇日闲。
　　　　　枕边袖边难拂拭，
　　　　　任它点点与斑斑。

雪　雁　姑娘，叫我把它收起来吧？
　　　　〔黛玉不忍再看，交与雪雁，雪雁依旧包好。下。
　　　　〔紫鹃上。
紫　鹃　（自语）这样实心实意，真是难得……
黛　玉　（急近前）紫鹃！宝玉的病怎么样子？
　　　　〔合二幕。
紫　鹃　我去到以后，宝玉见了我，才哭出来，一把抓住我的手死也不放。
黛　玉　如今怎样了？
紫　鹃　好是好了，只是说话还是着三不着四的……
黛　玉　那你还回来做什么？
紫　鹃　二爷不放我，老太太叫我拿铺盖服侍他两天呢。
黛　玉　嗯，你过去可不要胡说八道了，你要再胡说，姑娘我可不要你了。
紫　鹃　我再也不敢了！姑娘，宝玉的心倒实，听说咱们走就急得那样……（见黛玉不理，便自语地）常说一动不如一静。最难得的是自幼一处长大，彼此什么都知道了——
黛　玉　这丫头又胡诌乱道起来了，还不快去！
紫　鹃　（自语）我愁了几年了，不如趁老人家活着，早拿定主意要紧！
黛　玉　你疯了，谁问你来！
紫　鹃　我是为了姑娘！〔下。
　　　　〔黛玉沉思。
　　　　〔紫鹃抱铺盖上。
紫　鹃　姑娘，我去吧？
黛　玉　去吧。
紫　鹃　（忍不住）常言道："万两黄金容易找，知心一个最难求。"〔下。
黛　玉　（念）"知心一个最难求！""知心一个最难求！"
雪　雁　（内）姑娘，回来吧！

黛　玉　唉！〔拭泪。下。

第十场

〔幕启。荣喜堂。贾母、王熙凤、鸳鸯、傻大姐等上。

贾　母　（念）接二连三不遂意，

　　　　　　　伤心哪堪老来愁。

　　　　（唱）家道不祥多不幸，

　　　　　　　凤藻宫里娘娘薨。

　　　　　　　舅太爷升了大学士，

　　　　　　　偏又死在归途中。〔归座。

王熙凤　老太太不必烦恼！〔又悄悄拭泪。

贾　母　（接唱）宝玉得了糊涂病。

　　　　　　　请医求神未见轻，

　　　　　　　前日与他算过命，

　　　　　　　金命之人把喜冲。

　　　　（白）你婆婆找老爷商量娶亲的事，也不知怎么样子？

王熙凤　想必已经说过了。

　　　　〔王夫人上。

王夫人　老太太。

贾　母　你来的正好，给宝玉冲喜的话，你可曾对他老子说了？

王夫人　已经说过了。

贾　母　他是怎样讲的啊？

王夫人　老爷光说只是眼前有些不妥。

贾　母　怎么？

王夫人　随后我把老太太的主意告诉了他，他说老太太想的果然周到。只是不数日他就要赴外任，应酬来往的宾客，没有工夫。

贾　母　这不用他管，我自有安排。我当他真的不要宝玉了呢！

王夫人　自己儿子，他岂有不疼之理！

王熙凤　何况宝玉是个单根独苗，谁不是指着他过呢？

贾　母　哎！眼看一家子七零八落，只有宝玉还像他爷爷积分。

王熙凤　我就去对宝玉说明,看他怎样。他要是明白,这法子就灵了。要是还糊涂,这法子便用不上了。

贾　母　只怕揭穿了,宝玉没天没日地闹起来。

王熙凤　这原是哄他一时。等他知道,不是生米已经做成熟饭了?

贾　母　那你去吧。

王熙凤　是![得意地下。

贾　母　宝玉的病,原先只知道是因为贵妃娘娘死了,迎春丫头嫁到孙家受尽折磨。一来为他两个姐姐伤心,二来又为风寒所致。谁知道他听了林丫头回南京的鬼话以后,倒病得日重一日,竟自糊涂起来。

王夫人　这原是他们姐妹们的情肠。

贾　母　他和林丫头的情景我早就看出八九分了。像咱家的这种女孩儿,一有了心病成了什么样子?所以我近来越发没有疼林丫头的心肠了。

王夫人　倒是先顾全金玉要紧。

贾　母　凤丫头这个主意倒好,亏她想得出来。

王夫人　要是真的灵验,倒是宝玉的造化。

贾　母　只是太委屈宝丫头了。

王夫人　宝丫头是个明白人,有担待,这一层倒不必过意。

　　　　[王熙凤急上。

王熙凤　老太太,太太——

贾　母
王夫人　(急问)怎么样啊?

王熙凤　老祖宗可真是灵验啊!

(唱【剪剪花带垛】)

　　　　方才我去试宝玉,张口先叫宝兄弟。
　　　　我说特意给你来道喜,庆贺兄弟快娶媳。
　　　　老爷给你娶媳妇,问宝玉欢喜不欢喜?
　　　　我又说给你娶的是林妹妹,恁俩是一处长大的。
　　　　他不由一阵哈哈笑,说的话也不大离。
　　　　宝兄弟随后就来到,他要给老祖宗多作几个揖。

　　　　[宝玉上。

宝　玉　（唱）方才凤姐对我讲，我与林妹妹配姻缘。
　　　　　　　我的心病陡然愈，只觉得浑身是力有精神。
　　　　（白）老祖宗，（恭恭敬敬）宝玉有礼！
贾　母　宝玉你的病才好，要好好调养。
宝　玉　是。
王熙凤　宝兄弟，你怎么谢谢我这个大媒人呀？
宝　玉　好姐姐，大媒人，宝玉有礼！
王熙凤　老爷说了："宝玉快要娶亲了，已经是大人了。以后不许你再胡闹了！"
宝　玉　你才胡闹哩！林妹妹呢，我去找她说说。
王熙凤　找她说什么呀？
宝　玉　我叫她"放心"。
王熙凤　才说罢，又胡闹了。人家当新人了，怎好见你呀？
宝　玉　早晚总要相见……这一回林妹妹可放心啦。〔下。
　　　　〔玉钏上。
玉　钏　老太太，洞房收拾好了。
贾　母　咱们看看新房去。〔众下。
　　　　〔傻大姐上。
傻大姐　鸳鸯姐姐，到明天就更热闹了。把宝姑娘娶过来，又是宝姑娘又是宝二奶奶，这可怎么叫啊？
王熙凤　（回身）蠢材！（打）再要胡说，腿给你打折。〔下。
　　　　〔傻大姐哭下。

第十一场

〔黛玉坐在椅上读书，心有所思地立起身来，慢慢地走出房。

黛　玉　（唱【慢垛】）宝玉病我不便把他瞧看，
　　　　　　　老太太又叫他搬出园。
　　　　　　　闺中的姐妹们都躲躲闪闪，
　　　　　　　丫头们也在那花前柳下窃窃私语。
　　　　　　　又好似被我听见，
　　　　　　　莫非是到如今天从人愿……

〔紫鹃上。

紫　鹃　姑娘!

黛　玉　紫鹃,你到哪里去了?

紫　鹃　园外去了。

黛　玉　去找袭人姐姐了吗?

紫　鹃　我找她做什么呀?

黛　玉　啐!

　　　　(唱)你找她与不找与我何干?

　　　　(不好意思地笑道)快给我打杯茶来!

紫　鹃　是!〔暗笑下。

黛　玉　(唱【慢垛】)曾记得芒种节同把话葬,

　　　　　　沁芳闸俺二人共读西厢。

　　　　　　解烦闷问冷热常来潇湘,

　　　　　　结诗社欢欢乐乐咏海棠。

　　　　　　海棠花死一载忽然开放,

　　　　　　大观园秋色佳着了新装。

　　　　　　到何时春雷一声响,

　　　　　　任劳燕双飞云天徜徉。

〔傻大姐哭上。

黛　玉　傻大姐,难道你还有什么委屈吗?

傻大姐　我只说了一句没要紧的话,二奶奶便打我……

黛　玉　没头没脑地,到底说了些什么呀?

傻大姐　就只说二爷娶亲的事。

黛　玉　啊!(高兴地)那她为什么打你呀!

傻大姐　我们老太太和太太、二奶奶商量好了,要给宝二爷娶妻冲喜。我又不知道他们怎么商量的,我只说:"明儿把宝姑娘娶过来,又是宝姑娘又是宝二奶奶,这可怎么叫呢?"林姑娘你评评这个理,这也犯不着打我呀!

　　　　(幕后伴唱)好一似塌了青天沉了陆地,

　　　　　　魂如风筝断了线飞。

　　　　　　眼面前桥断、树倒、石转、路迷,

难分辨南、北、东、西。

黛　玉　啊！〔强抑制。傻大姐拭泪下。
　　　　〔紫鹃捧茶上。

紫　鹃　姑娘，喝茶吧！

黛　玉　(骤闻人声，满腹辛酸齐涌上来)呕……〔几乎栽倒。
　　　　〔紫鹃急丢茶扶住。

紫　鹃　姑娘怎么了？(见血猛惊)哎呀！雪雁快来！
　　　　〔雪雁急上，帮忙搀扶。

雪　雁　姑娘，姑娘！

黛　玉　(手指前方，半天说不出来话)……我……要问问……宝玉……

紫　鹃　姑娘，身子要紧，回家歇歇吧！

黛　玉　啊！回家！这就是我回去的时候了！〔甩开手向内走去，至床前，身子一晃倒在床上。
　　　　〔紫鹃追上前去。

紫　鹃　(唱)实可怜林姑娘孤孤单单，
　　　　　　　满怀的心事无处言。
　　　　　　　无亲人谁把她怜念，
　　　　　　　只落得终日病魔缠。
　　　　　　　与姑娘亲如手足常相伴，
　　　　　　　这模样怎能不愁煞俺紫鹃。
　　　　(白)姑娘！你躺躺吧！
　　　　〔紫鹃暗示雪雁，雪雁下。

黛　玉　紫鹃妹妹，我是不中用了。
　　　　(唱)可叹我黛玉多薄命，
　　　　　　　自幼孤苦失双亲。
　　　　　　　数载冷落多悲苦，
　　　　　　　幸有宝玉知心人。
　　　　　　　我哭时陪我流眼泪，
　　　　　　　喜时跟我笑吟吟。
　　　　　　　寒送炭火暑送扇，

　　　　　　有病时一日三探情义深。
　　　　　　春蚕到死丝方尽,
　　　　　　蜡炬成灰泪始干。
　　　　　　情愿一线从今断,
　　　　　　魂冷京城黯家山。
紫　鹃　姑娘保重!
　　　　(唱)姑娘安心调养,
　　　　　　莫听风言自悲伤。
　　　　〔隐约传来鼓乐吹打声。
黛　玉　这是什么声音?
紫　鹃　这……这是窗外秋风吹得竹叶响。〔暗暗拭泪。
黛　玉　雪雁哪里去了?
紫　鹃　雪雁去请老太太了。我叫她到上房请老太太去,片刻就回来。
　　　　〔雪雁上。
雪　雁　紫鹃姐姐。
紫　鹃　她们可曾来?
雪　雁　谁也不会来了!
紫　鹃　怎么?
雪　雁　一家人上上下下挂灯结彩,都忙着给宝二爷娶亲呢!
紫　鹃　(猛惊)啊!
黛　玉　呕……
　　　　〔紫鹃、雪雁急忙进内。紫鹃扶黛玉坐起,雪雁捧起痰盂。
黛　玉　(吐痰毕)你们两个说的什么?
紫　鹃
雪　雁　姑娘,俺俩个没说什么呀!
黛　玉　(冷笑)你们不要再瞒我了!
　　　　(唱)看起来,外婆疼我是假意,
　　　　　　忍心要我一命亡。
　　　　　　恁不要再把我怜念,
　　　　　　我把这生死二字丢一旁!

河南曲剧

（白）诗稿……

〔雪雁取过诗稿递与黛玉。

黛　玉　诗稿呀，诗稿！我白费心思了！

（唱）海棠花开结社时，

　　　与我同赋海棠诗。

　　　海棠凋零又复开，

　　　深情一去不再来！

（白）手帕！

〔雪雁取净手帕与黛玉，黛玉随手扔掉。

黛　玉　题……诗……的……

〔雪雁取题诗手帕。

紫　鹃　姑娘，要那题诗的手帕何用？看见了又要伤心！

〔黛玉不肯缩手，雪雁不得已递过去。黛玉狠命地撕，撕不动。

黛　玉　（唱）赠帕时空叫人心酸感叹，

　　　　残灯下题诗句血泪斑斑。

　　　　说什么眼空蓄泪泪空垂，

　　　　说什么为你哪能不悲伤！

〔雪雁捧火盆至窗前。黛玉将诗稿、手帕投火内，渐不支躺下。

紫　鹃　姑娘，姑娘……〔声嘶。

〔鸳鸯上。

鸳　鸯　紫鹃，紫鹃！

〔紫鹃出外尚自掩泣……

鸳　鸯　（惊）林姑娘怎么样了？

紫　鹃　鸳鸯姐姐……〔泣不成声，向内指。

鸳　鸯　我再见见林姑娘。（哭进）林姑娘，林姑娘……

王熙凤　（内）鸳鸯！

鸳　鸯　（觉）哎！紫鹃妹妹来，我有句话跟你商量。

〔紫鹃随出。

紫　鹃　姐姐。

鸳　鸯　妹妹，二奶奶叫你去侍候前面的事。

紫　鹃　怎么……她还没有死……你们不用撵。等她死了,我们自然会出来
　　　　……不要这样赶尽杀绝!

鸳　鸯　妹妹,你只顾出气,也不看看我是谁?唉!我不能怪你,原该这样……
　　　　叫雪雁跟我去吧。

　　　　〔紫鹃不答。下。

雪　雁　姐姐!

鸳　鸯　你又是跟林姑娘来的,你去搀新人吧!

雪　雁　姑娘……

鸳　鸯　妹妹,二奶奶那脾气,咱扭不过人家。

雪　雁　(回头)姑娘……

鸳　鸯　妹妹,走吧!我的心快碎了!〔携雪雁。

　　　　〔孤雁哀鸣。

　　　　〔黛玉闻之而起。紫鹃急忙扶。

黛　玉　(唱)孤雁长空啼声悲,
　　　　　　　彻夜哀鸣叫的谁?〔向紫鹃。
　　　　　　　我悲悲切切为哪个?
　　　　　　　为什么……
　　　　　　　这一点情根偏被那雨打风摧!
　　　　(白)紫鹃,只有你是我的亲人了!
　　　　(唱【阳调】)箱中现有百两银,
　　　　　　　你与雪雁去赎身。
　　　　　　　我死后送我回苏州原郡,
　　　　　　　恁两个回家去奉养双亲。

　　　　〔远处音乐又起。

黛　玉　(站起来,一手指着)宝玉!宝玉!你你……〔气绝。

紫　鹃　姑娘!姑娘!姑娘……

　　　　〔二幕外,迎新入洞房。

第十二场

紫　鹃　(内唱)可怜姑娘把命丧!〔急跑上。

可怜姑娘把命丧!

〔雪雁上。

雪　雁　（接唱）宝玉与人拜过堂!

紫　鹃
雪　雁　　含悲泪来在园门外,

〔两人碰在一起。

紫　鹃　谁?

雪　雁　啊!姐姐!

紫　鹃　雪雁,你怎么能回来啊?

雪　雁　宝二爷与宝姑娘拜过堂了。

紫　鹃　啊!

雪　雁　姐姐,你怎么不照顾姑娘啊?

紫　鹃　她……死了!

雪　雁　啊!〔哭泣。

紫　鹃　快去看守姑娘遗体,我报丧去!

雪　雁　他们都在洞房热闹,这如何使得?

紫　鹃　事到如今,我还怕的什么,你快回去!〔雪雁急下。

紫　鹃　（愤恨填膺）宝玉,宝玉,我看着你怎么见我!

（接唱）报丧言我偏去你洞房!〔急下。

〔开二幕。

〔鼓乐声中,贾母、王夫人、王熙凤、袭人、鸳鸯、玉钏、莺儿,分别搀宝玉、玉钗上。宝钗坐一边。

王熙凤　宝兄弟,你得叫她新娘啦!

〔宝玉微笑。

王熙凤　老祖宗,咱们走吧!宝玉今天劳累了,早些安歇了吧!袭人,可要尽心服侍。

袭　人　是!

〔齐下。只剩宝玉、宝钗、袭人、莺儿。

宝　玉　妹妹!

（唱）多日没见妹妹面,

　　　　　妹妹身上可大安？
　　　　　可喜今日都称愿，
　　　　　妹妹从此放心宽。
　　（白）妹妹，这算什么规矩，还等哥哥我给你揭盖头吗……好妹妹……（伸手欲揭又缩回）妹妹……（揭开）啊？！这是梦吗……林妹妹！（向外冲去）〔王熙凤上。

王熙凤　（急挡）宝兄弟，你往哪里去呀？

宝　玉　我找林妹妹！

王熙凤　宝兄弟，你和宝姑娘已经拜过堂了。你要知道："三头磕在地，百年不能移。"不能再找你林妹妹了。

宝　玉　啊！……〔怔怔地，呆若木鸡。
　　　　　〔紫鹃急上。

紫　鹃　宝玉，你好……

王熙凤　（挡住）不要在此，快走！

宝　玉　紫鹃，林妹妹……

紫　鹃　林姑娘她死啦！〔愤下。

宝　玉　啊？！
　　　　　〔宝玉惊呆，少顷又要冲，王熙凤、贾母拉。

第十三场

　　　　〔幕启。紫鹃、雪雁灵前焚纸祭奠。

紫　鹃
雪　雁　哎呀！姑娘，姑娘啊！

紫　鹃　（唱【阳调】）林姑娘死得真可怜，

雪　雁　（唱）还没有一人来问一言！

紫　鹃　（唱）谁不是父母恩养大，

雪　雁　（唱）可怜你死在大观园。

紫　鹃　（唱）这厢壁冷冷落落，凄凄惨惨，

雪　雁　（唱）那厢壁热热闹闹，喜喜欢欢。

紫　鹃　（唱）你生前空费了痴心一片，

| 紫 鹃
| 雪 雁 | 灵堂前只有俺紫鹃和雪雁。

［宝玉上。

宝 玉 妹妹！（见灵位）啊！哎呀！林妹妹呀！
（唱）紫鹃与我把信送，
才知道妹妹丧了生。
可恨我一步来迟了，
我的林妹妹……
临终的一面我也见不成！
林妹妹你要睁开眼，
你看我深更半夜来祭灵。
自从你病重直到死，
我都未能在跟前。
一家人老老少少瞒着我，
不露一点风声！

紫 鹃 （唱）假惺惺地将谁骗？
姑娘心里不稀罕。

宝 玉 （唱）你的话我咋不明白，
雪雁哪，你说说到底为哪端？

紫 鹃 （唱）姑娘待你好不好？
你为何把她丢一边？

宝 玉 （唱）人人说我娶的是林妹妹，
我分明见雪雁将她搀。
谁知道下机关将人害，
害得林妹妹下黄泉！
紫鹃千万告诉我，
妹妹有何嘱托言。

紫 鹃 （唱）叫声宝玉把气断，
手帕诗稿尽烧完！

宝 玉 （唱）林妹妹她有什么罪？！

苍天哪,苍天!
为什么不能容她顷刻间。
人去楼空物犹在,
不知妹妹在哪边?

〔鹦鹉叫:"唉……侬今葬花人笑痴,他日葬侬知是谁?"

宝　玉　啊!林妹妹,林妹妹!
紫　鹃　那是鹦鹉学姑娘的话!
宝　玉　啊?!嗳……呀!
　　　　(唱)鹦鹉学舌长叹息,
　　　　　　莫非你也思念林姑娘?
　　　　　　妹妹的诗句犹在耳,
　　　　　　往事重重空断肠。
　　　　　　暗设下机关将我骗,
　　　　　　妹妹为我一命亡。
　　　　　　宝玉今天就要走,
　　　　　　我要跳出火坑奔远方!
紫　鹃
雪　雁　二爷……

〔贾母、王夫人、王熙凤、傻丫头等上。

贾　母　宝玉,宝玉!
紫　鹃　宝玉走了!
贾　母　啊……〔气绝。
众　　　老太太,老太太……哎……

—剧终—

选自郭光宇主编《王秀玲名剧·名段》(河南文艺出版社2004年版)。

川剧·高腔

王 熙 凤

徐 棻

人　物

贾　母　贾　珍　王熙凤　贾　蓉　尤二姐　贾　琏
翠　儿　贾　芸　平　儿　来旺妇　来　旺　桐　花

第一场　争　宠

（帮）金镶玉裹富贵场，
　　　灯红酒绿温柔乡。
［二仆妇捧茶盘、香炉上、侍立。
［二丫鬟扶贾母上。
（帮）白头不厌花如锦，
　　　呼奴使婢出华堂。

贾　母　（唱）喜事成双降，
　　　　　　贾门又增光。
　　　　　　孙女儿册封贵妃人尊仰，
　　　　　　蒙圣宠许她省亲出宫墙。
　　　　　　满心皆欢畅，
　　　　　　遥拜谢吾皇。
（帮）恩泽浩荡，恩泽浩荡，
　　　教儿孙矢志效忠报君王。
［贾珍上。

贾　珍　（唱）迎接銮舆心花放，
　　　　　　附凤攀龙显神光。

53

若能借机邀圣宠,
前途必定更辉煌,
可奈何别墅工程父辈掌,
我只得另辟蹊径到上房。
怕凤姐捷足先往,
急匆匆去见高堂。

贾　珍　（进门、施礼）孙儿贾珍与老祖宗请安。

贾　母　罢了。修建省亲别墅一事办得如何？

贾　珍　别墅由叔叔们掌管,已经破土动工。只是别墅内外之陈设,如金银器皿,玉石古玩,奇花异草,屏帏帘帐之类应怎样置办,还请老祖宗示下。

贾　母　銮舆入宅,非同一般,切不可因陋就简,贻笑大方。日前周贵妃已回家省亲,但不知他们这一项开支究竟多少？

贾　珍　孙儿已打听明白,周贵妃省亲时,别墅内外陈设用银五万两。

贾　母　我贾府比周家功劳更大,声威更高。我家省亲别墅内外之陈设,也不要比他人逊色才好。

贾　珍　我家这项开支,就用八万两银子如何？

贾　母　你也是一个当家主子,就由你斟酌办理吧。

　　　　〔幕后王熙凤叫："老祖宗……"

贾　母　（欣喜）凤丫头来了。

　　　　〔王熙凤上,亮相。

　　　　（帮）我来了……

王熙凤　见过老祖宗。〔与贾珍招呼。

贾　母　你来得正好。趁你珍大哥在此,一同商议商议,别墅内外之陈设如何置办。

王熙凤　我正为此事前来……

贾　珍　（紧接）适才为兄已禀明老祖宗,我家别墅内外陈设用银八万两。

王熙凤　怎么,才八万两？

贾　珍　比周贵妃家省亲,已多出三万两银子。

王熙凤　多他三万两银子算什么？！老祖宗,想我贾府,功劳比别人大,声威比别人高。銮舆入宅,非同一般。八万两银子能摆出什么风光体面？少说也要十万两。
贾　珍　（冷笑）弟妹说来容易,我家无有银矿,哪里去找这样多的银子?
王熙凤　哎呀!珍大哥呀。
　　　　（唱）烈火烹油锦添花,
　　　　　　当世谁能比我家?
　　　　　　谁不说白玉为堂金作马?
　　　　　　谁不羡贾氏富贵冠京华?
　　　　　　想当初祖爷爷江南接驾,
　　　　　　花银两恰好似大水推沙。
　　　　　　今日里当皇亲声势更大,
　　　　　　一定要压倒那周贵妃家。
　　　　　　接銮舆要办得令人惊诧,
　　　　　　方显得老祖宗治家有法。
　　　　　　休说是多三万不在话下,
　　　　　　多他们四五万该花便花。
　　　　　　劝大哥莫悭吝你且把手撒……
　　　　　　老祖宗!

贾　母　（喜）呃。
王熙凤　（唱）事过后听满城争把你夸。
贾　母　哈哈哈,凤丫头,你猴儿这一张嘴呀,真是句句话说到我心窝里去了。这别墅内外陈设一事,我便交与你置办如何?
贾　珍　（连忙）老祖宗,若论花钱,孙儿岂是那没有见过世面的悭吝之辈。只是我昨日清点银库,其中仅存现银十一万两。
王熙凤　哎呀,既是银库中只是这个数目,便在库中支取八万两银子罢了。其余开支,孙媳我赔了妆奁,当了首饰,献出体己私房,也要把别墅内外之陈设办得来富丽又富丽,堂皇又堂皇,好给老祖宗争一个光光鲜鲜的面子。
贾　母　（长叹）哎,还是凤丫头心里有我。
王熙凤　这是孙媳应尽的孝道。
贾　母　珍儿,你在外头帮你叔叔们修建别墅去吧。这陈设一事就让凤丫头置办好了。

贾　珍　（忍气地）孙儿领命。

贾　母　来，扶我后堂歇息。

王熙凤　（行礼）送过老祖宗。
贾　珍

贾　母　（笑呵呵地）凤丫头，等你生下一个儿子，你就是十全十美的媳妇了。

　　　　〔贾母由众仆簇拥下。

　　　　〔王熙凤与贾珍相视。

王熙凤　大哥请。

贾　珍　弟妹请。

王熙凤　你是大哥嘛。

贾　珍　哦，我还是大哥呀？

王熙凤　（笑着）自然是大哥。

贾　珍　（酸溜溜地）你晓得我是大哥就好。

王熙凤　（也酸溜溜地）我好就好在晓得你是大哥。

贾　珍　啊？

王熙凤　啊？

贾　珍　哈哈。

王熙凤　哈哈。

贾　珍　哈、哈哈……请。〔各自转身。王熙凤下。
王熙凤

　　　　〔贾珍怒目相送，贾蓉上。

　　　　〔二幕闭。

贾　蓉　爹，置办陈设一事，何人掌管？

　　　　〔贾珍望着王熙凤的去处。

贾　珍　还不是她！

贾　蓉　又是她！凡事有好处她就要——（做了个抓的动作）她成了贾氏门中的千手观音了。

贾　珍　哼，说什么千手观音，依为父看来，她有一处大不如人。

贾　蓉　哪一处？

贾　珍　不生——儿——子。
贾　蓉　(恍然)哦……
　　　　(唱)一言中要害,
　　　　　　教儿茅塞开。
　　　　　　二叔若娶新奶奶,
　　　　　　养下一个小乖乖。
贾　珍　(唱)老祖宗必定心欢快,
　　　　　　王熙凤自然头难抬。
　　　　　　失专宠少厚爱,
　　　　　　她纵有天大本事也施展不开。
　　　　　　斗败的凤凰不如鸡……
贾　蓉　(插白)那时节,老祖宗面前——
　　　　(唱)该你老人家歪。
贾　珍　哈哈哈……为今之计,就是要选择一个绝色的女子,你琏二叔方肯纳她为妾。
贾　蓉　爹,勿需别处选择,有现现成成一个绝色。
贾　珍　谁?
贾　蓉　尤二姨。
贾　珍　尤二姐……好,好极了。蓉儿,明日便把你那好女色如命的琏二叔请到尤家去。
贾　蓉　孩儿领命。〔下。
贾　珍　王熙凤呀王熙凤,不怕你伶牙俐齿嘴儿会说,你也料不到我有这一着。〔下。

第二场　诱　婚

〔尤二姐素装上。
(帮)二姐终日心烦乱,
　　凄惶徘徊形影单。
尤二姐　(唱)自叹命薄愁千万,
　　　　(帮)寄人篱下谁爱怜?

〔贾琏、贾蓉上。贾蓉捧礼品。

贾　琏　（念）蓉儿来牵线，
贾　蓉　（念）琏叔到广寒。
贾　琏　（念）见了嫦娥面，
贾　蓉　（念）谢媒莫食言。
　　　　（叩门）翠儿，开门。
翠　儿　（开门）蓉少爷来了。
贾　蓉　二姨，我家琏二叔看你来了。
贾　琏　二姨妹，为兄这厢有礼了。
尤二姐　（还礼）琏二哥。
〔贾琏窥视尤二姐，惊喜。
贾　琏　（旁白）果然女大十八变，竟长得来闭月羞花了。
贾　蓉　（向琏旁白）如何？
贾　琏　（向蓉旁白）有赏。
〔贾蓉献上礼品。
贾　蓉　二姨，我琏二叔才从外地归家，就赶来看望二姨，还与二姨带来许多钗环首饰，二姨请观。
尤二姐　不，不，小妹不敢当。……
贾　蓉　自家人有什么敢当不敢当。（放下礼品）今天琏二叔是初次登门，二姨少不得要摆酒待客，待侄儿与你老人家置办酒宴去。（不由分说）翠儿随我来。〔强拉翠儿下。
贾　琏　（反客为主）二姨妹请坐。
尤二姐　（不知所措）琏二哥请坐。
贾　琏　二姨妹，为兄一向杂务缠身，许久未来看望妹妹。妹妹住在这里，起居可还方便？
尤二姐　多谢琏二哥动问，小妹这里起居也还方便。
贾　琏　（笑着摇头）嗯，妹妹不必隐瞒。依为兄看来，妹妹的起居只怕有些窘迫呀！
尤二姐　这……
贾　琏　二姨妹，你我不是外人，无妨说说知心话。妹妹居人篱下，如何是个了局,不知妹妹想过没有?

尤二姐　这……

贾　琏　唉,我那珍大哥也甚糊涂,为什么还不与妹妹找一个好婆家呢?(一顿)不过话又说回来,珍大哥有珍大哥的难处。妹妹你不是珍大嫂子的亲妹妹,门第不高,家境贫寒,恐怕是那些豪绅贵族不肯屈身俯就娶你为妻呀……

尤二姐　［难堪而痛苦。

　　　　（帮）啊……

　　　　（唱）闻他言,方寸乱,

　　　　　　　自思自问自悲酸。

　　　　　　　贫贱难为伴,

　　　　　　　富贵难高攀。

　　　　　　　终身托与谁照看……

贾　琏　（唱）怜香惜玉有贾琏。

尤二姐　你……

贾　琏　（唱）休惊诧,莫腼腆,

　　　　　　　细聆为兄肺腑言。

　　　　　　　你蜗居陋室,粗茶淡饭,

　　　　　　　伶仃孤苦,空负红颜。

　　　　　　　何不乘风下九天,

　　　　　　　且将洞房换广寒。

尤二姐　（唱）言入耳惊喜参半,

　　　　　　　欲开口羞羞惭惭。［转身。

　　　　　　　妹许张华人共鉴,

　　　　　　　琏二哥何出此言?

贾　琏　（唱）你与张华未蒙面,

　　　　　　　何况他家甚贫寒。

　　　　　　　只要妹情愿,

　　　　　　　退婚事不难。

尤二姐　（唱）你家有凤姐,

　　　　　此事休再谈。
贾　琏　凤姐虽泼悍，
　　　　　有计可万全。
　　　　　你我偕伉俪，
　　　　　安家在此间。
　　　　　朝夕不与她相见，
　　　　　我与你另开一朵并蒂莲。
　　　　　妹妹呀，
　　　　　此心耿耿皇天鉴。
　　　　　痴情一片望垂怜。〔跪下。
尤二姐　（扶）琏二哥……
　　　　〔贾珍上，开门见状，大笑而入。
贾　珍　（吟）兄愿作个月老仙，
　　　　　　　撮合这段美姻缘。
　　　　〔尤二姐羞，欲去，贾珍拦住。
贾　珍　二姨妹，好事还未讲妥，你怎么抽身而去？？你就嫁与我家二弟为妾如何？我们亲上加亲，总不致亏待于你。
尤二姐　他……他家有凤姐……
贾　琏　那个泼辣货得了血崩症，活不了许久了。
贾　珍　凤姐儿你不必怕她。你们住在这里，先不要走漏风声。待你生下一男半子，为兄便去禀明老祖宗，老祖宗喜她二房有了香烟后代，自然也会宠爱于你。那时节，你再搬进府去，她凤姐敢不答应吗？
贾　琏　大哥之言，周到极了，周到极了。此有戒指一枚，权作聘礼，请妹妹收存。
贾　珍　二姨妹，此事姐夫与你做主了，快将戒指收下。
　　　　〔尤二姐羞答答地让贾琏戴上戒指。
　　　　〔贾蓉与翠儿上。翠儿见状惊诧，尤二姐下。
贾　珍　蓉儿，好事已成，快与你二叔更衣。
　　　　〔贾琏与贾蓉下。
贾　珍　翠儿，我已将你家小姐许了琏二爷。快去与她梳洗打扮，好与琏二爷拜堂成亲。

翠　儿　哎呀,珍姑爹!人人都说那琏二奶奶明是一盆火,暗是一把刀。我家小姐嫁了过去,那琏二奶奶岂容得了她呀?

贾　珍　此事有我担待,何须你丫头操心。快去。

翠　儿　是……〔下。

贾　珍　正是,把姨妹变作弟媳,不费我吹灰之力。待明年生下儿子,王熙凤,你才知道我这个大哥不是好惹的。〔下。

第三场　弄　权

〔二幕外,贾芸上。

贾　芸　山穷水尽疑无路,柳暗花明又一村,眼看省亲别墅动工多日,我贾芸欲谋求一份差事,却至今没有下文。我正在心中着急,忽然得知琏二叔在外偷娶了尤二姐。我若将此事告到凤姐儿跟前,想必能讨好于她。(向侧幕)门上那位嫂子,请了。

〔仆妇自侧幕出。

仆　妇　芸少爷来了。

贾　芸　烦劳通禀二婶姨,就说芸儿有要事求见。

仆　妇　稍候片刻。

〔贾芸转至侧幕边。仆妇转向二幕。

仆　妇　有请平姑娘。

〔二幕启。平儿手持一大串钥匙和一张银票,干净利索地快步走出。

平　儿　(念)半为奴婢半为主,也做威风也做难。

　　　　(白)何事?

仆　妇　回平姑娘,芸少爷有要事求见奶奶。

平　儿　请他进来。

仆　妇　(转身)芸少爷请进。〔下。

贾　芸　(入)哦,那是平姐姐……

平　儿　奶奶不在房中,芸少爷有何事禀告?

贾　芸　这……

平　儿　若不方便,请改日再来。

贾　芸　不不不,告诉姐姐也是一样。(趋前低声)平姐姐,听说琏二叔在外偷娶了一房琏二奶奶……

平　儿　（大惊）啊！？

　　　　〔内呼："奶奶回房。"

平　儿　（呼）奶奶回房，小心伺候。〔示意贾芸下。

　　　　〔众丫鬟、仆妇闻声分两边上，恭立。

　　　　〔平儿把钥匙挂在腰间，将银票放在几上，去至上场门前，欠身迎候。

　　　　（帮）夕阳辉煌映纱窗……

　　　　〔王熙凤上。来旺妇在后替她摇着扇子。

　　　　（帮）玉佩叮咚回兰房。

　　　　〔王熙凤亮相，众仆施礼。

　　　　（帮）贾门主仆四百余口，

　　　　〔王熙凤扫视众人，挥手。众仆缓步倒退下场。

　　　　（帮）熙凤可算人中王。

王熙凤　（唱）喜孜孜耳听多少赞和奖，
　　　　都夸我巾帼英雄傲群芳。
　　　　非是我自鸣得意少谦让，
　　　　冷眼看谁能比我：人好高，心好强，口角爽利，举止大方。
　　　　随机能应变，
　　　　遇事有主张。
　　　　哪怕府中多争斗，
　　　　谁敢与我试锋芒？！
　　　　因此上家政全由我执掌，
　　　　威重令行、一呼百诺、赫赫权势压府堂。
　　　　近日又有喜事降，
　　　　修建别墅人皆忙。
　　　　为夺美差各不让，
　　　　凤姐获胜喜心房。
　　　　说什么把妆奁典当，
　　　　不过是我虚晃一枪。
　　　　放高利：利变本，本变利，利上加利利滚利，转眼十两变百两，何愁别墅不堂皇?!
待贾府集天下繁华景象,
方显我当家人才智非常。

〔凤姐落座。

王熙凤　平儿。
平　儿　奶奶。
王熙凤　昨日收回的利钱,来旺可曾送到?
平　儿　(拿起银票)送来了二千八百两。
王熙凤　(不悦)嗯!（对银票不接不看,转向来旺妇）来旺媳妇,怎么还不到一半哪?
来旺妇　我听来旺言说,有的借债人家,实实无钱偿付。
王熙凤　这是什么话? 我们是拿钱放利,不是行善周济。
来旺妇　奴才不知道。
王熙凤　回去对你男人言说,当收的利钱,定要收齐。不许他心慈面软,拿着主子的银两做他自己的人情。
来旺妇　奴才量他不敢。(稍停)他要奴才禀告奶奶,有的借债人家愿将儿女卖入府中为奴作婢抵挡债务,不知奶奶意下如何?
王熙凤　府中丫鬟成队,小厮如云,谁还稀罕他什么儿女。回去对你男人言说,我要银子。
来旺妇　奴才遵命。
〔外呼:"二爷回府。"
平　儿　禀奶奶,二爷回府。
王熙凤　有请。
平　儿　有请。
〔贾琏上。
贾　琏　(唱)且喜交了桃花运,
　　　　　贾琏二度娶美人。〔见凤姐。
　　　　　三天不见夫人面,
　　　　　犹如隔了九个春。
王熙凤　(唱)为妻也在想念你,

时时刻刻挂在心。

二爷请进。

〔二人入室，落座。

王熙凤　二爷，这几日你到哪里去了？

贾　琏　哎呀，公务繁忙，公务繁忙呀。

王熙凤　（笑着）哦，原来是忙公务去了，我还以为是哪家的姐儿妹子绊住了你的脚哩。

贾　琏　夫人取笑了，夫人。下官有一事相求，不知夫人肯赏脸否？

王熙凤　只要二爷欢喜，妻身敢不从命？

贾　琏　好说了。夫人置办别墅内外陈设，正是用人之际。我看珍大哥的蓉儿倒还聪明伶俐，你就派与他一份差使如何？

王熙凤　小事一件，有何不可。平儿，取过对牌。

贾　琏　啊呀呀，夫人，你真是越来越贤惠了。（向来旺妇）叫蓉儿进来。

来旺妇　有请蓉少爷。

〔贾蓉上。

贾　蓉　（念）又报仇又获差遣，

　　　　　　献美人一箭双雕。

（入）侄儿见过叔叔、婶娘。

王熙凤　省亲别墅中要广置奇花异木，你到银库上领取五千两银子，各地采购花木去吧。

贾　蓉　（失望）这……〔望望贾琏。

贾　琏　（忙过来）夫人，何不派蓉儿打造金银器皿……

王熙凤　这……二爷说迟一步，打造金银器皿之事，我已委派他人了。

贾　琏　何不派他购买玉石古玩？

王熙凤　（满脸是笑）哎呀，二爷。为妻初次掌管这种大事，又兼无才无德，难免许多不周之处。平儿，快把对牌和钥匙交与二爷。（又向贾琏）二爷，你就替我操一操这份心吧。

〔平儿忙将对牌交给贾琏，示意他不要多说了。

〔贾琏将对牌掷与贾蓉。

贾　琏　还不快些滚！

〔贾蓉从地上抓起对牌。

贾　蓉　谢过叔叔,婶娘。〔出门,跺脚下。
贾　琏　夫人,下官去看看修建省亲别墅之事,怕爹爹与叔叔有什么吩咐。
王熙凤　二爷早些回来,为妻要与你摆酒洗尘哪。
贾　琏　知道了。
平　儿　奶奶。(欲言又止)……刚才,芸少爷——
王熙凤　平儿,你怎么也像那些人一样,说话吞吞吐吐的?你难道还不知道我喜欢直来直去吗?有话就说,有屁就放!
平　儿　是。〔向内招手。
〔贾芸上。
贾　芸　(惊呼)哎呀,婶娘,大事不好!
王熙凤　何事惊慌?
贾　芸　三日之前,琏二叔在花枝巷娶了新……
王熙凤　新什么?
贾　芸　新婶娘!
王熙凤　啊!……谁家女子?
贾　芸　尤家二姨。
王熙凤　何人牵线?
贾　芸　贾蓉哥哥。
王熙凤　来呀。
〔二仆妇齐上。
王熙凤　把贾蓉与我追了回来!
众　　　是。
〔二仆妇下,逼贾蓉退上。
贾　蓉　(入门,胆怯地)侄儿见过婶娘。
王熙凤　(直视片刻)你是蓉儿?适才婶娘不知你是你二叔的心腹,故而多有怠慢,你倒要大量些呀。
贾　蓉　这……
王熙凤　你帮你二叔办了什么好事?说来我听上一听。
贾　蓉　侄儿未帮二叔办什么事……

王熙凤　嗯！那花枝巷的事情你不是办得很好吗？
　　　　〔贾蓉跪。
贾　蓉　哎呀，婶娘。
　　　　（唱）婶娘容儿禀，
　　　　　　蓉儿诉衷情。
　　　　　　二叔偷娶尤二姨，
　　　　　　小侄事先不知情。
　　　　　　量小侄人微言轻，
　　　　　　撮合婚事，你侄儿无能。
王熙凤　（唱）是谁穿针把线引？
贾　蓉　这……
　　　　（唱）只为二姨去上坟，
　　　　　　二叔走马过郊外，
　　　　　　追踪前往结姻亲。
王熙凤　（唱）此情不禀便可恨。
　　　　来呀！
　　　　　　摘下对牌叉出门。
　　　　〔贾蓉护对牌，贾芸夺过。二仆妇推贾蓉出门。
王熙凤　慢着。
　　　　〔贾蓉回，跪着。
王熙凤　（背唱）暗思付，
　　　　　　贾珍定是主谋人。
　　　　　　此儿必然知究竟，
　　　　　　还须忍怒查隐情。
　　　　（转向贾蓉）小奴才！
　　　　　　堪笑奴才迷了性，
　　　　　　找错庙门敬错神。
　　　　　　为差事你把二叔媚，
　　　　　　须知我才是掌权人。
　　　　　　这对牌仍然交与你，

姑念你初犯罚从轻。
贾　蓉　哦……

（背唱）她恩威并施用意深，

　　　　分明是要我转舵把舟行。

　　　　对。尤二之事既败露，

　　　　不如巴结座上人。

哎，婶娘呀！

你儿并非草木性，

深谢婶娘山海恩。

赎前罪有机密告禀……

王熙凤　讲。
贾　蓉　（接唱）尤二姨，有夫君。

　　　　夫名张华一贱民，

　　　　尤二至今未退亲。

王熙凤　怎么说，尤二未退亲就出嫁了？
贾　蓉　琏二叔说嫁了再退也不为迟。
王熙凤　唔……（思索）好，好……

〔来旺妇拾起对牌交与贾蓉。

来旺妇　蓉少爷快领回对牌。

〔贾蓉欲接。

王熙凤　慢着。那五千两银子的差事，你不必去做了。到银库上支取一万两银子，打造金银器皿去吧。

〔贾蓉大喜过望，匍匐叩首。

贾　蓉　（唱）谢婶娘栽培之恩，

　　　　　　谢婶娘栽培之恩。

〔此时平儿已换过对牌交与贾蓉。

王熙凤　（笑着）你是不是要给你爹爹和琏二叔通风报信去呀？
贾　蓉　侄儿不敢，侄儿不敢。
王熙凤　去吧。

〔贾蓉退出，看着对牌。

贾　蓉　一万两！哈哈,哈哈哈……[下。
王熙凤　芸儿,你今日有此一件大功,婶娘何以酬谢?
贾　芸　侄儿纵为婶娘赴汤蹈火,不敢受婶娘一个谢字。
王熙凤　会说话。我有心派你去采购天下最为珍贵之玉石古玩,你意如何?
贾　芸　(大喜)婶娘是水晶心肝、玻璃肺腑,侄儿感激不尽,感激不尽。
王熙凤　(向平儿)取过对牌。(向芸)到银库上支取一万五千两银子去吧。
贾　芸　(接牌叩头)谢过婶娘。

　　　　(唱)纵变犬马难报恩,
　　　　　　纵变犬马难报恩。[出门看牌。
　　　　一万五千两！哈哈哈……[下。

王熙凤　(向平儿和来旺妇)二爷娶了新奶奶,你们说怎样迎接于她?
平　儿　这……
来旺妇　说什么迎接。让奴才带几个小厮前去,问她个勾引良家子弟的罪名,一阵乱棒将她打死便了。
平　儿　使不得！她好歹总算珍大爷的姨妹,怎能如此对待。
来旺妇　那就派人去至后街,将那贱人赶出京都。
平　儿　这也不可。若被世人知道,于奶奶名声不好。
来旺妇　不管怎么说,总不能让她与二爷久居,免她生下一男半子,于奶奶大为不利。
平　儿　(忙制止)你不要火上浇油!
王熙凤　不必多说了!

　　　　(帮)且看我先划银河隔双星,
　　　　　　再收紧张华这根绳。

王熙凤　来旺媳妇,叫你男人进来。
来旺妇　是。(向外)奶奶传来旺伺候。
　　　　[来旺内应:"来了。"快步上。
来　旺　(念)主子掌大权,
　　　　　　奴才有威风。
　　　　奴才来旺叩见奶奶。
王熙凤　来旺,你可认得张华?

来　旺	张华？认得认得，乃是一家当铺里的伙计，拐弯抹角，还算我贾府一门亲戚哩。
王熙凤	什么亲戚？
来　旺	他是珍大奶奶娘家的后妈拖油瓶带过门的女娃子尤二姐的未婚夫。奶奶问他何来？
王熙凤	那尤二姐嫁了你家二爷，如今是你的新奶奶了。
来　旺	啊……（与来旺妇对看一眼）奶奶呼唤奴才，有何差遣？
王熙凤	你拿二十两银子交与张华，令张华到有司衙门告状去。
来　旺	告谁？
王熙凤	就告我家这个琏二爷。
来　旺	（不解）告我家琏二爷？！
王熙凤	告他倚财仗势强占人妻，叫张华把尤二姐索讨回去。待张华告到衙门，你即刻就来报我。
来　旺	是。〔欲走。
王熙凤	慢着。你不是说有的借债人家愿将儿女卖入府中抵债吗？去挑一个长得好看的与我送来。
来　旺	是。挑一个好看的丫头送来。〔下。
王熙凤	（向平儿）与我淡妆素裹，我要去会会那个尤二姐。
平　儿	奶奶既叫张华把她索讨回去，又何必前往会她？
王熙凤	不必多问，我自有道理。
	（帮）去会那，去会那尤家窈窕，且忍着，且忍着怒火中烧。遍地陷阱捕狡兔——你纵有三窟也难逃。
	套车！〔下。
平　儿	（向来旺妇）套车！
来旺妇	是。（转向外呼）套车！
	〔平儿与来旺妇分下。

第四场　诳　　尤

〔二幕外，翠儿手捧鲜花上。

翠　儿	（唱）可叹小姐太苦命，

　　　　　　遇着贾琏和贾珍。
　　　　　　贾琏本是纨绔子,
　　　　　　贾珍仗势主婚姻。
　　　　　　府外安家名不正,
　　　　　　更怕那琏二奶奶闻风声。
　　　　　　倘若一朝事败露,
　　　　　　灾祸飞来谁担承?
　　　　　　暗忧心!
　　　　　　采回鲜花把门进……
　　　　〔二幕启。
翠　　儿　二小姐,鲜花采来了。
　　　　〔尤二姐欣喜地跑上。
尤二姐　(见花)啊,好美的花呀。〔接花。
　　　　(唱)花儿朵朵笑盈盈。
　　　　　　这一朵笑的是伶仃二姐甘来苦尽,
　　　　　　这一朵笑的是贫贱尤娘嫁了王孙。
　　　　　　这一朵笑的是夫君待我情深义厚。
　　　　　　这一朵笑的是……
翠　　儿　(唱)笑的是你如醉如狂太痴心。
尤二姐　(唱)春风扫愁云,
　　　　　　弱女献芳心。
　　　　　　终身有托实可庆……
　　　　〔插花入瓶。
翠　　儿　(唱)但愿得小院深巷乐太平。
　　　　〔幕后传来人喊马嘶。
　　　　(唱)忽听见车轮嘎嘎人呼喊,
　　　　　　蹄声嘚嘚马嘶鸣。
　　　　　　谁这样威风凛凛……〔出门望,大惊退入。
　　　　　　哎呀!琏二奶奶冲上门!
尤二姐　啊!〔几步上前将门关住,背身紧紧抵着。

〔来旺妇上，打门。

来旺妇　开门！开门！
翠　儿　何人……叫门？
来旺妇　荣国府琏二奶奶驾到！
翠　儿　来……了……〔开门。

〔来旺妇冲入。

来旺妇　（皮笑肉不笑地）琏二奶奶驾到，还不出来迎接吗？

〔翠儿扶尤二姐出，尤二姐惊骇无语。

翠　儿　（只得代言）我家二小姐恭迎琏二奶奶，请奶奶下车升堂。
来旺妇　请奶奶下车升堂。

〔众丫鬟仆妇拥王熙凤上，平儿紧随。

王熙凤　（满脸堆笑）那是尤家妹妹，为姐来接你来了。
尤二姐　琏二嫂子……〔拜。
王熙凤　（忙扶住）妹妹怎么如此称呼？莫非嫌弃为姐，不愿相认么？
尤二姐　我，我……
翠　儿　琏二奶奶请进。
王熙凤　妹妹请。（拉着尤二姐之手，入室）妹妹大喜，为姐实实不知，故而未来拜贺，还望妹妹恕罪。
尤二姐　（战战兢兢，几乎说不清楚）奴家年轻无知……小妹原本不敢……〔拜跪下去。
王熙凤　（亲热地）哎呀，妹妹呀。

（唱）今朝相聚三生幸，〔扶尤二姐起来。
　　　你看为姐满面春。

〔二人落座。

　　　哎呀呀，贤妹妹，你又何得谦逊恭敬，
　　　听为姐沥胆倾心。
　　　只怨奴，年纪轻，
　　　言语不知浅和深。
　　　常劝二爷保重要紧，
　　　休在外眠花宿柳、低唱浅斟。

　　　　　　叫公公恼怒,惹婆婆气生。
　　　　　　唉,这都是妇人家一片痴心。
　　　　　　谁知二爷错会了意,
　　　　　　把为姐竟当作吃醋拈酸、妒忌不堪的小妇人。
　　　　　　娶妹妹原本正经事,
　　　　　　都不向我说分明。
　　　　　　让别人骂我不贤惠,
　　　　　　叫我有冤无处伸。
　　　　　　妹妹休把流言听,
　　　　　　错疑为姐心不诚。
　　　　　　为姐心术若不正,
　　　　　　上有两层公婆、中有姐妹妯娌,怎能容我到如今?
　　　　　　须知我在管家政,
　　　　　　或赏或罚都得罪人。
　　　　　　恨我之人闲谈论,
　　　　　　恶语中伤是常情。
　　　　　　妹妹为人多聪敏,
　　　　　　何不详情一二分?
尤二姐　　(白)家大人众多议论,
　　　　　　姐姐不必挂在心。
王熙凤　　(白)妹妹芳心如明镜,
　　　　　　堪称为姐一知音。
　　　　　　唉。
　　　　(唱)叹为姐膝前尚无子,
　　　　　　日夜盼望后代根。
　　　　　　欲替二爷再婚娶,
　　　　　　只恨尚无意中人。
　　　　　　今得贤妹妹,
　　　　　　不禁喜盈盈。
　　　　　　特地亲自来拜见,

不过惺惺惜惺惺。
果然妹妹好人品，
果然妹妹性温存。
难怪二爷他心爱，
为姐一见也心疼。
望求妹妹起大驾，
搬进府我们同欢同乐、同食同饮、同坐同行。
一不分大小，
二不论卑尊。
晨昏去定省，
早晚侍夫君。
家务料理好，
儿女抚成人。
那时节祖母高兴，
公婆欢欣，
夫妻相敬，
姐妹相亲，
阖府欢庆，
乐享天伦。

尤二姐 （白）小妹不敢妄想……［惶悚后退。

王熙凤 妹妹呀。

（唱）要是妹妹不进府，
闲言杂语不堪闻。
贤妹妹名不正来言不顺，
在人前不敢抬头把腰伸。
养下娇儿和爱女，
不能进他爹的门，你说伤情不伤情？
二爷的名声更要紧，
他乃荣公后代根。
谨防对头借此事，

　　　　　　添油加醋奏当今。
　　　　　　龙颜震怒把罪问，
　　　　　　难免大祸降府庭。
　　　　　　因此上顾前顾后、顾左顾右、顾上顾下、顾己顾人，
　　　　　　你都该把府来进，
　　　　　　贾家的男男女女、老老少少、大大少少、上上下下，
　　　　　　都会领你的情来感你的恩。
　　　　　　妹妹你当说声允……
尤二姐　　啊……
　　　　（帮）欲言无语冷汗淋。
　　　　（唱）她字字如芒刺我背，
　　　　　　句句如箭穿我心。
　　　　　　今朝闻她一席话，
　　　　　　我竟成了妻不妻、妾不妾、路柳墙花一般的人……〔拭泪。
王熙凤　（白）妹妹，我全是为你好啊。
尤二姐　（唱）多谢姐姐怀恻隐，
　　　　　　亲驾仙舟渡迷津。
　　　　　　妹何尝不愿离却这处境……
翠　儿　二小姐，是二爷要我们住在这里，如今既要进府，也该先向二爷禀明才是。〔示意"不可"。
尤二姐　哦……〔转向王熙凤。
　　　　（唱）且容我先向二爷来禀明。
王熙凤　唉，妹妹呀。
　　　　（唱）妹出此言欠思审，
　　　　　　为姐再次剖衷情。
　　　　　　只因二爷错疑我，
　　　　　　我才亲自来相迎。
　　　　　　专候二爷人不在，
　　　　　　先将妹妹接进门。
　　　　　　让他知我非妒妇，

免去猜疑重相亲。
你若不进府,
我也不回门。
愿陪妹妹住在此,
与妹妹梳头洗脸、端茶奉水也甘心。
喂呀,我的贤妹妹呀……

尤二姐　（唱）她实心实意和泪诉,
我又愧又怜仔细听。
今朝我若不进府,
叫她脸面何处存?
再若二爷将她怪,
夫妻难免起纷争。

翠　儿　（轻呼）二小姐!

尤二姐　翠儿。
（唱）你看她素妆来迎多谦逊,
举止甚可亲;
你看她剖诉衷肠多诚恳,
情热火一盆。
叫我怎好不应允?

翠　儿　（唱）怕她是诈不是真。

尤二姐　这……

王熙凤　丫头们,还不请新奶奶进府。

〔众仆齐跪。

众　仆　（唱）容奴才细禀,容奴才细禀,
奶奶所言皆真情。

来旺妇　（唱）奶奶昨日知此事,
便令奴婢扫府庭。

平　儿　（唱）腾出房子三间整,
拨出丫头八个人。

四丫头　（各唱一句）

    屋里屋外熏兰麝,
    房前房后挂彩灯。
    今日家宴早齐备,
    恭候新奶奶进府门。

来旺妇　（唱）二奶奶又何得犹豫不定,

平　儿　（唱）莫辜负大奶奶一片诚心。

众　仆　请新奶奶进府……

尤二姐　你们起来。〔转向王熙凤。

   （唱）愿进府长伴姐姐,
    勤伺奉竭力尽心。

王熙凤　妹妹请。〔挽尤二姐下。

  〔众人随下。

第五场　售　奸

  〔贾母由丫鬟仆妇拥上。

贾　母　（唱）心中欢快精神爽,
    穿庭过院步回廊。
    凤丫头事事都为我着想,
    怜惜她为省亲之事日夜忙。

  〔王熙凤携尤二姐上。平儿、翠儿随后。

  〔王熙凤忙丢下尤二姐奔上前去请安。

王熙凤　哎呀,老祖宗。秋寒露冷,你老人家怎么出房来了?

贾　母　（扶住她,欣喜地）凤丫头,为贵妃省亲之事把你忙坏了。我吗,是特地前来看看你呀。

王熙凤　（忙跪倒）折煞孙媳了。老祖宗一向疼爱孙媳,当此用人之际,孙媳若不竭尽全力,岂不辜负老祖宗平素疼我之心了吗?

贾　母　好媳妇,老祖宗没有白疼你,快快起来。〔扶起。

王熙凤　待孙媳扶你老人家房中歇息……

贾　母　每日坐在房中,我也厌倦了。今夜出来走走倒觉得心旷神怡。我们就在这里小坐片刻如何?

王熙凤　难得老祖宗好兴致。（向众仆）铺绣垫，泡香茶。
　　　　〔众丫鬟铺垫、奉茶。
　　　　〔王熙凤扶贾母落座。
王熙凤　老祖宗，我也正要到你老人家那里去哩。
贾　母　怪不得在这里遇着了。你找我何事？
王熙凤　老祖宗，我带来一人，请你老人家看看。（向尤二姐招手）妹妹过来。（待尤二姐走近后，拉她到贾母面前）这是老祖宗，快快叩头。
　　　　〔尤二姐行礼。
贾　母　这是哪家的女孩儿，怎么有点面熟哇？
王熙凤　这是尤二姐。老祖宗，你先看看她长得好不好？
贾　母　掌灯。（一丫鬟走近举起灯笼）过来，让我仔细看一看。（凤姐推尤二姐近前。尤二姐低头。贾母托起她的下巴端详）唔，好标致的面孔。（又拉起尤二姐之手细看）唔，好白嫩的肌肤。（转向凤姐）不错，是个上等的美人儿，叫人看看就喜欢。你把她带来做什么？
王熙凤　哎呀，我的老祖宗呀。
　　　　（唱）论不孝无后为大，
　　　　　　为子嗣主意早拿。
　　　　　　老祖宗若还喜爱，
　　　　　　便与夫再娶娇娃。
　　　　　　养麟儿把香烟续下，
　　　　　　也替我膝前孝敬你老人家。
贾　母　啊……
　　　　（背唱）令人嗟呀，
　　　　　　凤丫头如此豁达。
　　　　我的好媳妇呀。
　　　　　　都说祖母偏爱你，
　　　　　　谁似你大贤大德实堪夸。
　　　　　　此女子雪作肌肤花作貌，
　　　　　　琏儿可纳，琏儿可纳。
王熙凤　（向尤二姐）快快叩谢老祖宗的恩典。

尤二姐　（拜）叩谢老祖宗的恩典……

［来旺奔上。

来　旺　（故意大叫）奶奶，大事不好了……

王熙凤　你大呼小叫做什么，没有看见老祖宗在这里吗？

贾　母　什么事大惊小怪？

来　旺　回禀老祖宗，有人在衙门里把琏二爷告了。

王熙凤　啊！告他何来？

来　旺　告他倚财仗势、强占民妻。人家还要把妻子索讨回去。

贾　母　小奴才竟做出这种丑事。但不知他强占了何人的妻子？

来　旺　他强占了张华的妻子，就是这个尤二姐。

贾　母　啊……（不悦）凤丫头。

王熙凤　（忙跪地）老祖宗。

贾　母　你怎么找一个有了婆家的女子？

王熙凤　哎呀，老祖宗。尤二姐乃是珍大哥的姨妹。孙媳实实不知她早已有了婆家呀。

贾　母　哪里找不到美人？何苦让人家告到官府，落个骂名。横竖尚未圆房，既是人家要索讨回去，就让她回去吧。

王熙凤　是。［站起。

尤二姐　（惊）老祖宗，我……［跪下。

贾　母　你既然许了张家，还是嫁到张家去。

尤二姐　（望凤姐求救）姐姐……姐姐……

王熙凤　这……［指老祖宗，表示爱莫能助。

［翠儿早已忍不住，此时鼓足勇气上前跪下。

翠　儿　回禀老祖宗，我家小姐与琏二爷的亲事，乃是珍大爷做主……

贾　母　珍大爷做主……（略略思索后，向来旺）去把你珍大爷请来。

来　旺　是。［下。

贾　母　（指翠儿）这是谁？

王熙凤　尤二姐的小丫头翠儿。

贾　母　叫她们起去。

［王熙凤示意尤二姐起来。

〔平儿拉翠儿站到一旁。
　　　〔贾珍与来旺上,贾珍见尤二姐吃了一惊。
贾　珍　二姨妹,你怎么……
王熙凤　(故意大声)老祖宗,珍大哥来了。
贾　母　珍儿。
贾　珍　(连忙)孙儿与老祖宗请安。
贾　母　罢了。珍儿,你姨妹既有人家,为何又许与你琏二弟为妾?
贾　珍　这……回禀老祖宗,那门亲事早已退了。
贾　母　为何张家又到官府告你二弟强占人妻,还要索回尤二姐。
贾　珍　还要索回尤二姐……(思索片刻,扭头看看王熙凤,心中明白了一半,但口里说)回禀老祖宗,那张华乃贫贱刁民,想是他穷得莫奈何,花光了退亲的银两,便又翻了口,前来讹诈。
贾　母　亏你还是我贾门一个主子,连这点芝麻大的事也办不利索。既是如此,你且到有司衙门把官司结了案再说。去。
贾　珍　是。(转向尤二姐,说给凤姐听)二姨妹放心,这场官司由为兄前去结案便了。(看看凤姐,冷笑)哼,我倒要看看那张华有好大的神通。
　　　〔下。
贾　母　凤丫头,你找两间房子让尤二姐住下。等官司了结之后,再与琏儿圆房。
王熙凤　(无奈)……是。
尤二姐　(行礼)谢老祖宗恩典。
贾　母　唉,我也累了。〔站起。
王熙凤　送老祖宗回房。
平　儿　(向幕后)顺轿。
　　　〔众仆扶贾母下。
王熙凤　(稍加思索后,转向尤二姐)妹妹,今天的事,好险哪,把为姐吓出一身冷汗。幸喜老祖宗又松了口,不然,谁敢违拗她老人家? 现在好了,只等案子有了结果,你就可以与二爷圆房了。平儿,领新奶奶歇息去吧。
平　儿　新奶奶请。
尤二姐　小妹告辞。〔尤二姐欲走,翠儿相随。

王熙凤　哦,妹妹,你这翠儿丫头长得十分清秀,说话又很伶俐。我有心把她留在我的身边使用,不知妹妹肯赏脸否?

尤二姐　这……

王熙凤　妹妹若怕寂寞,我就让平儿时常过去陪伴于你如何?

尤二姐　(畏怯地)姐姐之命,小妹敢不依从,只是……

王熙凤　(打断她)既是如此,我就道谢了。平儿,你陪新奶奶前去歇息。

平　儿　是。新奶奶,我们走吧。

〔尤二姐凄惶地望着翠儿,有口难言,慢慢退去。

〔平儿随下。

王熙凤　翠儿。(翠儿低头不语)以后你就在外面打扫院子。无有我的吩咐,不得随意走动。去。

〔翠儿敢怒不敢言,抬头自去。

〔来旺妇上。

来旺妇　奶奶,我回来了。

王熙凤　与我挑的丫头呢?

来旺妇　挑着了,长得十分清秀。我已将她带进府来,不知奶奶有何指派?

王熙凤　派她与琏二爷侍寝。

来旺妇　(意外)啊……奶奶,一个尤二姐就够你操心的了,为何还要弄一个丫头……

〔贾琏上,东张西望。

王熙凤　二爷,你在找什么?

贾　琏　这……哦,夫人,下官在花枝巷所办之事……

王熙凤　你说的娶那尤二姐?

贾　琏　(讪笑)嘿嘿……

王熙凤　为妻都与你接进府来了。

贾　琏　多谢夫人……哦,夫人,下官此事做得有些鲁莽,你该没有怄气吧?

王熙凤　常言道在家从父,出嫁从夫。只要二爷心喜,妻身敢不从命。何况你我膝下尚无子嗣,理当与二爷纳妾才是。你就是不娶那尤二姐,我也与你物色了一个美人。

贾　琏　(笑着)我却不信。

王熙凤　（向来旺妇）他还不信,把那个姑娘叫来。
来旺妇　是。（向幕内）桐花快来。
　　　　〔桐花上。
　　　　（帮）卖入贾府为抵债,
　　　　　　沦作奴婢实可哀。
来旺妇　上是奶奶,快去叩见。
桐　花　奴婢与奶奶请安。
王熙凤　那是你家二爷,快去拜见。
桐　花　是,奴婢与二爷请安。
贾　琏　这就是你物色之人？（绕着桐花看一遍）不错、不错。小家碧玉,别有风韵。〔色迷迷地盯视桐花。
王熙凤　二爷喜爱你,你就伺候二爷去吧。
桐　花　（不安地）这……
王熙凤　来旺媳妇,与桐花开脸、更衣,送到二爷房中。
桐　花　（惊）不、不……奶奶,我是来当丫头的……
王熙凤　当一个通房丫头不是更加体面吗？
桐　花　（惊恐地乞求）奶奶……
来旺妇　（连忙）给桐花姐姐道喜。请姐姐开脸、更衣……
　　　　〔来旺妇强拉桐花下。
王熙凤　二爷,你现在还不相信吗？
贾　琏　哎呀呀,相信了,相信了。（打躬）多谢夫人盛情。下官今夜就要失陪了啊。〔欲走。
王熙凤　慢着,你可知道张华在衙门里把你告下了？
贾　琏　（一怔）他竟有这个胆量？
王熙凤　他告你依财仗势,强占民妻,还要把尤二姐索讨回去,你看此事怎样处置才好？
贾　琏　这有什么难以处置？莫说他告我强占民妻,便告我杀人害命又有什么了不起？明日封上二百两银子送到衙门里去,叫那个当官儿的把案子与我了了。
王熙凤　衙门里的事还不好说？只是老祖宗已有了吩咐,官司未了之前,你不能与尤二姐圆房。

贾　琏　这……也只好如此了。那尤二姐就有劳夫人关照。

王熙凤　二爷呀,我既然亲自将她接进府来,还能不尽心关照吗?

贾　琏　那就多谢了。下官告辞。

王熙凤　再不让你到新人房中,我看你就要急出病来了。(笑着推贾琏一把)去吧。

〔贾琏哈哈大笑而去。

〔王熙凤看着贾琏去向,想到他去亲热桐花丢下自己;她看着尤二姐的去向,想到她生下儿子对自己的威胁,她狂怒难抑,满台乱走。

王熙凤　(唱)指天切齿恨,指天切齿恨,

　　　　　　恨煞那送子观音。

　　　　　　空受着香蜡果品,

　　　　　　怎不遣送子麒麟?

　　　　　　可叹我机关算尽,

　　　　　　却无计怀一个娇儿在身。

　　　　　　这短处,害煞我,

　　　　　　这空隙,利于人。

　　　　　　他们嫁的嫁姨妹,结的结姻亲——

　　　　　　明枪暗箭无不对准我的心。

　　　　　　岂容得对头们计谋得逞?!

　　　　　　岂容得卧榻侧酣睡他人?!

　　　　　　岂容得贱尤娘染指权柄?!

　　　　　　岂容得她与我抗礼分庭?!

　　　　　　怒难忍,气难吞。

　　　　　　魂难定,意难平。

　　　　　　岂容大厦一旦倾?!

〔她无法泄恨,抓起一个茶碗摔个粉碎。

〔来旺妇闻声急上。

来旺妇　(小心地)奶奶……

王熙凤　尤二姐我就交与你了。不得让她与二爷亲近,若有差错,你要打点

〔下。

来旺妇　是。(转向幕内呼)秋菊、夏莲、华嫂子、柳嫂子,快来,快来!

〔四丫鬟仆妇应声上。

来旺妇　尤二姐我就交于你们了。一不许她与二爷亲近,二不许她与别人往来,吃的只能残汤剩饭,穿的只能夹衣薄棉。以上四点,不得违反。若有差错,你们要打点。

众　仆　是!

第六场　逞　凶

〔二幕外。贾珍上。

贾　珍　(唱)王熙凤,太恶毒,
　　　　　　　唆使贱民告丈夫。
　　　　　　　假装贤惠无忌妒,
　　　　　　　背地吃人不吐骨。
　　　　　　　抓住这把柄,内外喧嚷出。
　　　　　　　定教她千人咒骂万人诅,
　　　　　　　身败名裂满盘输。
　　　　　(白)蓉儿快来。

〔贾蓉上。贾芸暗上,偷听。

贾　蓉　爹。

贾　珍　你去找那张华,多多许他一些好处,叫他进府来随我们面见老祖宗,掀翻凤辣子。

贾　蓉　是。

〔贾珍与贾蓉下。
〔贾芸盯视二人去处。

贾　芸　探得机密事,报与二婶姨。〔返身下。

〔少顷,来旺带醉上。

来　旺　(念)这场官司真好笑,
　　　　　　　二奶奶没法把二爷告,
　　　　　　　二爷被告不焦躁,

　　　　　大爷反而双脚跳。
　　　　　张华憋得哭又叫，
　　　　　我在中间看热闹。
　　　　　奶奶的官司打赢了，
　　　　　赏我银子一大包，一大包。
　　　〔来旺妇上。
来旺妇　（念）一计不成生二计，
　　　　　捉鬼还须放鬼人。
　　　　（白）喂，背时的，你来做啥？
来　旺　来讨赏呐？
来旺妇　讨赏？你只怕是来讨打呦。
来　旺　啥话？那官司都打成了死疙瘩……
来旺妇　死疙瘩又变成活疙瘩了。（低声）适才芸少爷前来禀告二奶奶，他说珍大爷已命蓉少爷前去寻找张华，要把张华找进府来与奶奶对质。
来　旺　啊？唆使张华告状之事，莫非被珍大爷察觉了？!
来旺妇　你想一想，要是张华泄露了其中隐情，我们奶奶还怎么做人呐？
来　旺　哼，这娃娃若敢改口翻案，老子就白刀子进，红刀子出，把他娃娃宰了。
来旺妇　奶奶就是这个意思，她要你杀人灭口。
来　旺　杀人灭口？!
来旺妇　杀了张华，奶奶赏你四十两银子。〔取出两锭银子。
来　旺　好，我即刻就去。
　　　〔来旺妇抛出银锭，来旺伸手一一接住。
来　旺　正是：白晃晃银子手中拿，看我前去杀张华。张华呀张华，只怪你的命不好，休怪大爷心毒辣。奶奶真是有办法，待人做事奸又滑。〔下。
来旺妇　（念）尤二已是笼中鸟，任我刷来任我杀。〔下。
　　　〔二幕启。尤二姐病恹恹上。作恶心，头昏。
　　　（帮）凄风阵阵，落叶片片，
　　　　　天色昏昏，苦雨绵绵。
尤二姐　（唱）长夜漫漫，魔影眈眈。

　　　　心儿颤颤,泪儿涟涟。
　　　　撕碎了奴的心肝。
　　　　可怜我满腹悲怨,
　　　　也只能偷把泪弹。
　　　　三日为新妇,
　　　　三月作囚犯。
　　　　渴无粗茶饮,
　　　　饥无热饭餐。
　　　　冻无重衾拥,
　　　　寒无二衣添。
　　　　受尽了人间磨难,
　　　　朝而暮度日如年。
　　　　只恨我哇……
　　(帮)只恨我心痴意软,心痴意软,
　　　　错信了巧语花言。
　　(唱)只落得欲退无路,欲语无言,欲走不能,欲死不甘。
　　　　只为腹中已有孕。
　　　　不知是女或是男。
　　　　愿将我儿生下地,
　　　　求得老祖宗心喜欢。
　　　　保全二姐一条命,
　　　　母子相依度余年。
　　　　且忍满腹悲和怨,
　　　　强自振作咬牙关。
　　　　往事休再回头看,
　　　　愿如衰草待来年。
　　〔翠儿悄悄上。
　　(帮)潜入后院,潜入后院……
翠　儿　(叩门,低呼)二小姐!
　　〔尤二姐开门。

尤二姐　翠儿！

　　　　〔二人相抱，痛哭失声。

　　　　（帮）见亲人倍觉心酸……

翠　儿　轻声些呀……〔扶尤二姐坐下。

尤二姐　翠儿，我只说……见不着你了……

翠　儿　明天是贵妃娘娘省亲的日子，府中忙得人仰马翻，我才偷偷进来看你……二小姐，你怎么变成这个样子了？

尤二姐　（哭）喂呀……

翠　儿　平姐姐说，你腹中有孕了，可是真的？

　　　　〔尤二姐哽咽点头。

翠　儿　唉，你若能平平安安生个儿子，说不定还有出头之日。昨日我打扫花园，遇着了珍姑爹。趁无人之际，我便求他救一救你。

尤二姐　他怎么说？

翠　儿　他说，那张华已被歹徒杀死，官司也可不了了之。他今日便去禀明老祖宗，让你明朝跟随众人拜见贵妃娘娘，只要见过贵妃娘娘，琏二奶奶便不敢如此糟蹋你了。

尤二姐　啊……

翠　儿　他还说，你未见贵妃娘娘之前，有孕的事，千万不可让琏二奶奶得知。

　　　　〔平儿上。

平　儿　翠儿快走，奶奶就要过来了。

翠　儿　平姐姐，我家二小姐有劳你多多照应了。〔拜。

平　儿　（扶）妹妹不必如此……

　　　　（帮）我也是作妾之人命乖蹇，

　　　　　　　见此情满怀酸楚同病怜。

　　　　〔幕内声："琏二奶奶到。"

平　儿　奶奶来了，翠儿快走。

　　　　〔翠儿与尤二姐难分难舍。平儿拉翠儿下。

　　　　〔丫鬟仆妇上，列队。

　　　　〔王熙凤上，后随桐花与来旺妇。

王熙凤　妹妹，我看你来了。

尤二姐　（拜）姐姐……〔极度紧张而晕倒。
　　　　〔王熙凤看着足下的尤二姐。
王熙凤　怎么这样不中用？
来旺妇　（悄悄地向凤姐）她莫非真的有了……
　　　　〔尤二姐被丫头们扶起。
王熙凤　妹妹，你怎么样了？
　　　　〔尤二姐惊醒，强打精神，推开仆妇。
尤二姐　姐姐，我……好。姐姐，请坐……〔转身搬椅子，又觉头晕，急忙撑住。
王熙凤　（扶住尤二姐，亲切地）妹妹不必劳神……呀，我观你气色不佳，莫非身体不恙？快与姐姐说明，我好与你请一个医生。
尤二姐　这……小妹无病，不必请医……
王熙凤　哎，方才晕倒在地，怎的还说无病？平儿。
　　　　〔平儿上。
平　儿　伺候奶奶。
王熙凤　平儿，你时常过来陪伴新奶奶，她身体有病，怎么不报得我知？
平　儿　回奶奶，奴婢不知新奶奶有病。
王熙凤　新奶奶时常头晕、呕吐，难道你不曾看见？
平　儿　（惊，忙镇静）新奶奶只是感冒风寒，故而未敢惊动奶奶。
王熙凤　（拉平儿到一旁）什么感冒风寒，只怕她有孕了？
平　儿　我倒不曾看出来。
王熙凤　（松手，打量平儿，威胁地）人家的猫逮耗子，我家的猫好像是逮鸡的呀……
平　儿　奴婢不敢。
王熙凤　哼！（转向尤二姐）妹妹，我看你比先前憔悴多了。有病无病，都该请个太医来看上一看。来旺媳妇，快去请个太医来。
　　　　〔尤二姐猛站起。
尤二姐　不！小妹当真无病，不愿就医。〔欲下。
王熙凤　（大喝）妹妹！（立刻又温和下来）妹妹呀，为姐是来与你贺喜的呦……
尤二姐　（大惊）喜！（恐怖地）我没有喜……我没有喜……
王熙凤　哎呀，妹妹你还不知道吗？适才老祖宗吩咐为姐，叫你明日跟随我等拜

	见贵妃娘娘,然后便与二爷圆房。这不是喜又是什么?
尤二姐	(慢慢缓过气来)姐姐……
王熙凤	只是妹妹如今这般憔悴,要是贵妃娘娘和老祖宗问将起来,岂不责怪为姐照顾不周,那时为姐怎么吃罪得起?还望妹妹可怜可怜为姐,你就是不愿看病服药,也该吃点东西滋补滋补。来旺媳妇,去把前日太医院送的补虚丸取来。
来旺妇	是。〔下。
王熙凤	平儿,温汤伺候。
	〔平儿退开。来旺妇取丸药上。
王熙凤	(接药)妹妹,这是太医院调制的御用补虚丸。一人一年最多只能吃三粒。妹妹乃年轻之人,只服一粒也就够了。(交与尤二姐)只是一件,女子服用此药,必须无有身孕。若有身孕,服之立即堕胎。
	〔尤二姐大惊松手,丸药坠地。
王熙凤	妹妹为何惊慌?
尤二姐	(清醒)小妹未曾惊慌……
王熙凤	(微笑)你看——(指药)它都掉了。
尤二姐	这……〔俯身拾起,浑身颤抖。
王熙凤	妹妹,你莫非身怀有孕?
尤二姐	没有……没有……
王熙凤	既无身孕,惊怕何来?服下此药,你的病就好了。平儿,伺候奶奶服药。
尤二姐	(急忙)姐姐,我实在没病呐……
王熙凤	无病之人,吃了更好。来旺媳妇,伺候新奶奶服药。
来旺妇	是。(从尤二姐手中拿过丸药,又从平儿手中要过茶盘,将药丸放在盘中)秋菊!
	〔一丫鬟近前,来旺妇把茶盘塞给她,示意送与尤二姐。
	〔丫鬟不得不走近尤二姐,跪下,举起茶盘。
丫 鬟	请新奶奶服药……
尤二姐	啊!〔惊恐地后退,退近来旺妇,来旺妇恭敬地请她服药;她退近平儿,平儿看她一眼背身拭泪;她退近桐花,桐花低头;她退近凤姐,凤姐含笑地请她服药。她进退无路,不由得长恸一声,跪在凤姐脚下。

尤二姐　你饶了我吧……
王熙凤　这是何意？
尤二姐　我，我，我有孕了……
王熙凤　哦……（盯了平儿一眼，扶起尤二姐）既是如此，你怎么不早说？
尤二姐　哎呀，姐姐呀。小妹自幼父亡母寡，家境贫寒，投奔姐姐门下，靠姐夫周济度日。小妹忍辱含羞，并无一点妄想，谁知三月之前，琏二爷忽忽到我家，定要小妹为妾。小妹也曾再三推辞，无奈姐夫做主，小妹不得不从。进府来只愿终身伺候姐姐，并不敢怀有三心二意。哎呀，姐姐呀，我的贤姐姐！想小妹身虽下贱，腹中乃是二爷骨血，还望姐姐开一线之恩，容我养下此儿。妹妹纵死九泉，也就瞑目了。我的姐姐呀……
　　　　　〔叩拜。
王熙凤　妹妹想到哪里去了。你若养下一男半子，为姐也好跟着享福呀。适才为姐不明原委，故而要你服那丸药。如今既有身孕，自不必服用。〔扶起尤二姐。
尤二姐　小妹终身铭记姐姐的大恩大德。
王熙凤　桐花，适才老祖宗赏与我的贡茶放在哪里？
桐　花　在奶奶卧榻旁的茶几上。
王熙凤　好，你就将它端来与新奶奶润喉。
桐　花　是。〔下。
王熙凤　妹妹快快坐下。既有身孕，就当格外保重。
　　　　　〔桐花端茶上。
王熙凤　可是那盏贡茶？
桐　花　是。
王熙凤　（接过）妹妹，此乃外邦进贡之茶，昨日贵妃娘娘赏与老祖宗，适才老祖宗又泡一盏来赏与为姐。此茶味道又香又醇，妹妹尝尝便知道了。
　　　　　〔尤二姐忙站起，接过捧与凤姐。
尤二姐　姐姐请。
王熙凤　妹妹啼哭过了，还是妹妹润喉吧。也尝尝这贡茶的味道如何。
尤二姐　多谢姐姐。〔喝茶。
王熙凤　妹妹，你看这茶味可好？

尤二姐　（精神恍惚地）好,好……

王熙凤　妹妹请坐。只因为姐家务繁忙,又值贵妃省亲,更难得与妹妹闲谈。今日既来了,你我姊妹就要谈个痛快才是。妹妹这里还缺少什么,只管对为姐言说,我即刻命人与你送来。丫头婆子们谁违拗你了,只管对为姐言说,我好重重地责打于她……

尤二姐　啊……〔按着腹部猛然站起。

王熙凤　妹妹怎么样了?

尤二姐　我腹内……疼痛……〔扶住桌子。

王熙凤　（虚张声势）哎呀,快命人到太医院去请医生。

　　　　〔平儿要走,被来旺妇拉住。

王熙凤　（俯身去看尤二姐,十分关切地）妹妹,你好一点没有? 妹妹……

　　　　〔尤二姐抬起头来,直盯着凤姐。腹痛,挣扎过场。然后指着凤姐,有气无力地。

尤二姐　你,你,你呀……〔晕倒,被二仆妇架住。

王熙凤　扶她进去。

　　　　〔二仆妇架尤二姐下。

　　　　〔来旺妇、桐花等随下。

　　　　〔平儿欲走。

王熙凤　（喝住）平儿!〔盯住平儿,慢慢上前,猛地打她一个耳光。

　　　　〔幕内传来尤二姐的惨叫:"哎呀!"

　　　　〔来旺妇上。

来旺妇　奶奶,打下来了,还是一个男胎。

王熙凤　桐花走来。

　　　　〔桐花上,丫鬟们随上。

王熙凤　桐花,新奶奶吃了那茶,为何胎儿就掉了?

桐　花　我不知道……

王熙凤　莫不是你这贱人,在贡茶中放了打胎的药吗?

桐　花　（大惊跪倒）奶奶,我没有,没有……

王熙凤　没有? 那茶是你端来的,不是你是谁? 难道老祖宗赏与我的贡茶中会有打胎的药吗?! 想是你这丫头听说新奶奶要与二爷圆房,你就心怀忌妒,下此毒手。如还将你留在二爷身边,只怕明天就该轮到我了。

来旺妇　（向外呼）来人。

〔幕内应声而上四名男仆。

王熙凤　（指着桐花）把这个伤天害理的恶奴拖到二门之外,按家法处死！

四男仆　是。〔拥上前,抓住桐花。

桐　花　（高叫）冤枉呀……冤枉……

〔四男仆举起桐花奔下。

来旺妇　（低声）奶奶,那个人……〔指室内。

王熙凤　她还活着吗？

来旺妇　活着。

王熙凤　叫翠儿。

来旺妇　（向内）叫翠儿进来。

〔翠儿上,无语旁立。

王熙凤　（和颜悦色地）翠儿,今夜晚你就在这里陪伴你家二小姐。明日五更起床,与你家二小姐梳洗打扮,早早去到省亲别墅之中等候拜见贵妃娘娘,然后便与二爷圆房。听见了吗？

翠　儿　（喜）听见了。

王熙凤　好。（突然大笑）哈哈哈……〔猛转身而去。

〔来旺妇等仆随下,平儿落后。

翠　儿　（赶上拉住平儿,欣喜万分）平姐姐,我家二小姐熬出头了。

〔平儿慢慢转身盯住翠儿,半晌无语,落泪抽泣。

翠　儿　（惊疑）平姐姐,你、你……

平　儿　（压抑住悲愤,低沉地）天……哪……〔回身奔下。

翠　儿　（目送平儿,忽有所悟,转对内室,惊恐地高呼）二小姐……〔下。

第七场　接　　驾

（帮）笙箫鼓乐震天外,

　　　恭迎贵妃回家来。

〔幕启。王熙凤踌躇满志快步上场,视察各处。来旺妇紧随。

（帮）豪华别墅泛异彩，
　　　当家人儿笑满腮。

王熙凤　来旺媳妇，去把尤二姐弄出来。

来旺妇　奶奶，今天这个日子，你为何一定要弄她前来？

王熙凤　就是今天这个日子，她来了才好。

来旺妇　（有所悟）哦……

　　　奴才马上就去。〔下。

　　　〔幕后传来贾母声："凤丫头。"

王熙凤　（转身，喜呼）老祖宗！〔迎至下场门，扶贾母上。

　　　〔一大群夫人、小姐随上。

　　　〔夫人小姐们皆喜气洋洋，东张西望。

王熙凤　老祖宗，你看这省亲别墅可气派？

贾　母　果然是压倒龙宫，胜过瑶台。

王熙凤　多亏得老祖宗安排主宰。

贾　母　也亏你提调有方是贤才。（向众人）你们都要跟她学点乖。哈哈哈。

　　　〔来旺妇扶持尤二姐上。尤二姐神情呆滞。

来旺妇　新奶奶来了。

王熙凤　老祖宗，尤家妹妹来了。〔忙去扶着尤二姐。

贾　母　（转身见尤，惊诧）啊！她怎么成了这个样子？

来旺妇　（忙趋前低声）回老祖宗，只因不曾与二爷圆房，她就气病了。

贾　母　（怒）什么？她竟敢这样张狂……凤丫头，她既然病了，就叫她回去！

　　　〔王熙凤忙丢下尤二姐。

王熙凤　老祖宗，我陪你到别处看一看。〔扶贾母下。

　　　〔有人边走边不忍地回顾尤二姐下。

来旺妇　（待众人去后，转对尤二姐）你该回去了。

　　　〔尤二姐呆立不动。

来旺妇　我来送你回去。〔边说边走过去。

尤二姐　（猛力推开她）不！我自己……（站不稳，却又尽力撑着，站直身子）晓得回去。

来旺妇　（恶狠狠地）那就好。〔下。

尤二姐 （梦呓般地）我是该……回去了……

〔平儿与翠儿上。

翠　儿 二小姐！

平　儿 新奶奶,你好些了吧?

尤二姐 （拉着平儿,惨笑）我……就要好了……（见手上戒指）这是什么?

翠　儿 这是琏二爷送与你的戒指,你怎么不明白了?

尤二姐 我明白。今天……我真的……明白了!

（唱）指环套上手,

　　软索绕在喉。

　　陷阱原来早挖就,

　　可怜血泪染红楼。

　　今方把豪门识透,

　　今方把豪门识透。

　　欲说还休,

　　欲说还休。

　　休、休、休……

〔举起戒指猛地丢入口内,吞下。

翠　儿 （惊呼）啊！二小姐……

（帮）愿得芳魂逐清流。

〔尤二姐慢慢下。翠儿、平儿大哭。

〔幕内接连高呼："贵妃娘娘驾到……"

〔平儿忍泪起身,惊慌四顾,向内招手。四男仆上,抬尤二姐下。翠儿与平儿随下。幕内又呼："贵妃娘娘驾到。"鼓乐声起。

（帮）金字牌坊耸皇都,

　　翠盖銮舆降华屋。

　　帝王将相一日喜,

　　黎民百姓万骨枯。

〔王熙凤扶贾母上。贾珍、贾琏、贾蓉、贾芸及众夫人、小姐等随上。

〔同时,皇家仪仗队庄严地缓步登场。

〔贾母等跪迎在一侧。

〔仪仗队排列在另一侧。

—幕闭—

一九六三年冬初稿
一九八一年春五稿

选自徐棻《王熙凤(川剧高腔)》(重庆出版社1983年版)。

红楼惊梦

徐 棻

人物表

王熙凤——二十多岁,贾府当家少奶奶。
焦大——九十来岁(兼太老爷),有功于贾府的老奴。
贾母——八十岁,贾府的最高统治者。
贾蓉——二十多岁,王熙凤的侄儿。
贾珍——四十多岁,贾蓉的父亲。
秦可卿——二十岁,贾蓉的妻子。
张金哥——十八岁,财主的女儿。
林公子——二十岁,金哥的未婚夫。
瑞珠——十六岁,丫头。
平儿——二十多岁,王熙凤的心腹丫头。
静虚——五十多岁,尼姑。
巧姐——十来岁,王熙凤的女儿。
马太监——六十多岁,内宫掌权太监。
王仁——三十多岁,王熙凤的哥哥。
男仆若干(兼锦衣军);女仆、丫鬟若干(兼尼姑们及夫人)。

一

〔大幕缓缓移动。黑暗中有人哀唱着:"满纸荒唐言,一把辛酸泪!都云作者痴,谁知其中味?"
〔台上一片混沌。飘浮的云和迷蒙的雾,使混沌变得神秘。
〔透过混沌,人们隐约可见几根大红圆柱。

〔突然,一束白光穿云透雾照在圆柱间的一株枯树上。
〔接着,枯树枝上冒出硕大的蓓蕾。
〔顷刻,蓓蕾绽放出绚丽的花朵。
〔四个男仆上。他们开始在圆柱后探头探脑,继而蹑手蹑脚向花树走去。

四男仆　（屏气轻声地,唱）
　　　　　　心儿惊,魂儿诧,
　　　　　　背发冷,头发麻。
　　　　　　园中怪树开怪花,
〔刚走近花树,又惊恐退开。
　　　　　　又想看它又怕它。
〔王熙凤内唱："我不怕！"

四男仆　（互语）琏二奶奶来了！〔速退避下场。
〔四丫头手提玻璃灯笼上。
〔台上光亮。
〔王熙凤快步上。平儿一手牵巧姐,一手执红绸紧随上。

王熙凤　（唱）国公府宅,贵妃娘家。
　　　　　　贾门洪福齐天大,
　　　　　　怕什么十月开出三月花。
　　　　　　是妖孽,我与她比一比胆；
　　　　　　是神怪,我与他斗一斗法。
　　　　　　叫平儿,三尺红绫枝上挂……
〔平儿将红绸挂在树枝上。

王熙凤　（唱）定教那洋洋喜色映奇葩。
　　　　平儿！
平　儿　奶奶。
王熙凤　传话下去,摆酒设宴,请老祖宗赏花。
平　儿　是。〔放开巧姐。
巧　姐　妈,我怕。〔躲到王熙凤身后。
〔焦大执酒葫芦踉跄而上。

焦　大　（拦住平儿）不要……去……
王熙凤　（不悦而又忍耐地）焦大，你喝你的酒，我赏我的花，我不管你也就罢了。平儿，快去！
　　　　［平儿下。
焦　大　（喊）不要去……那花……赏不得……
巧　姐　那花为何赏不得？
焦　大　那花……不是好兆头！只怕这个家……要败啰……（忽捶胸哭叫）要败家啦……
王熙凤　来人！
　　　　［二男仆上。
王熙凤　（指焦大）把他拉下去……（一顿，缓和语气）灌几口醒酒汤。
　　　　［二男仆抓住焦大，拉下。
　　　　［幕后声："老祖宗来了！"
　　　　［平儿扶贾母上，二仆妇后随。
王熙凤　见过老祖宗。
贾　母　凤丫头，枯了的海棠当真开了花吗？
王熙凤　老祖宗请观。
　　　　（唱）此树去春已枯败，
　　　　　　　今秋忽然花又开；
　　　　　　　定是北堂添寿考，
　　　　　　　特与老祖宗贺喜来。
　　　　［贾母轻轻摇头。
　　　　［幕后帮腔："来得怪。"
贾　母　（唱）难测好歹，
　　　　　　　颇费疑猜。
　　　　　　　草木最应知时令，
　　　　　　　不时而发多不谐。
　　　　　　　莫非妖孽在作祟？
　　　　　　　莫非神佛要降灾？
　　　　　　　贾氏兴旺将百载，

　　　　　　常言久盛必有衰。
　　　　　〔幕后帮腔:"怕只怕泰极否来!"
贾　　母　（唱）花开若是主祥瑞,
　　　　　　让我儿孙皆成材;
　　　　　　花开若是主凶险,
　　　　　　老身一人受祸灾。
　　　　　　叫人捧来玉杯酒……
王熙凤　　捧酒来!
　　　　　〔一仆妇递上酒盘,平儿转递与王熙凤,王熙凤呈与贾母。
贾　　母　（接杯）尔等退下,待我祝告上苍。
王熙凤　　是。〔率众人退下。
　　　　　〔执灯丫头缓缓后退。
贾　　母　（举杯向天）菩萨呀,列祖列宗!
　　　　　（唱）求你们——
　　　　　　冥冥之中好安排。
　　　　　〔洒酒于地,向花树跪下,双手合十,低头默祷。
　　　　　〔丫头们下。
　　　　　〔台上又沉入半明半暗之中,只有那束白光罩着花树。
　　　　　〔音乐声中,花树慢慢转动起来。当树身转过另一面时,粗壮的树干变成了人身——贾府老太爷——他颔有黑须,身披战袍,但脸孔却与焦大一样。
太老爷　　（声音空灵,有如发自幽谷）唉……
贾　　母　（抬头,惊呼）太老爷!〔惊吓坐地。
太老爷　　（仍是那空灵的声音,念）
　　　　　　痴男愚女情多纵,
　　　　　　弄巧卖乖愿难酬。
　　　　　　花开异兆权为警,
　　　　　　约束儿孙固红楼。
　　　　　〔树身在最后一句中转回原状。
贾　　母　太老爷!（起身奔到树下）太老爷……（慢慢回身,自语）约束儿孙固红楼……儿孙们怎么样了？我的儿孙们怎么样了？（大叫）把老爷们、少爷们、孙少爷们、重孙少爷们都与我叫来，都与我叫来……

〔光圈消失。

〔黑暗中，仆人们在传呼："老祖宗传老少爷们大观园赏花……"

二

〔纱幕轻垂处是贾蓉的起居室。

〔秦可卿背身靠在美人榻上静养。

〔瑞珠走上。

瑞　珠　（向秦可卿）少奶奶，蓉少爷呢？

〔秦可卿不答，只抬起手来指指内堂……

瑞　珠　（向室内）有请蓉少爷。

〔贾蓉自内室出。

贾　蓉　什么事？

瑞　珠　禀蓉少爷，老祖宗传老少爷们大观园赏花。

贾　蓉　赏什么花？哼，分明是花妖作怪。待我禀明老祖宗，将那妖树砍了。

〔欲走。

秦可卿　（挣扎坐起）不……不。老祖宗什么事不曾见过，还要你重孙儿去说？如今十月小阳春，天气暖和，春花忽开也是有的。叫你赏花，你就赏花。吉利的话你要多讲；那不吉利的话呀，你千万说不得。

贾　蓉　好好好，多说吉利话，跟你一样，做个大贤人。

秦可卿　（笑）如今我卧病在床，百事不管，倒真地成了大闲人了！

贾　蓉　瑞珠，奶奶该吃二遍药了，快去熬好端来。小心侍候。

瑞　珠　是。〔下。

贾　蓉　如此，你就各自静养，我去去便来。〔下。

秦可卿　（扶床站起）唯愿我秦可卿也像那海棠花一样转危为安才好。

（唱）叹平生与人无忤，谦逊恭顺。

　　　只求个无灾少难，安稳太平。

　　　为何苍天不怜悯，

　　　竟教疾病苦缠身。

谁不爱姹紫嫣红枝头盛景？
谁不怜哀桃败李树下落英？
怕只怕好景不长红颜薄命，
感悲戚不由可卿暗自沉吟。

〔叹息，靠榻侧卧。

〔贾珍背身溜上，转身，偷眼四望。

贾　珍　（唱）美儿媳，身染病，

病西施勾去我的心。

贾珍迷了性，

失魄又落魂。

充耳不闻祖母唤，

躲躲闪闪回家门。

趁着众人赏花去，

来与儿媳做情人。

〔幕后帮腔："廉耻何存？"

贾　珍　（一惊）哪个？（四顾无人，擦汗）吓我这一跳！（蹑手蹑足走近秦可卿，又向室内一望，确信无人后，以手搭秦可卿肩头，轻呼）可卿——卿！

秦可卿　（以为是贾蓉）你就回来了……（慢慢转身坐起，回头见是贾珍，大惊）爹！〔翻身从另一侧滚下，坐在地上，浑身颤抖。

贾　珍　可卿不必惊慌，为父是来探病的。你好些没有呀？

秦可卿　（挣扎着站起）好……好……

〔贾珍色迷迷地绕榻向秦可卿走去。

贾　珍　你病了，为父心中牵挂，乃至坐卧不宁，寝食不安，禁不住前来探望于你。好媳妇，你那心中要领情才是啊……〔边说边挨近秦可卿。

〔秦可卿惊恐万状地后退。

〔贾珍上前伸手欲抱秦可卿。

〔秦可卿绕榻而避，奔入内室。

〔贾珍追去。

〔瑞珠端药上。见无人，走向内室。

瑞　珠　（喊）少奶……（见状大惊）啊！〔碗脱手，人跌落地上。

〔贾珍奔出,见瑞珠,背转身子逃下。

〔瑞珠奋力站起,站不稳,两脚一软,劈叉坐地。她又勉力收起僵直的腿,刚迈步,两脚一软,又劈叉坐地……她一起一跌仓惶而下。

〔秦可卿从内室踉跄而出,她不知该去向何处。

秦可卿 （突发一声惨呼）……叫我如何见人哪……

〔幕后帮腔：

"天塌地陷,天塌地陷,

再无有立足地,

哪还有锦绣天！"

秦可卿 （唱）谦逊恭顺,未免于难,

与人无忤,何尝平安！

只落得——

〔幕后帮腔：

"狂飙吹落柳间絮,

无声无息去如烟。"

〔帮腔中,在蓝色灯光的晃动里,纱幕呼呼地飞去了,卧榻滚滚地滑走了,秦可卿似乎身不由己地旋转起来,水袖与衫裙齐飞,像被狂风卷起的落叶,旋转着悠悠飘去……

〔黑沉沉的天空压下来,压下来……

三

〔寂静中传来铁片的敲击声,每次四下："嗒嗒嗒嗒,嗒嗒嗒嗒……"

〔幕后帮腔："敲云板,传丧音,梦中可有惊醒人？"

〔巧姐在云板声中惊惧地走来。

巧　姐 （大声向四面问）这是什么声音？这是什么声音？（无人回答,她急得大叫）这是什么声音呀?!

〔焦大脚步蹒跚地走出。他没有醉,显得十分衰老。

巧　姐 （一眼望见,忙跑过去）焦大爷,这是什么声音呀？

焦　大 （呆呆地）丧……音……

巧　姐 什么叫丧音？什么叫丧音？

〔王仁跑来。

王　仁　巧姐儿!

巧　姐　舅舅!舅舅,什么叫丧音?

王　仁　你们家死了人了。

巧　姐　死了人了?!

王　仁　你妈叫你快回去。〔拉巧姐下。

〔云板声停。

〔瑞珠惊慌逃来,撞着发呆的焦大。

瑞　珠　(大惊,转见焦大,又如获救星,将他一把抓住)焦大爷,你要救我,你要救我……〔叩头如捣蒜。

焦　大　(拦住她)你犯了什么家法?

瑞　珠　蓉少奶奶死了……

焦　大　(自语)原来是蓉哥儿媳妇死了……她病了许久,死了与你何干哪?

瑞　珠　我,我,我看见……珍大爷在她的卧室里……

焦　大　(一把捂住瑞珠的口,见左右无人,低声问)你对别人说了没有?

瑞　珠　(使劲摇头)没有,没有。可是,珍大爷必定容不过我。焦大爷,我爷爷从前帮你喂过战马。看在我死去的爷爷份上,你你你要救我一命哪……〔伏地。

焦　大　唉……起来,起来。(拉起瑞珠)这件事若让别人知道,我们贾家就要遭祸了。你宁死也不能对别人说一句。你肯赌咒,我便救你。

瑞　珠　("咚"一声跪下)我若对别人说出一句,就不得好死!

〔内呼:"抓瑞珠!"

〔瑞珠惊恐地抱住焦大的腿。

焦　大　你且逃出府去躲避一时,等我向老祖宗求情,日后再让你回来。

〔幕后又呼:"抓瑞珠!"

焦　大　快跑!

〔瑞珠起身逃下。

〔焦大从腰间取下酒葫芦,作饮酒状。

焦　大　(佯醉)喝一杯……喝。(见男仆甲夺路走,忙将他一把抓住)喝……〔欲灌酒。

仆　　甲　（气恼而又无奈地）焦大爷，小的有急事。

焦　　大　啥……急事？嗯？

仆　　甲　小丫头瑞珠不听招呼，将蓉少奶奶气倒在地，一命呜呼。如今珍大爷要抓住她正家法。

仆　　乙　焦大爷，你看见瑞珠往哪儿跑了？

焦　　大　瑞珠？就是那个……眯眼、眯眼的黄毛……黄毛丫头？

仆　　甲　就是她，人小鬼大！

焦　　大　（东指西指）朝那边……（见众仆拔腿就追，忙叫）不……是朝那边……

仆　　甲　到底朝哪边？

焦　　大　（拍胸口）焦大爷……带路。（指瑞珠下场的反方向）走。

仆　　甲　追！

〔众仆越过焦大奔下。焦大随下。

〔幕后帮腔："心炸胆裂！"

〔精疲力竭的瑞珠上。她惊恐地瞪着眼，浑身抖索。

〔幕后帮腔："正家法声声勾魂魄。"

〔瑞珠觉得天昏地暗。恍惚中，红柱开始移动。它们或并成一排，或列为夹道，或突出一根。

〔瑞珠奔向哪里，哪里就有红柱挡道。她狂奔于红柱之间。

〔最后，红柱呈圆形围困着瑞珠。瑞珠蜷缩于地。

〔幕后帮腔："沉冤何处白？！"

〔红柱复归原位。

〔幕后有人喊："抓瑞珠……"

〔台上灯亮。

〔瑞珠跃起欲走，迎面四男仆执棍冲出，举棍逼视瑞珠。

瑞　　珠　（唱）天哪，天！

　　　　　　你不该赐我一双眼，
　　　　　　予我三寸舌。
　　　　　　教他们怕这眼底脏证在，
　　　　　　舌尖隐私洩。
　　　　　　饮恨吞声自去也，

免遭凌辱受磨折。

〔瑞珠向红柱撞去。

〔众仆大惊,垂棍于地,呆立。

〔瑞珠倚柱慢慢倒下,额上一抹鲜血。

〔王熙凤与贾蓉急步上。焦大从另一方上,焦大与贾蓉亦惊呆。

王熙凤 （唱）白惨惨的脸,

红殷殷的血。

两眼望天留长恨,

不由人阵阵寒噤阵阵怯。

你触柱,我明白：

丧事因由问不得。

小命儿无辜丢也,

〔幕后帮腔："铁石心肠也凄切。"

焦　大 （慢慢蹲下抚摸瑞珠的脸颊,哀声）我还没有见着老祖宗,你何苦忙着去死啊……（仰面向王熙凤,悲呼）二奶奶,瑞珠是个好丫头,你要厚葬她呀……

王熙凤 （缓缓地）焦大说得不错。瑞珠……是个好丫头……

众　仆 （不解）这……

王熙凤 想这瑞珠,本是蓉少奶奶的贴身丫头,蓉少奶奶生病去世,她便触柱而亡。此乃以身殉主,可敬可嘉。

众　仆 （仍不明白）以身殉主,可敬可嘉……

王熙凤 这等义仆,既是你们的榜样,也是贾门的荣光。还不向蓉少爷道喜?!

众　仆 给蓉少爷道喜。

贾　蓉 哦,哦……（回过神来）好,好。瑞珠殉主,可敬可嘉,当以我的女儿之礼厚葬。来,将瑞珠小姐的尸体抬下去,与少奶奶的遗体一并停放在登仙阁中。

众　仆 是。〔众仆举起瑞珠缓步下。焦大垂头跟下。

〔幕后帮腔："啊……"

〔王熙凤与贾蓉目送众人走去后,回头互相望望,相继而下。

四

〔幕后帮腔:"芳魂相继去,灵牌成双设。"
〔台上无光,只有一片灰蒙蒙的天空。
〔一些人影从四面八方走来。
〔幕后帮腔:"廉耻丧,隐私泄。"
〔人影三三两两聚在一起,交头接耳。
〔幕后帮腔:"流言沸沸,私语窃窃。"
〔焦大以袖蒙面踉跄上。
〔人影涌向焦大,围着他指指戳戳地转。
〔幕后帮腔:"老奴焦大也羞涩,也羞涩,有酒难掩耳根热,耳根热。"
〔人影摆画面定格。

焦　大　(唱)有人说,有人骂,
　　　　　有人耻笑有人责。
　　　　　贾门权威损,
　　　　　贾门名声亵。
　　　　　都说道,
　　　　　只有门前石狮子,
　　　　　才是干净与清白。
　　　　　焦大心似滚油煎,
　　　　　老祖宗,
　　　　　你究竟晓得不晓得?!
〔幕后传来一声长叹:"唉……"
〔焦大与人影隐去。
〔光圈送贾母出。

贾　母　(唱)养尊须聋哑,处优勿忐忑。
　　　　　奈何花为警,致令情悱恻。
　　　　　叫来众儿孙,训诫守祖德。
　　　　　谁知言未了,主亡奴尽节。
　　　　　欲问却怎问? 欲责待怎责?

深究怕出丑，浅谈空喋喋。

贾门权势不可损，贾门清名不可亵。

纵然有蹊跷，亦当守缄默。

〔幕后焦大帮腔："使不得！长堤溃于蝼蚁穴。"

贾　母　（唱）待我从容思良策，

唉——

但愿皇恩能镇邪。

〔转身，随光圈下。

〔幕后焦大帮腔："避灾防患在眉睫。"

〔光圈迎马太监上。

〔幕后焦大帮腔："况有宵小弄诡谲。"

马太监　（得意地）我，马太监。

〔幕后焦大帮腔："马太监，勿交结！"

马太监　呸！（面向帮腔处，唱）

多管闲事多磨折！

〔幕后焦大帮腔："你的心肠似蛇蝎！"

马太监　（仍面向帮腔处，如吵架般，唱）

骂我蛇蝎便蛇蝎，不毒何从敛财帛？

（转向观众，唱）

贾府丧事太奇特，定将情由弄明白。

一旦把柄掌中捏，金银财宝垂手得。

〔贾珍上。

贾　珍　老内相！（进入光圈，唱）

蓉儿捐官心迫切，

马太监　（唱）正为此事来告捷。

宫中三百龙禁卫，伤病减员有空缺。

速将银两交与我，待我前去办交涉。

贾　珍　（唱）深深谢！〔施礼。

马太监　（唱）自家人何必多礼节？

贾　珍　请！

〔马太监转身下。贾珍随后欲下。

〔幕后焦大帮腔："珍大爷！"

〔贾珍吃惊地站住，回身瞪眼。

〔幕后焦大帮腔："你捉襟见肘日窘迫，捐来闲官何所得？"

贾　珍　（唱）国公府第办丧事，

　　　　　　　蓉儿无官怎见客？

　　　　　　　脸少光，受轻蔑。

〔幕后焦大帮腔："何处筹银千余两？"

贾　珍　这……

　　　　（唱）求他婶娘通关节。〔隐去。

〔王熙凤上。光圈照着她圆场。

〔贾蓉随上，追着王熙凤跑。

贾　蓉　婶娘，婶娘……〔追上王熙凤，拉着她的裙子，跪下。

王熙凤　（低喝）蓉儿！

贾　蓉　（松手）婶娘不借钱，侄儿就不起。

王熙凤　哼，我还缺钱用，哪有银子借与你？

贾　蓉　你当我不知道？单是丫头小厮们的月例银子拿去放高利贷，婶娘每月也收百十两利钱。

王熙凤　（捂其口）轻声！（四面一望，生气地）我放高利贷又怎么样？还不是为了补贴家用，支撑国公府的面子、威风！

贾　蓉　就是为了风光体面，我才去捐个官，我爹才叫我来向婶娘借钱。要是借不到……

王熙凤　怎么样？

贾　蓉　我只有把老祖宗的东西偷几箱出去典当！

王熙凤　还轮得着你去偷！老祖宗的东西早就典当了！

贾　蓉　啊？（撒娇，抱着王熙凤的腿）那侄儿就去偷你……

王熙凤　（打掉贾蓉的手）没出息的东西！说什么偷，只要心头多转儿个弯弯，哪里弄不到三五千两银子？

贾　蓉　多谢疼儿的婶娘。〔叩头。

〔幕后焦大帮腔："劝凤姐，休缺德！"

王熙凤　（冷冷地）嘿嘿，管我的人，他的妈还没有把他生出来。〔扭身而下。
贾　蓉　（附和）哦！〔爬起追下。
　　　　〔幕后焦大帮腔："凤姐不可再作孽，不可再作孽……"

五

〔祭奠的白绫悬挂四方。
〔男仆们推出两块大红销金大木牌，上书"防护内廷紫禁道御前侍卫龙禁尉"。
〔静虚老尼领尼姑们执香、敲木鱼、念经过场，下。
〔巧姐尾随而上，好奇地观看。
〔焦大颠颠地跑上。

焦　大　巧姐儿，老祖宗……在哪里？
巧　姐　你要见老祖宗呀，那要先找我妈。
焦　大　呸！你妈不是东西。我要见……老太君……
巧　姐　老祖宗住在最最最后面的后院里，外头有小厮们、婆子们、丫头们一层一层把守着。
焦　大　把守！守得房子都要……倒了！我要问她……管不管……（越到后来口齿越不清，眼也睁不开了，跟跄地碰在木牌上）这是啥……啥子东西？
巧　姐　（念）"防护内廷紫禁道御前侍卫龙禁尉"……哦，是蓉大哥当了官的牌子。
焦　大　（怒）花千多两银子捐……捐这么个牌牌？这个家……咋个不败！〔生气地踢牌，反踢痛了自己的脚，抱脚后退，歪歪斜斜窜了几步，倒在祭帐后，沉沉睡去。
巧　姐　焦大爷……哎呀，他就睡着了。〔下。
　　　　〔张金哥与林公子上。
张金哥
林公子　（唱）借吊丧寻知音两厢游转……
　　　　〔张金哥与林公子碰面。
张金哥　林郎！
林公子　金哥！

〔二人警惕地回身察看。

张金哥
林公子　（唱）富贵场耳目多有话快谈。

张金哥　（唱）恨李家仗势欺人强下聘，
　　　　　　　恨我父要毁婚约图高攀。

林公子　（唱）官司已到都察院，
　　　　　　　要我退亲如登天。

张金哥
林公子　（唱）恶雨邪风任吹打，

　　　　　　　宁折也不弯。

　　　　珍重了！

〔二人相视，慢慢后退。
〔幕后帮腔："一声珍重分别去，此处不可久流连。"
〔幕后人呼："二奶奶这边歇息。"
〔林公子转身奔下。
〔张金哥转身欲走，迎面王熙凤上，静虚与平儿后随上。
〔王熙凤与张金哥照面，张金哥施礼。

王熙凤　（打量张金哥）这是谁家姑娘，长得这样标致？

静　虚　二奶奶还不认识她？她的父亲就是有名的张员外，与已故蓉少奶奶是同乡。

王熙凤　哦？蓉儿媳妇她家乡出美人哪。

静　虚　再美也比不过二奶奶美呀。哈哈哈。金哥姑娘，你妈正在找你，还不快去！

〔张金哥下。
〔平儿已端来椅子。王熙凤落座，平儿替她捶肩。

静　虚　二奶奶，就是刚才这个金哥姑娘的父亲张员外，有一事要求二奶奶帮忙。

王熙凤　求我帮这姑娘找个好婆家吗？

静　虚　这姑娘已有了婆家，许了个姓林的秀才。不料长安府李老爷的公子看上了金哥姑娘，打发人到张员外家下聘求亲。张员外想攀这门好亲，就想毁了林家的婚约。谁知那个林秀才死也不肯退婚,如今官司已打到都察院。因此,张员外托我来向二奶奶求情,请你老人家在察院招呼一声,帮他毁掉林家的婚约。

王熙凤　怎么说,张员外要我替他打通都察院的关节?

静　虚　事成之后,他愿孝敬奶奶一千两银子。

平　儿　老姑姐,这就是你的不是了。

　　　　(唱)奶奶本是当家人,
　　　　　　多少事情要操心。
　　　　　　有暇应当保玉体,
　　　　　　岂可让她多劳神。

静　虚　(唱)平姑娘言语甚中肯,
　　　　　　恕老尼一时耳软竟应承。
　　　　　　倘若奶奶不肯管,
　　　　　　怕只怕……

王熙凤　怕什么?

静　虚　(唱)怕只怕他们以为奶奶也无能。

王熙凤　哼!(站起,唱)
　　　　　　区区一察院,
　　　　　　小小一纠纷。
　　　　　　只要我开口,
　　　　　　话到事便成。
　　　　　　叫张家拿来银子三千两,
　　　　　　二奶奶我就替他毁姻亲。

　　　　我即刻跟张家去说。阿弥陀佛。〔下。

静　虚　好,好,三千两就三千两。

平　儿　奶奶,你真的要帮张家毁掉林家的婚约吗?

王熙凤　蓉儿捐官要跟我借一千两银子,正好把张家的钱拿来给他。
　　　　〔忽传来焦大的叫喊:"老太君来了!"
　　　　〔王熙凤、平儿一惊,忙转向幕后施礼恭迎。

王熙凤　老祖宗。

110

〔幕后无动静。少顷,传来鼾声。王熙凤、平儿诧异。

平　儿　（寻声而视）是焦大爷！他又喝醉了！〔退后。

王熙凤　（怒骂）王公大臣们人来客往的时候,怎么让这个老东西睡在这里？
〔王仁与贾蓉上。

王　仁　（向王熙凤）你惊呼呐喊地做啥子？（见状,明白）妹妹,亏你是个当家奶奶,也不管一管这个老东西！

王熙凤　我不管？难道你不知太老爷有遗言,要我们对他另眼看待、养老送终吗？

贾　蓉　（走近,用脚踢焦大）起来,起来！

焦　大　（朦胧坐起）老太君来啦……（爬起）老太君在哪里？〔寻找。

贾　蓉　你找老太君做什么？

焦　大　我为这个家……操心哪！

王熙凤　这个家不用你操心！

焦　大　啥？你焦大爷流了血……流了汗……

贾　蓉　还不滚回下房去！

焦　大　啊……滚？哪个敢喊我滚……（见王仁,以为是他）哈哈,才是你这个不干不净的……

王　仁　（扑上去打焦大）呃！
〔焦大撞王仁一个跟斗。王仁摔倒时又撞倒了贾蓉。
〔焦大忽然来了精神,拉起格斗的架势,只是脚下打偏。

焦　大　哈哈！来,来！焦大爷好多年没有打……打仗了……十八般武艺……（举起酒葫芦）样样精通……〔耍开拳法。

王熙凤　（大叫）来！
〔四男仆上。

王熙凤　（指焦大）把这个没王法的东西拖到下房锁起。

贾　蓉　抓住他！
〔四男仆涌上,被焦大拳打脚扫挡开。
〔焦大边和冲上来的男仆周旋,边叫着。

焦　大　凤姐儿,蓉哥儿,你们跟焦大爷抖啥……威风？不是你焦大爷,你们……做什么官？享什么……富贵？如今不报我的恩,反跟我……抖威风。忘了这份家业……是咋个挣来的了？你们要……败家,焦大爷不许……

不许!

王熙凤　让外人听见成何体统?

贾　蓉　还不把他拖下去?

　　　　〔四男仆一直想靠近焦大,又近身不得。

焦　大　我要……见老太君……告你们!

　　　　〔此时王仁已悄悄绕到焦大身后,使个绊子把他绊倒。四男仆一拥而上,捉住焦大。

焦　大　(挣扎)我要告你们……贪赃枉法……杀人害命……扒灰的扒灰……养小叔子的养小叔子……

王熙凤　还不拖出去,拿马粪填住他的嘴!

贾　蓉　快,拖出去,马粪填嘴!

　　　　〔四周响起回声:"马粪填嘴……马粪填嘴……"

　　　　〔四男仆拖焦大下。

　　　　〔灯灭。回声持续片刻。

　　　　〔黑暗中,继回声而起,是滚滚闷雷。

　　　　〔接着风声呼号。

　　　　〔大雨点一颗一颗响着,终于变成一片倾盆大雨。

六

　　　　〔闪电划破黑暗,带来微弱的亮光。

　　　　〔空旷的红柱间有左右两头石狮子。

　　　　〔一声霹雳。

　　　　〔幕后帮腔:"炸雷响,狂风吼。"

　　　　〔焦大腰挂酒葫芦出现在台后一角。

焦　大　(悲呼)太老爷呀……〔扑地跪倒,"哧溜"一声斜穿舞台,直滑到台前,举手向天。

　　　　〔雨声哗啦。

　　　　〔幕后帮腔:"倾盆雨恰似焦大老泪流。"

　　　　〔焦大双手捂嘴,接着又"哑哑"地似吐脏物。

　　　　〔幕后帮腔:"马粪堵塞忠言口。"

〔焦大打自己的耳光。

焦　大　贱骨头！不要你操心,你还操什么心？你不晓得各自喝你的酒呀？对！喝酒喝酒,喝酒。〔解下腰间葫芦,站起狂饮。

〔幕后帮腔："借酒浇愁更添愁。"

焦　大　（唱）想当年太老爷的鞍前马后,

　　　　　　有焦大随他上阵杀敌酋。

　　　　　　红战场,白骸骼,

　　　　　　老鹰飞,野鬼啾。

　　　　　　尸体堆中识袍袖,

　　　　　　找出了太老爷他一息尚留。

　　　　　　为救命焦大只得去讨口,

　　　　　　讨来干的他饱肠肚,

　　　　　　讨来稀的他润咽喉。

　　　　　　多少年忽生忽死苦争斗,

　　　　　　才换得天子赐福,封他国公建红楼。

〔幕后帮腔："红楼……红楼……"

焦　大　（唱）荣耀的红楼人翘首,

　　　　　　威严的红楼人低头。

　　　　　　显赫的红楼恩德厚,

　　　　　　繁华的红楼有个女儿在皇宫里游。

　　　　　　非是焦大乱夸口,

　　　　　　当年的红楼才是楼。

　　　　　　到而今梁歪柱斜房顶漏,

　　　　　　欲帮扶,反把焦大当寇仇。〔见石狮。

　　　　　　石狮呀,我的老朋友,

　　　　　　贾府的大门你把守,

　　　　　　寸步不离数十秋。

　　　　　　数十秋,你们日夜大张口,

　　　　　　为什么不肯言公道,只想吞绣球？

　　　　　　我受屈,你眍起眼睛不搭救,

　　　　　　我尽忠,你咧开嘴巴笑不休。
　　　　　　袖手旁观在左右,
　　　　　　冷冰冰,看我马粪塞咽喉。〔哭。
两　狮　哈哈哈……
　　　　〔两石狮大笑后,活动起舞。
两　狮　(唱)不识时务一老朽,
　　　　　　人皆报喜他报忧。
　　　　　　烦恼只因多开口,
　　　　　　谁教你管它春与秋。
焦　大　(唱)倘若从此撒开手,
　　　　　　一生血汗皆白流。
两　狮　(唱)人间丑恶看不透,
　　　　　　你悲苦如牛笨如牛。
焦　大　(唱)赤心热肠全无用,
　　　　　　活着还有啥想头?
　　　　　　何不与我成佳偶,
　　　　　　天伦之乐享几秋。
左　狮　(唱)我与你生个女儿也去皇宫走不走。
右　狮　(唱)我与你生个儿子也去打仗封王侯。
左　狮　(唱)三分姿色我还有……〔亮出面具。
右　狮　(唱)七分姿色我还有……〔亮出面具。
两　狮　(互相争吵,唱)
　　　　　　我有,我有……
左　狮　(唱)我有酒窝会喝酒,〔扭捏作态。
右　狮　(唱)我有腰肢像杨柳,〔扭捏作态。
左　狮　(拉焦大,唱)去拜堂……
右　狮　(拉焦大,唱)入洞房……
两　狮　(唱)免得你打起光棍进坟垃。
　　　　〔两狮拉扯焦大。焦大摔开他们。
焦　大　呸!呸!

（唱）只说你干净清白无尘垢，
　　　只当你稳重坚硬是石头。
　　　万不料耳濡目染日月久，
　　　你石雕的东西也合污流。
　　　羞，羞，羞。
　　　倒不如我焦大站门口，
　　　睁起比你们亮的眼，
　　　昂起比你们高的头。
　　　看家护院日继夜，
　　　把外盗家贼个个揪。
　　　管它马粪香或臭，
　　　不顾香臭保红楼。
　　　进忠言事不宜迟走，走，走……（脚步踉跄地奔跑，跌倒。挣扎站起，见静虚低眉垂眼、手捻佛珠而来）这个老尼姑不是好东西。（远远地挥手）你回去……不许你来……你回去……
　　［静虚仍手捻佛珠缓缓前行。
　　［焦大似永远也拦不住她，两人总隔着一段距离。
　　［台后区灯暗，台前区灯亮着。

焦　　大　嗨，你硬是不听招呼，等我去见老太君……告你……
　　［忽然，静虚变成了贾母。

焦　　大　啊，老太君！快管一管你的儿孙们哪！
　　［贾母忽地又变成了静虚。

焦　　大　啊，才是你！你这个吃斋念佛的坏东西，不许你来，你滚，滚……［挥手撵静虚，但总与静虚隔着一段距离，目光直视，挥手叫着而下。
　　［静虚仍低眉垂目地念着佛，慢慢前行。

七

　　［前台灯亮。
　　［静虚走入王熙凤的暖阁中。
　　［王熙凤从内室上。平儿随上。

静　虚　（上前见礼）二奶奶一向可好？

王熙凤　（冷淡地）好。〔坐下。

静　虚　琏二爷身体可好？

王熙凤　二爷外出公干去了。老姑姐，你是特来问安的吗？

静　虚　（尴尬）呃……我来向奶奶回复张员外那场官司。

王熙凤　（来了精神）官司怎么样呀？

静　虚　打赢了。都察院已判定林家退婚。

王熙凤　（得意）如何？我说过嘛，只要我一句话，没有办不妥的事情。平儿，给老姑姐看座。

静　虚　多谢奶奶。（坐下）奶奶，官司虽然打赢了，可是……

王熙凤　可是什么？

静　虚　哎呀，奶奶。那金哥姑娘听说退了林家的婚事，竟然三尺白绫挂上柳树——自尽了。

王熙凤　（诧异）啊？

〔王熙凤、静虚、平儿呆住。

〔日光暗淡了。一种怪异的似唱似哭的声音传来。

〔光圈照着张金哥从台前左侧挪步上。她的下巴托在一根由台顶垂下的白绫上。她挪步横穿全场，白绫随之移动，在台前右侧渐渐隐去。那怪声也随之消失。

〔台上灯亮。

平　儿　（叹息）好个刚烈的姑娘。

静　虚　那林秀才也迂腐不堪，听说金哥姑娘自尽，他也找一棵柳树、三尺白绫殉情而死。

王熙凤　（惊奇）啊？

〔王熙凤、静虚、平儿又一呆。日光暗淡下来。

〔那怪异的声音似唱似哭地又起。

〔光圈照着林公子自台前右侧（张金哥下场处）挪步上。他的下巴同样托在白绫上，横穿全场，白绫随之移动。他至前台左侧（张金哥上场处）渐渐隐去，怪声也随之消失。

〔台上灯亮。

平　儿	（叹息）好个多情的相公。
静　虚	只是苦了张员外，攀高门不成，反落得人财两空。
王熙凤	听你之言，莫非那三千两银子他不想拿了？
静　虚	不，不。他怎敢失信二奶奶？
王熙凤	这还差不多。三千两银子又不是我要的，不过是打发跑腿传话的小厮们。难道我稀罕他三千两银子？
静　虚	那是自然，那是自然。府上是何等人家，岂图这扯篷牵线的银子？只是为此死了两个人，我不知奶奶还敢要不敢要……〔边说边取出银票。
王熙凤	笑话，他们自己要死，关别人什么事？我从来不信什么阴司地狱、因果报应。随便什么事，我说行，就行；我说不行，就不行。我天不怕，地不怕，就怕……

〔贾蓉跑上。

贾　蓉	二婶娘，二婶娘……

〔平儿忙接过银票，送静虚下。

贾　蓉	婶娘，适才马太监到我家去借五百两银子，我爹只借了三百两给他。他说不够，还要到这边来借。爹让我先来报与婶娘知道……
王熙凤	（咬牙）这只老狗，一年不知要敲诈我们多少银两！

〔平儿内声："马公公来了。"

贾　蓉	他来了。
王熙凤	（向外）有请马公公。（向贾蓉）你且躲在房中，看我来对付他。

〔贾蓉入内室。王熙凤起身相迎。

〔平儿陪马太监上。

马太监	凤姐儿。
王熙凤	马公公，什么仙风把你老人家吹来了？
马太监	为有一事想求你凤姐帮忙。
王熙凤	哎呀，马公公，你老人家的事，就是侄儿媳妇的事，怎说帮忙二字！凡是我能办到的，赴汤蹈火，在所不辞。
马太监	啊哟，不过是一件小事，小事。 （念）只为买园庭， 　　　周转手不灵。

特地登门来告贷，

欲借三百雪花银。

从前所欠二千二，

年底一并归还清。

不知凤姐你肯不肯？

王熙凤　哎呀，马公公。

　　　　〔幕后帮腔："太生分！"

王熙凤　（唱）你愿开金口，

我心喜盈盈。

若非有情分，

岂肯来登门？

从前二千二，

亏你记在心。

公公好小气，

提起多羞人。

说什么借不借，

算什么清不清。

我有时，你只管拿去用，

我无时，也向你把手伸。

这样才叫相亲近，

这样才叫同枯荣。

公公你说对不对？

马太监　哈哈哈……对，对。

王熙凤　平儿！〔递眼色。

　　　　（接唱）取银两把公公的好事玉成。

平　儿　（会意）奶奶，钱呢？

王熙凤　昨天不是还剩下三百两银子吗？

平　儿　奶奶。

　　　　（唱）南安郡王丧妃子，

伏波将军得长孙。

　　　　　三百纹银备礼品，
　　　　　而今手上无分文。

王熙凤　（恼怒状）奴才怎如此说话？哪里拉扯不到二三百两银子！你就不怕公公多心吗？快把屋里的宝石灯和我的项链拿去典当了。〔从颈上取项链。
　　　　〔平儿入内。
马太监　（站起，阴沉地）我只说二奶奶发了财，故而前来……既是如此，也就罢了。
　　　　〔平儿拿灯出。
王熙凤　公公莫多心。平儿，还不命人快去！
平　儿　是。〔接过项链。
马太临　不必了。〔转身就走。
王熙凤　（热情挽留）公公稍候，公公稍候！
马太监　哼！〔拂袖而下。
王熙凤　（大声吩咐）平儿，回头叫人把银子与公公送去。
平　儿　是。（叫着追去）公公慢走……〔下。
　　　　〔贾蓉大笑而上。
贾　蓉　二婶娘！天下哪还有比你老人家更聪明能干的人哪！侄儿硬是服了，服了。
王熙凤　太老爷九死一生挣下这份家业，我们辛辛苦苦才积攒几个银子，如今出的多，进的少，怎能拿去孝敬这老狗……
　　　　〔外面传来吵嚷声。
王熙凤　什么人吃了豹子胆，敢来这里撒野？
贾　蓉　（已向外看清楚）又是焦大吃醉了酒，吵着要见老祖宗，告什么败家子。
王熙凤　败家，败家，这个家不败也要被他吵败了。跟他说，再不安分守己，我就把他撵到乡下去。
贾　蓉　是。〔下。
王熙凤　（烦躁地）家里家外日日穷于应付，真把人累煞了！（坐下，忽又不安地站起，徘徊）那老狗说我发了财，这是什么意思？难道那三千两银子的事，他就知道了……知道又怎么样？虽说我家贵妃娘娘已经去世，但我堂堂国公府还在,还怕他一个太监不成……〔复又坐下,疲惫地以手支头,闭目养神。

〔忽有人叫:"恭喜,恭喜。"

〔王熙凤起身张望。

〔人声又叫:"贺喜,贺喜。"

王熙凤　(不耐烦地)有什么事,左一个恭喜,右一个贺喜?

〔椅背后突站出焦大:"哈哈!"他跳上椅子,坐在椅背上,翘起二郎腿。

焦　大　(笑嘻嘻地)恭喜,贺喜。三千两银子两条命,划得来!拿奴婢的银子放高利,好主意!

王熙凤　(不服)少说风凉话。若不然,你来当当这个家!

〔秦可卿蒙着面纱而来,叫着:"二奶奶。"

秦可卿　二奶奶,莫非怕人借钱?

王熙凤　你是何人?

秦可卿　我是你侄儿媳妇秦可卿哪!

王熙凤　蓉儿媳妇……(仔细打量)为什么看不清你的面孔?

秦可卿　我的面孔已经腐烂了,看不清了。

王熙凤　(悲凉地)怎么?一个如花似玉的美人就腐烂得面目不清了?!唉,好可怜哪……〔伸手抚其面。

秦可卿　二奶奶既有怜惜之意,何不借银两与我,让我买些胭脂花粉打扮打扮,也好有一张面孔见人哪。

王熙凤　要借钱么……(退开)我实实在在无有呀……

焦　大　(笑)嘻嘻,把私房银子借她。嘻嘻,把私房银子借她。

王熙凤　(怒)私房银子有多少?经得住你也借,他也借?

秦可卿　我不相信二奶奶手上没有钱?

王熙凤　真是不当家不知柴米贵!连老祖宗的东西我都偷出几箱去典当了。若不是东拉西扯,上上下下的日子还不知怎么过哩。

〔一个空灵的声音由远而近。

空灵之声　难道我的家业就衰败至此了?!

王熙凤　(诧异)谁在说话?(寻声而找,发现天上有什么)那——是——谁?

秦可卿
焦　大　　他就是太老爷。

王熙凤　（惶恐地）啊，叩见太老爷。〔面向观众跪下。

空灵之声　难道我的家业就衰败至此了?!

王熙凤　回太老爷。我们家外面的架子尚未倒，只是内瓤子看看就要掏空了。

空灵之声　什么？内瓤子就要掏空了！掏空了！

王熙凤　（不住叩头）太老爷息怒……

空灵之声　你这当家奶奶如何在当家？如何在当家？

焦　大　　二奶奶精明能干，当家当得好。

秦可卿　二奶奶不会当家，弄得没有钱了。

空灵之声　你如何在当家？

秦可卿
焦　大　　问你如何在当家？

王熙凤　这当家的事儿么……（哭）喂呀……
　　　　〔焦大与秦可卿隐去。

王熙凤　（唱）听一声斥责、一声严训，
　　　　我泪落双颊，苦填胸膺。
　　　　当家的酸楚谁曾问，
　　　　谁知我把贾氏的门面苦支撑。
　　　　梦中客只道繁华仍是锦，
　　　　那萧萧风、瑟瑟雨，凄凉景况对谁云？
　　　　满腹疑虑唯自省，
　　　　太老爷呀，今非昔比忧患深。
　　　　人口增多，事务日盛
　　　　主人贪欢，奴婢不勤，
　　　　上下尊荣又安富，
　　　　运筹谋划竟无人。
　　　　更有旧例如山重，
　　　　积习似海深。
　　　　单说应酬事，操醉我的心。

祝寿诞,吊亡灵。
加婚嫁,庆高升。
往饯别,来洗尘。
养儿养女皆是喜,
三朝满月又做生。
端阳中秋送节酒,
除夕元宵拜新春。
一条一项谁敢免?一条一项皆金银。
府中还有四百口,
要管他生老病死、冬暖夏凉、
娶妻嫁女、衣食住行。
开销数不清,
节省也不能。
恨苍天——风雨又不顺,
旱灾未去涝灾临。
田园荒废盗贼起,
收赋无处,交租无人。
库存积蓄补贴尽,
太老爷,我的太老爷,
前路茫茫心着凉。

空灵之声 把我的家败了……把我的家败了……[声音渐远。

王熙凤 (起身,追着声音,叫)太老爷,我该怎么办哪?太老爷,我该怎么办哪?我该怎么办哪……[坐在椅上,哭起来。
　　　　[平儿匆匆跑上。

平　儿 奶奶!(忙去摇着王熙凤)奶奶,奶奶……

王熙凤 (惊起,四顾)白日光天,我怎么……

平　儿 奶奶,你刚才睡着了?

王熙凤 睡?(略想)好像是……迷糊了一会……

平　儿 奶奶,你的生日就要到了。老祖宗传下话来,要全家老小与奶奶热热闹闹地做个生。

王熙凤　（精神一振）你在怎讲？
平　儿　老祖宗要全家老小与奶奶热热闹闹地做个生。
王熙凤　（狂笑）哈哈哈……待我去叩谢老祖宗。
〔王熙凤下，平儿跟下。

八

〔喜庆的音乐声中，众男女仆人捧寿桃、寿酒、寿面、寿糕等穿梭般来去。
〔焦大清醒地夹在其中东瞧西看。
〔一丫鬟手执红纸包走来。

焦　大　（拉住丫鬟）小女子，老祖宗在哪里？
丫　鬟　老祖宗在给琏二奶奶做生。焦大爷，你也来凑个份子。
焦　大　凑什么……份子？
丫　鬟　（举红包）奴才们给琏二奶奶祝寿。
焦　大　我给她祝寿？只怕折了她的阳寿！
〔丫鬟逃下。
〔焦大转身向里面闯去。
男仆甲　（迎面拦住焦大）焦大爷，哪里去？
焦　大　去见老祖宗。
男仆甲　（左拦右挡）老祖宗哪能见你！你老要喝寿酒，就在这里喝，只求你不要喝醉……
焦　大　（跳脚怒吼）焦大爷从来没有醉！是你们上上下下都醉了！让我去见老祖宗。〔向里冲。
〔另几个男仆已闻声而至，捉住焦大。
仆　甲　焦大爷，你还是喝醉了的好。醉了各自去睡觉，免得给众人添麻烦。
〔男仆们按住焦大，仆甲给焦大灌酒。
〔焦大先还挣扎着，渐渐醉倒在地上，倚着红柱睡去。
〔仆人们得意地散去。
〔喜庆的音乐欢快地回响着……焦大进入梦乡。
〔天上，霞光万道，彩云翻飞。
〔平儿出现在远远的地方。

平　儿　焦大爷,老祖宗请你去喝酒。

焦　大　(迷迷怔怔地)老祖宗……她还记得我?……

平　儿　怎么记不得?她说焦大爷爱喝酒,请他来喝个够。

焦　大　(眼睛发亮了,受宠若惊地)老祖宗请我喝酒!(突然一跃而起,抛去酒葫芦。发狂地大笑)哈哈哈……〔笑着满场乱跑,叫着:"老祖宗请我喝酒……"

〔平儿隐去。

〔王熙凤突然出现在焦大面前。

王熙凤　你这只抱凶不抱吉的乌鸦。看打!〔扬手欲打。

〔贾母出。

贾　母　(喝斥)不许打他!

〔王熙凤退开。

焦　大　(涕泪交流地)贤明的老祖宗哪……〔跪下,膝行而前,匍伏在贾母脚下。

贾　母　快快起来!

〔焦大颤颤地站起,擦着眼泪。

贾　母　焦大我赏你好酒一坛,你尽情地喝。

〔仆甲抱着酒坛跑过来。

〔焦大抓过酒坛,抛到看不见的地方。

焦　大　不喝了。(伤感地)老祖宗哪,焦大不是爱喝酒……是爱操心!焦大的肚子里……不是酒多,是话多!焦大日日想见老祖宗,日日……见不着。焦大……(哭声)有好多话要向你老人家禀啊……

贾　母　这……你是我家功臣,有话只管道来。

焦　大　(痛心疾首地)老祖宗哪:……我怕这个家……要败了……

贾　母　(一惊)啊?焦大,你莫非听见什么风声?

焦　大　风刮得呜呜地响,大街上、酒馆里……都在刮风……不想听……也听得见……

王熙凤　(向贾母)他又在说酒话。

焦　大　(愤然)不是酒话!

贾　母　好,你说,你说。

焦　大　我们这个家……寅年吃了卯年粮,收的……抵不上用的……要节省!

贾　母　说得对,要节省。

焦　大　你的儿孙些……吃饱了没事做,斗鸡……走狗……聚赌……行奸……要管束!

贾　母　这……好,要管束!

焦　大　更不许他们贪赃枉法……杀人害命!

贾　母　(一震,不悦)嗯!这种话不可信口开河。

焦　大　河已经开了口子……

贾　母　你可知道你说的什么话?

焦　大　最要紧的话……

贾　母　一派胡言![背过身去。

焦　大　不信?问问……蓉少奶奶……你问瑞珠丫头……你问三千两银子……问尤二姐、石呆子……

王熙凤　(怒喝)来呀!

　　　　[男仆们应声上。

王熙凤　把这个以下犯上的奴才捆起来,拿马鞭与我痛打!

　　　　[焦大避开众人,奔到贾母身边,再次跪下。

焦　大　老祖宗,我是一片忠心为这个家呀……

　　　　[贾母不语,转身。

王熙凤　打!打!打!

　　　　[男仆们抓起焦大,捆在红柱上,举鞭痛打。

焦　大　(没有一点反抗,只是叫着)我是一片忠心呀……

　　　　[突传人声呐喊:"啊……"

　　　　[焦大梦境消失:霞光、彩云与众人皆无踪影。

　　　　[只有焦大倚柱而睡,口中叫着:"我是一片忠心呀……"

　　　　[锦衣军执刀冲上,过场下。

　　　　[焦大翻身滑到地上,沉沉睡着,打着呼噜。

　　　　[平儿牵巧姐奔上。

　　　　[贾母、王熙凤、贾珍、贾蓉、王仁、夫人们及男、女仆人们惊慌从另一方奔出。

平　儿　(惊恐地)锦衣军数百人把……把府宅团团围住,他们抄……抄……抄家来了！

［幕内人声叫嚷。台上人呆若木鸡。

［锦衣军数人冲上，列队。众仆惊吓。

［马太监耀武扬威地上。

马太监　圣旨到。

［贾母颤兢兢地与众人跪下。王熙凤呆立。

马太监　（读旨）"奉天承运，皇帝诏曰：贾氏子弟，倚势凌弱，辜负圣恩，有忝祖德。着革去世职，抄产入宫。所犯各罪，按律处置。钦此！"（喝叫）把贾珍、贾蓉绑了！

［锦衣军绑贾珍、贾蓉。几位夫人哭。

贾　珍
贾　蓉　（向王熙凤跺脚）都怪你！都怪你！都怪你！……［被锦衣军押下。

［几位夫人哭着跟下。

马太监　平儿，拿钥匙开箱倒柜，抄！

［锦衣军押平儿下。巧姐躲到贾母身边。

［王仁溜下。

［众仆人或嘻笑，或畏怯，或自语，或互语。

众　仆　还不快走？！另外找一家主子去！走！［他们轰然四散而去。

贾　母　（颤巍巍地）请问公公，这是从何说起？

马太监　还用问吗？你家的贵妃娘娘死了，你们也恶贯满盈了……看见焦大，走过去将他拉起来。焦大，快醒醒。

焦　大　（闭着眼睛）啥……啥子事？

马太监　皇上降旨，抄了这个国公府。

焦　大　啊……［睁大眼睛呆住。

马太监　焦大，你在府中一辈子，什么事情不晓得？快将他们的罪恶统统说出，我好到皇上面前与你请赏邀功。

焦　大　（突然）呸！（指马太监大骂）你这个不男不女的狗东西，几十年来贾府何等待你？送了多少银两与你花？不承想你竟忘恩负义，带人抄家。焦大早就活得不耐烦，正好与你拼了！［一拳打倒马太监，上前踢脚，打得马太监满地滚爬。

马太监　（惊叫）来人哪……

　　　　〔锦衣军二人执刀上，焦大与二人格斗下。

马太监　（狼狈爬起，指贾母）纵容恶奴行凶，殴打捧旨太监……

　　　　〔锦衣军抬箱子上。

锦衣卫甲　（向马太监）抄出发放高利贷的借据一箱。

马太监　好哇！皇上早降圣旨，不准重利盘剥，你们堂堂国公府，竟敢放出一箱子借据的高利贷！罪上加罪，等候发落。（向锦衣军）抬起走！

　　　　〔锦衣军抬箱子下，马太监下。

巧　　姐　（不敢哭）老祖宗……

贾　　母　这个家……当真……败了……败了……〔与巧姐退下。

王熙凤　（梦呓般）败了……败了……（她跟跟跄跄地乱走，两手向前，似乎要抓住什么。抬头向天，又似乎在乞求什么。口里念着）败了……败了……

　　　　〔张金哥与林公子迎面走出。他们从头到脚裹在红袍中，双手各执一硕大的红色酒杯。

张金哥　（笑叫）琏二奶奶！

王熙凤　（站住，定睛看去）你是——金哥姑娘？

张金哥　二奶奶好记性。今日我与林郎洞房花烛，结为夫妇，特敬二奶奶美酿一杯。

　　　　〔金哥与林公子举杯。

王熙凤　（双手接过两只酒杯，喜孜孜地）哦，鲜红透亮，这就是有名的葡萄酒？

张金哥　二奶奶是非凡之人，怎喝凡人喝的东西？

王熙凤　会说话。那么我这不平凡的人喝的什么？

张金哥　（仍笑着）你喝的人血！

王熙凤　（未听清）你说什么？

张金哥　你喝的人——（大声）人血！

王熙凤　（大惊）啊！〔双手抛杯。

　　　　〔张金哥与林公子接住杯子，前后左右地堵住王熙凤的去路，一定要把杯子给她。

王熙凤　（惊吓地，叫）焦大，救我，……焦大……救我……

　　　　〔焦大跑来。金哥与林公子隐去。

焦　大　（醉沉沉地）我来了……来了……

王熙凤　（忙端起架子）你来做什么，还不滚回去！

焦　大　滚……滚到哪里去……

王熙凤　滚到乡下去。

焦　大　好……我去找太老爷，告你……

王熙凤　哼！太老爷是我贾家的太老爷，又不是你焦家的太老爷。太老爷只会向着我，哪能向着你！

焦　大　你还……不晓得？太老爷就是……我。我就是……太老爷！〔一转身，白须变黑须，短衣变战袍。

焦　大　败家子王熙凤，快来受打。〔举酒葫芦要打。

〔王熙凤逃，焦大追，二人跑圆场。王熙凤跌倒。

〔秦可卿跑来，拦住焦大。

秦可卿　（拉住他）也怪不得二婶娘一个人哪。〔接住焦大的战袍，将他拉下。

〔远处传来少女呼叫："王熙凤……"

〔另一边传来男声呼叫："王熙凤……"

〔王熙凤惊疑四顾。

〔"唰"左边抛出一条白绫，王熙凤急忙躲过。

〔"唰"右边抛出一条白绫，王熙凤急忙躲过。

〔白绫冉冉隐去

〔王熙凤惊恐地边看边逃。

〔忽传惨呼："王熙凤……"

〔张金哥与林公子随声而至，出现在台侧左右角。他们浑身着白，各抛出一条长长的白绫（水袖）缠住王熙凤，将她绊倒。

〔台后正中高处，忽出现瑞珠。她仍是生前装束，只是额上横系一条红丝带，犹如当时沁出的血。

瑞　珠　（面向坐在地上的王熙凤，居高临下地）你们怕我看见你们的丑事，可是我看见你们败了，看见你们败了，败了。（仰天长笑）哈哈哈……〔放声大笑，笑声震荡天地。

〔瑞珠在笑声中原地狂舞。

〔……张金哥与林公子用长绫缠绞王熙凤……

〔王熙凤在白绫中痛苦地挣扎着……

〔笑声回荡着……

〔大红圆柱一齐摇晃起来……

〔幕后帮腔："昏惨惨，灯油尽，忽喇喇，大厦倾。"

〔大红圆柱四下倒塌，整个舞台淹没在昏暗的滚滚烟尘中。

〔幕后帮腔："机关算尽，枉费半世心……"

〔烟尘滚过。

〔第一场中那株奇异的花树又隐约出现。

〔空荡荡的舞台上只有一床——门板放在两条长凳上。床上躺着王熙凤。

〔衣衫破旧的巧姐跪在床畔啼哭。

王熙凤 （忽然坐起，两眼发直）……饶了我……

巧　姐 妈……（站起向外呼唤）妈妈醒来了。

〔平儿上。她衣着破旧，疲惫不堪。

平　儿 （悲喜交集）二奶奶……（奔向床畔，扶住王熙凤）你三天不省人事，把我们急坏了！

巧　姐 （哭着）我们以为你死了……

〔焦大匆匆上，站在远处向平儿招手，他一点醉态也没有了。

焦　大 （压低声音）平姑娘……

〔平儿示意巧姐扶着王熙凤。

平　儿 （走到焦大身边）焦大爷，事情怎么样了？

焦　大 我已经打探明白，是王仁做主，把巧姐卖给马太监当丫头。

平　儿 啊——〔大惊。

焦　大 你马上禀告二奶奶。

平　儿 二奶奶刚苏醒……

焦　大 耽搁不得了，快与她说！〔推平儿。

平　儿 （走到床边）奶奶……舅老爷他……他把巧姐卖了！

巧　姐 （哭喊）妈……

王熙凤 （似乎不明白）巧姐……卖了……

平　儿 卖给马太监当丫头。

王熙凤　（一把抱住巧姐）我的女儿……不能卖……不能卖……

焦　大　（急趋前）二奶奶,眼前只有一个办法,让巧姐儿逃走!

王熙凤　（没了主意）逃走?

焦　大　我已备好车子,让平姑娘把巧姐送走。时间不早,马太监就要和王仁过来领人了。（拉巧姐）巧姐儿,快走。

〔巧姐跟焦大走下,平儿匆匆跟下。

王熙凤　（少顷,忽地下床来）不,不……（喊着）不能让焦大赶车……我的女儿不能交给他……我灌过他的马粪……快把他追回来……追回来……（爬起来,跌跌撞撞地奔向台侧,软软地倒下,仍伸手向前嘶喊）把焦大……追……回来……〔死去。

〔天上掉下些硕大的红色花瓣,东一片,西一片,一片片飘着……

〔一束白光照在那奇异的花树上,它的花瓣也在飘落下来,一片,又一片。

〔淡淡的云雾飞来。

〔一组组僵硬的人影开始出现。他们像走马灯似的绕场转悠;同时,又一组组地自转着。这一组组的人影是:张金哥与林公子;秦可卿与瑞珠;贾珍与贾蓉;太老爷（替身）与焦大;贾母与王熙凤;平儿与巧姐。各组人均背靠背转圈移动。在观众眼中,他们时而是这个,时而是那个。

〔云雾漫起,他们的身影渐渐模糊。

〔台上越来越暗,一片混沌,恰如幕启之时。

〔远空,又传来那深沉的哀唱:"满纸荒唐言,一把辛酸泪。都云作者痴,谁解其中味?"

—幕徐落—

剧终
1982年6月初稿
1986年6月二稿
1986年10月三稿
1987年3月四稿
1987年5月五稿于上海

川剧·高腔

1987年8月首演
1989年10月再改

选自徐棻《探索集》(四川文艺出版社1990年版)。

川 剧

薛 宝 钗

谭 愫

人物：

薛宝钗　王熙凤　贾宝玉　赵姨娘　袭人　贾母　贾政　王夫人
莺儿　焙茗　平儿　贾琏　贾赦　赵全　林之祥媳妇　来旺媳妇
众府役　婆子　媳妇　丫鬟　随从

序　幕

〔大幕启。
〔荣国府。
〔一道特制的可灵活使用的二幕前。
〔锦衣卫堂官赵全捧旨率八府役上。

赵　全　圣旨下，贾赦听宣！
　　　　〔贾赦上。
贾　赦　（跪）微臣贾赦跪接！
赵　全　（宣旨）"奉天承运，皇帝诏曰：查贾赦交通外官，依势凌弱，辜负圣恩，有忝祖德，着革云荣国府公世职，交锦衣卫勘审，钦此。"
贾　赦　（颤栗）谢……谢恩……
赵　全　（厉声）拿下贾赦！
二府役　嗻！〔抓住贾赦冲下。
赵　全　把守前后门，不准一人进出！
二府役　嗻！〔冲下。
赵　全　府役们，随爷查抄荣国府！
四府役　嗻！嗻！嗻！

〔赵全等如儿狼似虎地呐喊冲下。
〔惊叫声、哭声……
〔切光。

第一场 重 托

〔光渐亮。二幕启。
〔贾母居室。贾母斜靠床头,双目紧闭。贾政、王夫人、贾宝玉、薛宝钗、王熙凤等围在床边。远处,立着赵姨娘等人。
〔幕后合唱:"春云秋叶逝转瞬,病榻垂危老太君。"

贾　政　老太太,老太君!

贾　母　(缓缓睁开眼)抄、抄家……怎么样了?

贾　政　多承北静王、西平王竭力相保,内宅免抄,除家兄一人,府中上下皆平安无事,请老太太放心。

贾　母　(长叹一声)唉!
　　　　〔贾政跪下,众人随跪。

贾　政　都怪儿孙们不肖,连累老太太受惊,儿孙们罪孽沉重,无地自容,心如火焚……

贾　母　你……今后应该多管管事……忙你的去吧。

贾　政　(叩头)是。〔下。

贾　母　都去了吧!宝玉、宝钗与凤丫头留下。

众　人　是。〔下。

贾　母　你们近身来,我有话说!
　　　　(唱)风光一世福享尽,谁料到垂暮之年受折腾。
　　　　　　我今离去无遗恨——

薛宝钗　老太太福寿齐天!

王熙凤　孙媳愿少活二十年,为老祖宗延年益寿!

贾　母　(苦笑,摇头,接唱)
　　　　　　两桩大事难放心。

薛宝钗　老太太请讲。

王熙凤　老祖宗请讲。

贾　母　（唱）宝玉多灾要仔仔细细相照应，家道颓败须兢兢业业苦支撑。
王熙凤　一切有我，老祖宗但放宽心！
贾　母　凤丫头！
　　　　（唱）为人聪明莫过分，凡事三思而后行。
　　　　　　空闲学我施慈悯，顶礼膜拜观世音。
王熙凤　老祖宗英明教诲，孙媳我牢记在心！
贾　母　宝丫头呀！
　　　　（唱）你品格端庄性沉稳，行为豁达待人亲。
　　　　　　府中事你要大胆勤过问，对宝玉因势利导多温存。
薛宝钗　孙媳遵命！
贾　母　宝玉，我的心肝儿呀！（拉住宝玉手，唱）
　　　　　　手拉宝玉咽喉哽，难舍我掌上明珠宝贝根。
　　　　　　儿生来柔弱如嫩笋，无大树谁能为儿遮凉荫？
　　　　　　从今后，胭脂队中儿少进，惹恼严父我再不能为儿讲人情；
　　　　　　从今后，宝钗之言要多听，琴瑟和谐永不分；
　　　　　　从今后，望儿发愤攻读遵古训，光宗耀祖早飞腾！
　　　　〔贾宝玉噙泪点头。
贾　母　（接唱）话未尽，头晕目眩心头闷——
　　　　（竭尽最后之力，一手拉薛宝钗，一手拉王熙凤，一字一顿）这个家，你们要、要、要……〔痰涌，死去。
　　　　〔帮唱："撒手西去难放心！"
王熙凤
贾宝玉　（哭叫）老祖宗！
薛宝钗
　　　　〔贾政等人拥上，哭声、喊声响成一片。
　　　　〔幕后合唱："显赫贾府灯将尽，且看添油是何人。"
　　　　〔切光。

第二场　巧　斗

〔光渐。

〔二幕前。赵姨娘上。

赵姨娘 （唱）王熙凤恃宠太狂妄,眼中全无我赵姨娘。

当面只敢唯唯喏喏装笑样,背后咒她刀刀箭箭穿胸亡。

老太太白喜事由她执掌,万两白银悄悄流进她私囊。

吃独食她还假充正神像,大骂下人爱贪赃。

薛宝钗宽宏大度有涵养,对我们从不拿脸甚贤良。

有心将她来依傍,揭发凤姐丑行藏。

恶气不出心口胀,凤辣子——

〔帮唱:"叫你把老姜的味道慢慢尝!"

〔二幕启。贾宝玉书房。贾宝玉饶有兴味的诵读《西厢记》,袭人一旁笑容可掬,轻摇团扇。

贾宝玉 （诵读）"碧云天,黄花地,

西风紧,北雁南飞。

晓来谁染霜林醉?

总是离人泪……"

〔薛宝钗捧银耳羹暗上。袭人高兴地朝她努努嘴,示意宝玉在刻苦攻读。薛宝钗苦笑。

贾宝玉 （诵读）"恨相见得迟,怨归去得疾。

……此恨谁知?"

（突生感慨）此恨谁知? 天知,地知,我知……〔呆气欲发。

薛宝钗 你知什么?

〔贾宝玉一怔,见薛宝钗,忙藏《西厢记》,抓过一本古书。

贾宝玉 （朗读）"天将大任于斯人也,必先苦其心志,劳其筋骨,饿其体肤,空乏……"

薛宝钗 二爷,你读的什么书?

贾宝玉 《孟子》。

薛宝钗 起先呢?

贾宝玉 《论语》。"子曰:学而时习之,不亦悦乎……"

薛宝钗 只怕是张生月下跳粉墙哟!

贾宝玉 这……（索性亮出《西厢记》）是又怎样!

袭　　人	哎,二爷,原来你读的不是正经书呀!
贾宝玉	你懂什么! 这种书词句警人,读起来余香满口。
薛宝钗	二爷,杂书不是不可看,只是不要被它迷了本性……
贾宝玉	(不耐烦)又来了,我的二奶奶!
薛宝钗	二爷,请用银耳羹。〔送到贾宝玉手上。

〔莺儿上。

莺　　儿	二奶奶,赵姨娘求见。
薛宝钗	有请。
莺　　儿	(朝内喊)有请!〔下。

〔赵姨娘上。

赵姨娘	宝二爷,宝二奶奶!

〔宝玉微微点头,无语,入内。

薛宝钗	姨娘请坐。
赵姨娘	谢坐。〔入座。
袭　　人	(捧上茶)姨奶奶请用茶。
赵姨娘	有劳袭人姐。
薛宝钗	(入座)姨娘前来,有何见教?
赵姨娘	宝二奶奶呀!
	(念)老祖宗不幸归天,办丧事凤姐掌权。
	弄虚假大耍手腕,万两银被她独贪。
薛宝钗	(念)白喜事我亦在管,未然何未窥一斑?
赵姨娘	(念)她欺你厚道弱软,轻巧巧便将你瞒。
	哪知我精明老练,识破了暗道机关。
薛宝钗	(念)无凭据真伪难辨,不可信蜚语流言。
赵姨娘	(念)查此事我甘冒风险,查此事我破费银钱。
	宝二奶奶你请来看,
	(摸出证据,双手呈上,接唱)
	一张张铁证如山!
薛宝钗	(看证据,不露声色)我已尽知姨娘心意。此事利害攸关,千万守口如瓶,切莫外传!

赵姨娘　是。不过,望宝二奶当机立断,切莫手软!
薛宝钗　我知道。
赵姨娘　告辞——
薛宝钗　姨娘慢走。
赵姨娘　(出书房,念)岂容你优柔寡断,下孤注逼上梁山![下。
薛宝钗　(激动地)想不到琏二嫂子真的做出这种事情!
袭　人　赵姨娘并非心善之人,同琏二奶奶结怨很深,她的话——
薛宝钗　偏听则暗,兼听则明。
　　　　[贾宝玉从内出。
贾宝玉　讨厌,烦人!
薛宝钗　二爷,此事怎么办才好?
贾宝玉　花开花落自有时,何劳东君太操心!
薛宝钗　明者防祸于未萌,智者图患于将来。二爷,该操心时还是应操心啊。
袭　人　二奶奶,禀告老爷夫人去!
薛宝钗　不。对琏二嫂子,理应好言相劝。二爷,我们一同去吧。
贾宝玉　我——攻书要紧,无暇奉陪。(故意高声诵读)"故天将降大任于斯人也,必先苦其心志……"
薛宝钗　(无可奈何地)你呀——
　　　　[内声:"琏二奶奶到!"
薛宝钗　来得正好。有请!
袭　人　有请!
　　　　[王熙凤内喊:"宝兄弟、宝妹妹呀!"火爆爆地上。平儿随上。
王熙凤　宝兄弟、宝妹妹,你们好嘛!
贾宝玉　琏二嫂子。
薛宝钗　琏二嫂子请坐。
王熙凤　谢座,谢座。
　　　　[一丫鬟端茶上。袭人给王熙凤、贾宝玉、薛宝钗、平儿敬茶。
薛宝钗　琏二嫂子请,平姑娘请。
王熙凤　请。
平　儿　请——

薛宝钗　二爷,你也请。

王熙凤　(扑哧一笑)你们两个呀,真是天生一对,地配一双,相敬如宾,如胶似糖!

薛宝钗　琏二嫂子又拿我们取笑了。〔低头饮茶。

王熙凤　我这个人,心直口快,句句实言。宝兄弟,你艳福不浅啊,娶个媳妇,贤惠能干,貌若天仙!

〔贾宝玉埋头饮茶,似未听见。

薛宝钗　哎,谁个不知,琏二奶奶是荣国府的内当家,顶梁柱,比能干,哪个敢不拜下风。就拿老太太的白喜事来说吧,办得来体体面面,烈烈轰轰……

王熙凤　(不无得意)那倒不假。不过,也多亏你宝二奶奶大力相助呀!

平　儿　(笑)依我看,两个二奶奶都贤惠能干,一文一武,都是闺中豪杰、女中英雄!

王熙凤　嘻,平丫头的嘴像抹了蜜似的。

薛宝钗　强将手下无弱兵嘛!

王熙凤　哈哈哈……今日特地送来办丧事的账目,请妹妹查看查看。

〔贾宝玉忍耐不住,呼地立起。

薛宝钗　二爷,怎么啦?

贾宝玉　啊(以袖作扇,掩饰失态)好热呀!

〔焙茗内喊:"二爷!二爷!"上。

贾宝玉　焙茗,何事?

焙　茗　二爷几天没上学,老先生冒了火,命你照题写文章,明天交卷不许拖!奴才送题来了,二爷……

贾宝玉　(不耐烦)话多!〔抓过题目,挥手示意焙茗离开。

〔焙茗下。

薛宝钗　什么题目?

贾宝玉　(看,念)"皮之不存,毛将焉附"。

薛宝钗　(心一动)皮之不存,毛将焉附?

贾宝玉　(烦躁)唉!

王熙凤　啥皮呀,毛的,乱七八糟的,那个老夫子硬像老颠冬了!宝兄弟,莫着急,别理他,一切有我!

薛宝钗　不,这个题目出得好。二爷呀!
　　　　(唱)皮之不存,毛将焉附,警语妙言字字珠。
　　　　　　若无皮,毛生何处? 若无根,花草枯萎。
　　　　　　覆巢之下无完卵,水涸鱼儿怎活出?
王熙凤　嗨,宝兄弟,好生听着,你宝姐姐在帮你做文章啦!
贾宝玉　多谢,多谢。
薛宝钗　(唱)人与家亦同此故,人与家共荣共枯,
　　　　　　人人为家家殷富,人人为己家崩殂。
　　　　不怕一万——
　　　　(看见王熙凤一惊,接唱)
　　　　　　只怕万一。
　　　　　　万一家不存,何处是归宿?
　　　　　　与其将来悔,不如早醒悟。
　　　　二爷呀,这道题值得来大书特书!
　　　　〔贾宝玉瞥一眼薛宝钗,欲说且止,低头品茶。
薛宝钗　琏二嫂子,你说呢?
王熙凤　对,对。说得好,是该大书呀,特书。
薛宝钗　还是琏二嫂子明白。二爷,你要认认真真做好这道题呀。
贾宝玉　哎,我又没说不做呀。
薛宝钗　(笑)琏二嫂子不开口,你也不会听的。
王熙凤　哪里,哪里……
　　　　(背唱)薛宝钗巧把戏做,讥讽我暗借题目。
　　　　　　话中话必有缘故,未必然巧机关业已露出?
　　　　　　我还需投石问路,摸根底方能够应付自如。〔回身,笑容可掬。
　　　　　　宝妹妹,我的好妹妹呀!
　　　　(接唱)你的话半藏半露,弄得我糊里糊涂。
　　　　　　我这人嘴儿笨心儿粗难免失误,望妹妹不吝赐教我心服。
薛宝钗　嫂子是个绝顶聪明的人,何须多说。
王熙凤　唉,你不明说,我会闷死的。好热,好热呀。〔做晕状,被平儿扶住。
薛宝钗　(关心地)袭人,快同平姑娘送琏二奶奶回房歇息。

王熙凤　哎哟!

平　儿　(恳求地)二爷……

贾宝玉　(性急地)哎,有人说二嫂子办老祖宗丧事贪污了银子![冲入内。

王熙凤　(跳骂)哪个烂了舌头,打胡乱说,一定要短阳寿,下地狱,上刀山,把皮剥,磨子磨,钝刀割,二辈子变猪变狗都莫脑壳!

薛宝钗　琏二嫂子,你行得端坐得正,何必为闲言碎语把气生?

王熙凤　这……是呀,我从来不做亏心事,夜半敲门心不惊。特送来明细账本,(示意平儿捧上账本)恭请你鸡蛋里面把骨头寻!

薛宝钗　(推开账本)你的账——还有什么可查的呀!(诚恳地)老太太临终嘱托,重胜千钧,我年轻无知,望二嫂子多多教训![施礼。

王熙凤　(忙还礼)宝妹妹,荣国府上下几百口,我王熙凤只服你一人。俗话说得好,有则改之,无则加勉。妹妹肺腑之言,我定牢记在心。

薛宝钗　(动情地)我的好姐姐!

王熙凤　(热情地)我的好妹妹!
　　　　[薛宝钗、王熙凤拥抱。

王熙凤　(从薛宝钗的肩上探头向平儿得意地笑)平儿,捧着账本,见老爷、太太去。

平　儿　是。

王熙凤　妹妹,你也一块儿去吧。

薛宝钗　我就不去了。

王熙凤　那我就告辞了。

薛宝钗　送过二嫂子。

袭　人　送过琏二奶奶。
　　　　[王熙凤得意洋洋下,平儿随下。

薛宝钗　(目送王熙凤)聪明休被聪明误,但愿唤醒迷途人。
　　　　[林之祥媳妇急上。

林之祥媳妇　宝二奶奶,你吩咐的两件事,现已查明,请过目。[双手呈上一叠纸。

薛宝钗　林嫂子,此事切忌外传。下去领赏去吧。

林之祥媳妇　谢宝二奶奶![下。

〔薛宝钗看纸上的内容,大惊,跌坐椅上。

袭　　人　二奶奶,怎么了?

薛宝钗　(怒火中烧,尽力克制)阳奉阴违,言不由衷,唯利是图,后患无穷!我,该怎么办呀?

〔灯暗,一束光照在薛宝钗身上。
〔幕后合唱:"我该怎么办?怎么办?"
〔切光。

第三场　对　　质

〔光亮。
〔议事厅。贾政、王夫人已高坐正中,两个丫鬟侍立左右。
〔王熙凤上。

王熙凤　见过老爷、太太!〔施礼。

贾　　政　一旁坐下。

王熙凤　这是操办老祖宗白喜事的账本,请老爷、太太过目。〔呈上账本。

〔一丫鬟接过账本。

贾　　政　你辛苦了!

王熙凤　老祖宗生前百般疼爱于我,老爷、太太又委重任于我,我就是累死了,也心甘情愿。

贾　　政　很好。不过,听说有人借办白喜事之机中饱私囊,你可知道?

王熙凤　(一惊)有人中饱私囊?(笑)老爷,白喜事是我同宝二奶奶一块儿操办,难道老爷怀疑我们从中贪赃?

贾　　政　宝钗端庄识礼,绝不会干这种事情。

王熙凤　是呀,宝妹妹当然不会,那么这个"有人"——自然就该是我呦?

贾　　政　这个,你自己最明白!

王夫人　(着急)凤丫头,是怎么回事,你快说呀!

王熙凤　哎呀,老爷、太太!想我王熙凤进府以来,深得老爷、太太的器重,主持家政,惨淡经营,呕心沥血,茹苦含辛,到头来反落了个贪污的罪名,实实令人寒心!何况老祖宗对我有天大之恩,我若以怨报德,那岂不是良心被狗吃了,还配做人?

王夫人　是嘛,我也不相信。
贾　政　无风不起浪,雁过会留声。
王熙凤　既然老爷这么说,我也不争论。只是我平素管家,铁面无私,势必得罪不少人。俗话说：明枪易躲,暗箭伤人。请老爷、太太告诉我是谁说的,我敢当面对证！
贾　政　这就不必了！只要真的没有,也就算了……
王熙凤　人活一张脸,树活一张皮；人争一口气,佛争一炉香,不明不白,我如何管家？又怎样做人？
贾　政　这——
王夫人　(忍不住)是赵姨娘说的。
贾　政　(盯王夫人一眼)嗯!
王熙凤　(鄙夷地)我当何人,却原是赵姨娘,没料到她竟来这么一手。若是别人,倒也罢了,是赵姨娘么,请让她与我当着老爷、太太的面,来一个小葱拌豆腐——一青二白！
贾　政　不必如此。
王熙凤　(跪)若不应允,儿媳跪死在地！
王夫人　老爷,让她们对质吧,免得府中的水越搅越浑。
贾　政　那——好吧！叫赵姨娘。
一丫鬟　有请赵姨娘！
王夫人　凤丫头,快快起来！
王熙凤　谢老爷、太太！〔起身。
　　　　〔赵姨娘上。
赵姨娘　见过老爷、太太！
贾　政　不消！
王夫人　赵姨娘,你告凤丫头贪污办白喜事的银子,可真有此事？
赵姨娘　(惊)这,老爷——
贾　政　凤丫头要与你对质,你就照实说吧！
王熙凤　姨奶奶,请说呀！
赵姨娘　这……
王夫人　背后能说,当面怎么不敢说了？若有谎言,定不轻饶。

赵姨娘　（横下心）老爷、太太，奴婢所言，句句是实！

王熙凤　句句是实？有人证吗？

赵姨娘　有！

王熙凤　谁？

赵姨娘　她——

王熙凤　她是哪个？

王夫人　讲！

赵姨娘　宝二奶奶！

贾　政

王夫人　（惊）宝钗？

王熙凤

赵姨娘　我早就禀告过宝二奶奶，她叫我不要声张。

王熙凤　哈哈哈……既然如此，老爷、太太，那就请宝二奶奶前来对质吧！

王夫人　对，宝丫头为人稳重，一问即明。

贾　政　好吧，叫宝钗来！

一丫鬟　有请宝二奶奶！

　　　　〔薛宝钗上。

薛宝钗　见过老爷！

贾　政　免礼！

薛宝钗　见过太太。

王夫人　免礼。

薛宝钗　赵姨奶奶。

赵姨娘　宝二奶奶！

薛宝钗　琏二奶奶。

王熙凤　宝妹妹！（拉着薛宝钗抢先说）老祖宗的白喜事是我俩一块儿操办，弄得是体体面面，周周全全；可有些黑心烂肺的却说我贪污了银子，气得我手脚打颤，七窍生烟。好妹妹，你要为我雪冤啊！

薛宝钗　嗯。

赵姨娘　（向薛宝钗施礼）宝二奶奶，你为人厚道，心地良善，千万要秉公而断呀！

薛宝钗　嗯。

贾　政　　宝钗，赵姨娘讲她早就禀告过你，可有此事？
薛宝钗　　嗯，嗯……〔看看王熙凤。
王熙凤　　你要为我雪冤啊！
　　　　　〔薛宝钗又瞧瞧赵姨娘。
赵姨娘　　你要秉公而断呀！
王夫人　　别急，好好想一想。
薛宝钗　　嗯……〔思索。
　　　　　〔帮唱："低眉垂首细细想，瞻前顾后意彷徨。"
薛宝钗　　（唱）她两人眼巴巴地将我望，盼我作证分短长。
　　　　　　　王熙凤贪赃反做无辜样，粉面含威，眼露凶光；
　　　　　　　赵姨娘这回明明没说谎，却为何如鼠见猫脸发黄？
　　　　　　　告输了凤姐岂能将她放，我一句话关系她生死存亡！
　　　　　　　事至此理当如实讲——
　　　　　〔内声："琏二爷回府！"贾琏上。
贾　琏　　琏儿见过老爷、太太！〔施礼。
贾　政　　快起来。大老爷可好？
贾　琏　　父亲偶感风寒，如今已愈。
贾　政　　那我就放心了。可有别的消息？
贾　琏　　薛蟠杀人，当场被抓！
薛宝钗　　（大惊）啊——
王熙凤　　（眼一瞪）你难道袖手不管？
贾　琏　　哪能不管呀！幸好那个县令乃我家门生，我已去疏通了。
王熙凤　　这还差不多。
薛宝钗　　多谢二爷！〔施礼。
王熙凤　　谢个啥哟，一家人理当互帮互助嘛！
贾　政　　这个薛蟠又伤人命，太无王法了！薛姨妈可知此事？
贾　琏　　不知，我这就去禀报。
贾　政　　且慢！
王夫人　　琏儿，老爷正在问事，与你也有关，一旁听着。
贾　琏　　是。

贾　　政　（对薛宝钗）接着讲！

薛宝钗　（背唱）幸好隐秘未张扬！

　　　　　琏二爷仗义救兄长,凤姐一片热心肠。

　　　　　恩泽怎能以怨偿,倒不如守口如瓶巧佯装。

　　　　　赵姨娘平素阴险耍伎俩,略施教训又如何？

　　　　　赵姨娘呀,

　　　　　休怪我临阵退却、暂避其锋隐真相,

　　　　　二虎相斗总有一伤！

　　　　老爷、太太！

　　　　（接唱）宝二爷近来身体欠爽,朝朝暮暮为他忙。

　　　　　许多事一过就无印象,全凭老爷太太拿主张。

王熙凤　（大松口气,反守为攻）是呀,请老爷、太太明断！〔跪。

王夫人　事情已经清楚了,凤丫头,快起来！

王熙凤　我是被告,贪赃枉法,罪大恶极,候老爷、太太发落！

贾　　政　（怒对赵姨娘）胆大贱人,竟敢诬告,这还了得！

赵姨娘　（跪）老爷、太太,我身为下贱,若无真凭实据,怎敢以下犯上,乞望明察！

贾　　政　这个……

王熙凤　（指天发誓）我若有此事,五雷轰顶！

赵姨娘　（也对天发誓）我若有假话,天诛地灭！

王夫人　（严厉地）你说宝二奶奶可以作证,为何她毫无印象？（见贾政点头）分明是你一派胡言,唯恐府中不乱,还不快滚下去！

赵姨娘　是。〔起身欲走。

王熙凤　（起身）且慢！老爷、太太,若是就这样不了了之,今后我还能管事吗？

王夫人　依你所见,该如何了结？

王熙凤　请老爷、太太做主。

贾　　政　（威严地）以下犯上,罪不容赦。来呀,拖下去家法从事！

　　　　〔林之祥媳妇等上,抓住赵姨娘。

赵姨娘　（呼天抢地）冤枉啦！宝二奶奶,想不到你也是——天啦,我才瞎了眼,错把乌鸦当凤凰……

　　　　〔赵姨娘正要被拖下,薛宝钗突然制止。

薛宝钗　且慢!

王熙凤　拖回来!竟敢当众辱骂宝二奶奶是乌鸦,罪加一等!老爷、太太,这股歪风邪气不狠狠整治,府中的秩序将难以维持。

王夫人　嗯,将那贱人交你处置。

王熙凤　是!

〔赵姨娘吓瘫在地,王熙凤更不可一世。

薛宝钗　呀!

（背唱）她那里两面三刀,甚嚣尘上,

我这儿芒刺在背,羞愧难当。

今日留情将蛀虫养,明朝犹恐毁柱梁。

覆巢之下无完卵,到那时,欲悔难悔徒哀伤。

琏二嫂子!〔走近王熙凤。

王熙凤　妹妹,你说咋处置我就咋处置。

薛宝钗　等一等。老爷、太太,我有要紧的话讲,旁人——

贾　政　（明白）左右退下!

〔丫鬟、婆子下。

贾　政　（对赵姨娘）你也先下去!

王夫人　快滚!

赵姨娘　谢老爷、太太。〔灰溜溜下。

薛宝钗　老爷、太太,适才当着赵姨娘,有些话我不便明说,现在不知当讲不当讲?

贾　政　但讲无妨。

王夫人　当姑娘时你罕言寡语,如今地位变了,该讲的就要讲。

薛宝钗　我有话想对琏二奶奶讲。

王熙凤　谁跟谁呀,尽管讲。

薛宝钗　（唱）我对你素来颇景仰,你乃贾府一栋梁。

快人快语多爽朗,女中奇才美名扬。

王熙凤　（意外惊喜,唱）

宝妹妹把我太夸奖,我成才全靠老爷太太教有方。

加之妹妹才学广,我二人一刚一柔,相得益彰。

薛宝钗　（唱）相得益彰妹所望,

　　　　　　请问你,老太太临终嘱托可曾忘?
王熙凤　（唱）刀刻斧凿记心上,要我们治家重任共担当。

　　　　　　为治家,我熬更守夜待天亮,

　　　　　　为治家,我东颠西簸八方忙,

　　　　　　为治家,我绞尽脑汁算细账,

　　　　　　为治家,我一身染病硬逞强……
贾　政　（唱）凤丫头劳苦功高该厚赏。
王夫人　（唱）老爷你还差点误信赵姨娘!
贾　政　（唱）谁知无风会起浪,
王夫人　（唱）我们王家的人个个都是大贤良!
薛宝钗　琏二嫂子!

　　　　（唱）为人言行莫两样,休要在真人面前耍花枪。

　　　　　　骏马亦有失蹄时,
王熙凤　（唱）莫乱开玩笑失端庄!
薛宝钗　（唱）知错能改可恕谅。
王熙凤　（唱）你究竟唱的什么腔?
薛宝钗　（唱）劝你主动如实讲。
王熙凤　（唱）莫非你高烧发了狂?
薛宝钗　（唱）不说休怪抖开网。
王熙凤　（唱）正神何惧鬼爬墙!
薛宝钗　（唱）我、我、我,
王熙凤　（唱）讲、讲、讲!
薛宝钗　（恳求地,唱）求嫂子好好想一想,
王熙凤　（骄横地,唱）你疑神疑鬼太荒唐!
贾　政　（背唱）她二人在把啥戏唱?
王夫人　（背唱）弄得我莫名其妙闷得慌。
贾　政　（背唱）凤丫头,摩拳擦掌,
王夫人　（背唱）宝丫头,异乎寻常,
贾　琏　（背唱）我夫妻,大绷劲仗,

川　剧

王熙凤　（背唱）压宝钗，得意洋洋，
薛宝钗　（背唱）苦口劝，不卑不亢，但愿她，改弦更张！
贾　政　（对薛宝钗，唱）快实说，
王夫人　（对薛宝钗，唱）吐真相，
贾　琏　（对薛宝钗，唱）休胡言，
王熙凤　（对薛宝钗，唱）莫张狂！
贾　政
王夫人
贾　琏　（唱）快快讲——
王熙凤
薛宝钗　（被迫，唱）办丧事——
　　　　（指着王熙凤，接唱）她盗卖遗物造假账，万两白银入私囊！
贾　政　（惊）果有此事？
王熙凤　（唱）她血口喷人弥天谎，
　　　　（恶狠狠地对薛宝钗，接唱）
　　　　　　没料到，你也是个赵姨娘！
薛宝钗　（不理睬，唱）
　　　　　　更可惧，在府外她还把高利贷放——
贾　政　（大惊）什么？放高利贷？
王熙凤　哈哈哈……宝二奶奶，你干脆就说我像你哥哥那样是杀人犯，直接送进班房，多省心呀！捉奸捉双，拿贼拿赃，你说我贪污，有何为凭？你说我放高利贷，又拿什么作证？当着老爷、太太，你给我端出来！
薛宝钗　这个……（低声）自己说，主动些。
王熙凤　（咄咄逼人）少废话，拿证据来！
薛宝钗　这……〔后退。
王熙凤　拿来！拿来！快拿来！〔步步紧逼。
薛宝钗　请你不要逼我……
王熙凤　哼，心虚了？老爷、太太，你们亲眼所见，赵姨娘竟然勾结宝二奶奶，栽赃陷害于我，无非是想夺府中之权……（委屈万分）老爷、太太若不为我做主，我，我就死在堂前！〔欲撞柱，被贾琏拦住。

王夫人　（急喊）拉倒，拉倒！（埋怨地）宝钗，未必你真的同赵姨娘——

贾　政　（威严地）如实讲来！

王熙凤　（忘乎其形）快讲！

薛宝钗　（忍无可忍）老爷、太太——〔从左边袖内掏出证据。

　　　　（接唱）这里有真凭实据一张张！〔跪，举证据。

　　　　〔王夫人接过，交与贾政。贾政细观。

　　　　〔王熙凤惴惴不安，贾琏胆战心惊。

　　　　〔静场。

贾　政　（气得发抖）了得！贪赃枉法，倚强凌弱，巧立名目，高利盘剥。圣上若知，我家休矣！

王夫人　（羞怒）凤丫头，你、你干的好事！

王熙凤　（跪）儿一时糊涂，老爷、太太恕罪！

贾　琏　（跪）老爷、太太恕罪！

贾　政　两个不成材的东西！适才宝钗待赵姨娘等人离去才讲实话、拿证据，是为的顾全体面，她苦口婆心，委曲求全，可你们——唉，宝钗，把赵姨娘放了！

薛宝钗　是！（起，向内）老爷示下，放了赵姨娘！

　　　　〔赵姨娘喜滋滋上。

赵姨娘　多谢宝二奶奶！

薛宝钗　去谢老爷、太太！

赵姨娘　谢过老爷、太太！

贾　政　事已查明，各自下去！

赵姨娘　（得意地）老爷、太太，我该没乱说嘛，我从来都是一片忠心呀！

薛宝钗　（突然地）不，是奸心。老爷、太太，我已查明，赵姨娘勾结马道婆，装神弄鬼，诅咒宝二爷与琏二奶奶早死。（从右边袖内掏出证据）这是马道婆的供词。〔呈给王夫人。

王夫人　（看，大怒）抓起来！

　　　　〔林之祥媳妇等上。

　　　　〔赵姨娘大骇，叩头不已。

赵姨娘　贱妾该死，求老爷、太太饶命！

川　剧

　　　〔贾政抓过证据看,怒发冲冠,掷证据于地,指着跪在左右的王熙凤与赵姨娘。

贾　政　好端端的家,就坏在你们这些人身上!今后,荣国府的内政就由宝钗一人主管,大家都听她的!

众　人　是!
　　　〔林之祥媳妇拾证据交给薛宝钗,薛宝钗放入袖中。

薛宝钗　(谦和地)老爷、太太,人非圣贤,孰能无过;过而能改,善莫大焉。琏二奶奶治家有方,还是让她同我一道来管吧,儿媳一人恐难胜任。

王夫人　(感叹)老爷,宝丫头的胸怀真没话说呀!

贾　政　是呀,宝玉若能像她几分就万幸了……日后再说吧。

王熙凤　(叩头)谢老爷、太太!

贾　政　哼!〔拂袖入内。

王夫人　将赵姨娘拖下去重责!

赵姨娘　(叩头)太太饶命!

薛宝钗　太太,赵姨娘也是一时糊涂,饶她这次吧。

王夫人　看在宝钗讲情,滚!

赵姨娘　多谢太太!多谢宝二奶奶!

薛宝钗　望姨娘多自重。

赵姨娘　是!〔垂头丧气,下。

王夫人　凤丫头,你要好好学学宝丫头,你、你要争口气呀!〔入内。
　　　〔贾琏、林之祥媳妇等人下。
　　　〔场上只剩下薛宝钗和王熙凤。

薛宝钗　(上前扶起王熙凤,诚挚地)琏二嫂子,愿今后同心协力,重振家威!

王熙凤　(皮笑肉不笑)有罪之人,不敢,不敢!〔拂袖欲去。

薛宝钗　且慢!

王熙凤　(回身,敌视地)宝二奶奶,还有何吩咐?

薛宝钗　(微笑)莺儿,取火来!
　　　〔莺儿持点燃的蜡烛上。

薛宝钗　(从袖中掏出那些证据)二嫂子但放宽心,小妹替你将它处置。〔点燃证据。

〔火光中,王熙凤愣住,薛宝钗微笑着。
〔切光。

第四场　劝　夫

〔光渐亮。
〔潇湘馆。外面,花草杂芜,冷落荒凉,独有几竿翠竹摇曳;里面,空空荡荡,灰垢蛛网,祭桌上"林黛玉之灵位"的木牌孤单而立。贾宝玉呆立祭桌前,痴痴望着牌位。

贾宝玉　林妹妹呀,今日是你周年忌日,我偷偷来到潇湘馆祭奠于你。我知道你怨我绝情,恨我负心,可是我的满腹苦水,还是只有向你倾吐呀!

(唱)人去屋空景依旧,未曾开口泪先流。
　　　与妹妹分别一年宛若熬了一世久,
　　　可知我一日添增一寸愁。
　　　睡不稳纱窗风雨黄昏后,
　　　咽不下玉粒金莼噎满喉,
　　　滴不尽相思血泪抛红豆,
　　　情绵绵,恰似那流不断的绿水悠悠……
　　　林妹妹呀,
　　　宝钗她朝夕劝我功名就,
　　　怎比你痛骂"禄蠹"气咻咻;
　　　宝钗她同流合污染铜臭,
　　　怎比你玉洁冰清才德优;
　　　我与她同床异梦挨更漏,
　　　怎比得你与我青梅竹马、肝胆相照、情意绸缪……
　　　林妹妹呀,
　　　唯愿佛祖来保佑,兄与妹二世结白头!

(抱住牌位,哭叫)妹妹,好妹妹,你怎么不说话?你答应吧,答应吧!
〔身后突然响起回答声:"不!"
〔贾宝玉惊坐于地,慢慢爬起。

贾宝玉　林妹妹,你、你真的显灵了吗?

〔薛宝钗与袭人突然从暗处走出。

薛宝钗 （严肃地）林妹妹真的有灵,听见你的话,定会生气的!

贾宝玉 （循声定神看）哦,你怎么寻到这里来了?

薛宝钗 你来得,我怎么又不能来呀?二爷,适才你在做什么?

贾宝玉 我,没做什么。

薛宝钗 二爷,今天是林妹妹周年忌日,你不正正经经祭奠,反而混说一通,真不应该呀!

贾宝玉 （语塞）我——

薛宝钗 袭人,摆开祭品。

袭　人 是!〔摆祭品,点香烛。

〔薛宝钗从贾宝玉手中拿过牌位,恭恭敬敬放好。

薛宝钗 正是——

（念）花谢花飞飞满天,

　　　春残春去去不还。

　　　杜鹃啼血为谁怨?

　　　黛玉,我的好妹妹呀——

〔帮唱:"红消香断人倍怜!"

薛宝钗 （唱）难忘你,菊花诗会勇夺冠,

　　　难忘你,荷锄葬花泪轻弹,

　　　难忘你,才华横溢善词辩,

　　　更难忘,姐妹们推心置腹彻夜谈。

　　　你拉着我手轻喟叹——

　　　"宝姐姐,往日我以为你藏奸,

　　　谁知才把你错怨,

　　　我、我心眼太多甚羞惭……"

　　　说着说着泪洗面,

　　　细语温言,我劝妹保重心放宽。

　　　一声声犹自回响潇湘馆,

　　　一幕幕恍惚昨日晃眼前。

　　　谁知天不从人愿,

　　　　　叹只叹薄命人儿皆红颜！
　　　　　姐妹深情三春暖，
　　　　　流言蜚语数九寒。
　　　　　女儿家，婚嫁怎能由己选，
　　　　　父母之命重如山！
　　　　　纵有千口也难辩，
　　　　　哀哀心曲向谁言？
　　　　　林妹妹呀，倘若能换我愿换，
　　　　　一片赤诚对苍天！
　　　　　唉，与其里外招人怨，
　　　　　倒不如随妹归去共长眠！
　　　（哭叫）林妹妹，我的好妹妹呀！
　　　〔薛宝钗哭得泪人儿一般，贾宝玉为她的真情所打动，跟随哭起来。

贾宝玉　人死不能复生，林妹妹得知姐姐的一片苦心，也可瞑目九泉了！
袭　人　二爷，你可知二奶奶对你的一片苦心？
薛宝钗　（拭泪）人家二爷是君子，超凡脱俗，怎能理解我们这些"禄蠹""铜臭"之辈？袭人，从今以后，我们再也莫劝二爷了，二爷想怎么就怎么，反正荣国府在一天，二爷就可以当一天二爷，倘若不在了——
贾宝玉　我自有去处。只是你们……
袭　人　（急）二爷，未必你就不管我们了呀！
贾宝玉　将来的事我也说不清楚。
薛宝钗　你应该清楚。老祖宗、老爷、太太一心要你成龙，接续祖宗遗绪，你却执迷不悟，为闲情痴意，糟蹋自己。我们守着你，如何是个结局？
　　　〔贾宝玉不语，走向一边。
薛宝钗　凤姐弄权，胡作非为，后果不堪设想。我逼于无奈，勉为其难。你不仅不帮我一把，倒骂我权迷心窍，冷嘲热讽，你于心何安？
　　　〔贾宝玉不语。
薛宝钗　做了一个男人，本该要立身扬名的，不说自己没有刚烈，倒说人家是禄蠹，这是何道理？
　　　〔贾宝玉不语。

薛宝钗　自己没本事,反笑人家是国贼,这真是鹦哥的嘴巴,空中的浮云……

〔贾宝玉忍耐,走向另一边。

薛宝钗　古人云:"人生不得行胸怀,虽寿百岁,犹为夭也;老冉冉其将至矣,恐修名之不立。"二爷——

〔贾宝玉猛回头,盯住薛宝钗。

贾宝玉　你——

薛宝钗　二爷呀!

（唱）休怪我絮絮叨叨嘴儿碎,今日向君敞心扉。

我知你挚爱林妹妹,我也愿有情人儿并翅飞。

林妹妹夭亡谁之罪,怨天?怨地?怨你?怨我?该怨谁?

妹妹不死已经死,人死怎能再回归?

（见贾宝玉点头,接唱）

别以为我非得与你成婚配,提姻亲我暗自流泪头低垂。

我怕君,生误会,更怕君不成才我终身含悲。

父母命,实难违,命运使我将君随,

既已随君无二路,忠心奉君志不摧。

我不贪芙蓉帐中春宵暖,我不贪葡萄美酒夜光杯,

我不贪形影不离如鱼水,我只愿能助夫君有作为!

宝玉啊,

你是雄狮尚沉睡,你是凤凰尚未飞,

雄狮一吼惊天地,凤凰展翅卷风雷!

劝夫君,莫推诿,去伤悲,休嬉戏,

改前非,学圣贤,思安危,勤发奋,

志巍巍,气昂昂,勇夺魁!

到那时,光宗耀祖风光美,为妻我,纵死九泉笑微微!

〔贾宝玉呆呆而立。

袭　人　（伤心地）二爷,二奶奶为了你,为了这个家,操碎了心。她的肺腑之言,难道你就一点儿也听不进去呀?

薛宝钗　（见贾宝玉似有所动,更进一步"加温",哭喊）林妹妹,等着我,宝姐姐同你做伴来了!〔以头撞祭桌,被袭人抱住。

贾宝玉 （终于开口）唉,这是何苦,这是何苦呀!

〔帮唱:"恰好似连针带线一口吞,刺我肝肠系我心。"

贾宝玉 （背唱）只说是,我对妹妹情不尽,

谁知她,哭妹妹一字一句更深情。

肺腑之言颇动听,铁石人儿也伤心。

为劝我她竟不惜命,痴情痴意为夫君。

宝姐姐呀,

不是宝玉心肠硬,你我并非一路人!

本得冷上再添冷,

（见薛宝钗伤心欲绝、接唱）

犹恐顷刻断香魂!

（犹豫,接唱）

哎,人似秋鸿来有信,事如春梦应留痕。

罢,罢,罢,

暂且违心忍一忍——

（回身对薛宝钗、袭人,接唱）

你们的话儿我记得清。

袭　人 （一怔）你记清了什么?

贾宝玉 （接唱）发奋攻读遵古训,

为你们,我定要蟾宫折桂取功名!

袭　人 太好啦!

（唱）好二爷终归被劝醒,天大喜事今降临。

盼二爷早日捧金印,方不负二奶奶拳拳之心。

〔幕后合唱:"盼只盼,夫贵妻荣同欢庆,顽石点头胜黄金!"

薛宝钗 袭人,将林姑娘的灵位捧回去供起,以便二爷随时祭奠。

袭　人 是!

贾宝玉 不用这样,只要心诚则可。再说林妹妹喜爱幽静……

薛宝钗 那随二爷吧。

袭　人 今日是二爷与二奶奶大喜一周年,我已备下酒宴,热热闹闹庆贺一番!

贾宝玉 二奶奶请!

薛宝钗 （甜甜一笑）二爷请！

〔贾宝玉、薛宝钗并肩亮相。

〔切光。

第五场 治 鬼

〔光亮。二幕前。王熙凤与平儿上。

王熙凤 （唱）大意失荆州，猛虎被犬伤。

忆往昔，威风凛凛，锐不可当，

八面玲珑，落落大方；

谁不敬我、捧我、惧我荣国府的常胜将，

纤纤玉手揽春光！

管家政，搞银两，万不料宝钗背后杀一枪。

人证俱在难欺谎，当面对质脸丢光。

平　儿 （唱）此事不必挂心上，从今后对宝二奶奶要多提防。

王熙凤 （唱）我还没整够银子十万两。

平　儿 （唱）你不怕她又捉赃？

王熙凤 （唱）要我认输乃妄想，重整旗鼓干一场。

斤对斤，两对两，斗不过小小宝钗我不姓王！

平　儿 奶奶，你——

王熙凤 我自有办法！传来旺媳妇。

平　儿 来旺媳妇来呀！

〔来旺媳妇上。

来旺媳妇 奶奶有何差遣？

王熙凤 附耳过来！〔向来旺媳妇耳语。

来旺媳妇 是！〔急下。

〔王熙凤冷冷一笑，下。平儿轻叹，随下。

〔莺儿上。

莺　儿 （念）琏二奶奶下了台，

宝二奶奶上台来。

那个二奶奶脾气怪，

　　　　这个二奶奶百事乖。
　　　　那个二奶奶好像夜叉光使坏，
　　　　这个二奶奶恰似观音坐莲台。
　　　　那个二奶奶袖手旁观把假病害，
　　　　这个二奶奶日夜操劳大展宏才。
　　　　这个二奶奶客客气气去请那个二奶奶，
　　　　那个二奶奶冷冷冰冰不理这个二奶奶。
　　　　这个二奶奶，
　　　　那个二奶奶，
　　　　每日里跑来跑去就为两个二奶奶，
　　　　害得我莺儿跑烂几双绣花鞋。
　　〔焙茗惊慌上，撞着莺儿。

莺　儿　哎哟，你没带眼珠呀？
焙　茗　鬼，有鬼！吓死我了！
莺　儿　大天白日的，你活见鬼哟！
焙　茗　哎，莺儿姐呀！
　　（念）刚才我陪二爷进大观园，白云朵朵艳阳天。
　　　　快要走到潇湘馆，忽听见笑声叫声闹得欢。
　　　　二爷惊诧要去看，
　　　　看园的王婆子跑来阻拦把话谈——
　　　　"这一向园中在闹鬼患，
　　　　有人见林姑娘哭着把琴弹。
　　　　晴雯、金钏儿等死丫头时常闪现，
　　　　二爷快请转，千万不能去把命玩！"
莺　儿　那你们进去没有？
焙　茗　（念）二爷不怕偏要看，我战战兢兢跟后边。
莺　儿　看见鬼了？
焙　茗　（念）呼呼呼，阴风惨惨……
莺　儿　（惊叫）我的妈呀！
焙　茗　（念）空空如也，只见纸屑灰尘翻！

莺　儿　后来呢?

焙　茗　二爷冷冷一笑,自言自语:"怕见的偏遇见,想见的却又见不着……"

莺　儿　后来呢?

焙　茗　二爷叹着气,说头痛,回屋睡了。

莺　儿　后来呢?

焙　茗　后来,后来袭人姐姐叫我来禀告宝二奶奶。

莺　儿　宝二奶奶正在议事厅办事,跟我来吧。〔带焙茗下。

　　　〔二幕启。晚。大观园一角。

　　　〔林之祥媳妇率众丫鬟、媳妇,手执灯笼、器械,拥薛宝钗上。

薛宝钗　(唱)飒飒金风影摇红,一弯新月悬碧空。

　　　　　苍苔露冷竹影动,幽香阵阵自花丛。

　　　　　满目诗情难吟诵,只为心事一重重。

　　　　　家道衰落,千疮百孔,入不敷出,架子虚空。

　　　　　冰厚三尺难解冻,最堪忧,人心不齐各西东!

　　　　　王熙凤忌恨因失宠,口蜜腹剑,窟窿里面挖窟窿。

　　　　　苦口婆心劝她要忧患与共,

　　　　　可叹她鼠目寸光无动于衷。

　　　　　怎能忘,老爷太太多器重,

　　　　　怎能忘,临终嘱托的老祖宗。

　　　　　竭力治家展智勇,

　　　　　行一步障碍竟有二三重。

　　　　　这几日,大观园闹鬼人惶恐,

　　　　　为何平地卷妖风?

　　　　　今夜治鬼为服众,精心安排进园中。〔圆场。

林之祥媳妇　二奶奶,已到大观园。

　　　〔丫鬟、媳妇们中,有人瑟瑟发抖。

薛宝钗　心正不惧邪! 紧闭园门,摩拳擦掌,捉鬼一个,赏银十两!

众　人　(大受鼓舞)是!〔呐喊冲下。

　　　〔不一会儿,众人抓了一串"鬼"上来,有婆子、媳妇、丫鬟等。

林之祥媳妇　回二奶奶,这些人在潇湘馆里酗酒、赌钱,还有几个男的翻墙逃走,园外值夜的追赶去了。

薛宝钗　果然是群鬼呀！

众"鬼"　（不住叩头）宝二奶奶，奴婢们是初犯，饶了我们吧！

薛宝钗　哼，你们的头目是谁？

　　〔两个媳妇又抓一个面目狰狞的"鬼"上。

　　〔薛宝钗一惊，迅速镇定下来。

薛宝钗　你是谁？

　　〔"鬼"怪叫，林之祥媳妇冲上，一把抓下"鬼"的假面具，原来是来旺媳妇。

薛宝钗　来旺媳妇？

众"鬼"　她就是我们的头目！

薛宝钗　你可知罪？

来旺媳妇　不知！

薛宝钗　聚众赌博酗酒，装鬼恣意妄为，你还不知罪？

来旺媳妇　（蛮横地）我是琏二奶奶的陪房、亲信，有罪也轮不到你这个二奶奶发落！

薛宝钗　（怒不可遏）来呀，重责二十！

　　〔林之祥媳妇等打来旺媳妇。

薛宝钗　背着主子，胡作非为，这二十是我替你家二奶奶打的！接下来才是我这个二奶奶要打的。来呀！

众　人　嚯！

薛宝钗　聚众赌博，二十！酗酒，二十！装鬼，四十！一共八十，给我重重地打！

众　人　（高吼）嚯！

来旺媳妇　（魂飞魄散，伏地乞求）奴才该死，奴才再也挨不起了！奴才愿招，是琏二奶奶叫我装鬼的，说要吓死你，还说——

薛宝钗　胡说！琏二奶奶怎么会干这种事？那是你们这些奴才坏了主子的名声。滚回去，向你们二奶奶认罪！

来旺媳妇　（叩头）谢宝二奶奶！〔狼狈逃下。

薛宝钗　（背白）琏二嫂子呀，你不听忠言，利令智昏，变本加厉，一意孤行；我以德报怨，仁至义尽，但愿能早日唤回迷途人！（回身，威严地扫了众"鬼"

一眼)嗯,你们呢?
众"鬼" 求宝二奶奶饶我们这回,奴婢们再也不敢了![叩头不止。
薛宝钗 (语重心长)你们当中,好多是府中的老人儿,难道忍心把这个家搞败?
众"鬼" 不敢,不敢……
薛宝钗 荣国府真的败了,对你们有什么好处?
众"鬼" 莫得,莫得……
薛宝钗 你们——起来吧!
众"鬼" 谢宝二奶奶大恩大德!
薛宝钗 府里困难,你们手头儿也不宽裕,我倒有个主意,同你们商量。
众"鬼" 请吩咐!
薛宝钗 如今大观园空着,花草树木,日渐荒芜。你们管园子的,何不分头收拾料理,竹木、花草、稻田……各司其职,仔细照管。一则能生财,府中有利,二则可以根据你们的所劳让你们也受益。不知可行否?
众"鬼" (喜出望外)那太好啦!
一"鬼" (抹泪)宝二奶奶这样心疼照顾我们,我们再要不体恤上情、俯首听命,天地不容,雷打火焚!
众"鬼" 对!我们都听宝二奶奶的!
薛宝钗 (兴奋地)今后就不会闹鬼啦!
[切光。

第六场 诀 别

[光亮。
[二幕前。袭人上。
袭 人 (唱)二奶奶果真本事大,
宝二爷服服帖帖依从她。
再不去脂粉队中瞎玩耍,
书斋里日出读到月西斜。
呆性不发温文尔雅,
老爷太太眉开眼笑把二奶奶夸。
袭人心底冰块化,

睡梦里都在打哈哈。
愿二爷平步青云魁天下,
夫贵妻荣锦上添花。

〔帮唱:"谢菩萨——"

袭　人　(唱)赴考行装收拾罢,二爷今日要离家。
〔平儿急上。

平　儿　袭人姐姐,我们二奶奶不行了!

袭　人　这么快呀?

平　儿　唉,前些天,赵全奉旨二次抄家,主要抄的我们二奶奶。她又爱钱,又爱面子,如今两样儿全丢了,她受得了吗?唉,将来,还是你有靠啊!

袭　人　平儿姐姐,(小声地)她真的一口气上不来,恐怕你很快就要当二奶奶哩!

平　儿　莫乱说!快去请宝二奶奶!
〔袭人、平儿低语,下。
〔二幕启。王熙凤居室。
〔王熙凤斜靠床头,已奄奄一息。床前立着王夫人、贾琏、薛宝钗、平儿、袭人等。

王熙凤　(伸手比画"八",嚎叫)八,八……

贾　琏　爸?父亲现在台站,无旨意不能回家。

王熙凤　(摇头)八,八……

王夫人　哦,是叫你叔父?老爷到外地巡视河道去了,有啥话对我讲吧。

王熙凤　(摇头)八,八……

王夫人　琏儿,凤丫头说的啥意思?

贾　琏　我也莫名其妙。

王夫人　宝钗,你可明白?

薛宝钗　(点点头,走到床头)琏二嫂子,圣上怜惜我们荣国府乃功臣之后、贵妃之家,不日将把所抄财物如数归还,你那八万两私房银子也要还你,放心吧。

王熙凤　(缩回手)真的?
(猛地撑起身,拉住薛宝钗,看了又看,摇头)你哄我,你又不是皇帝。皮之不存,毛将焉附……

贾　　琏　哎,又说胡话了。

王熙凤　(怒目圆睁,声嘶力竭)你懂个屁!宝钗是对的,覆巢之下无完卵,我,我——〔抽气,僵倒,死不瞑目。

薛宝钗　(轻轻合上王熙凤的眼睛,痛切地)琏二嫂子,你终究明白了!〔哭。

〔众人哭。平儿流着泪放下床帐。

〔贾宝玉着行装上。

贾宝玉　咦,怎么用哭声送我赴考?

袭　　人　二爷,琏二奶奶过世了。

贾宝玉　(不惊不悲,走过去,撩帐一观,叹道)机关算尽太聪明,反误了卿卿性命!(行合掌礼)阿弥陀佛!

薛宝钗　(上前,低声地)别说呆话了,快去拜辞太太。

贾宝玉　是。(走到王夫人跟前)母亲在上,孩儿拜辞!〔叩三个响头。

王夫人　(扶起贾宝玉)你就要动身了,唉,偏偏遇上……

〔王夫人扫众人一眼,众人立即止哭。

薛宝钗　太太,吉人自有天相,二爷衔玉而生,命中大贵;近来又发奋攻读,此次必定高中;明年再一举夺魁天下,贾府中兴,全仗二爷!

王夫人　对,对,说得好!宝玉儿,你媳妇的话要时刻记在心上啊。

贾宝玉　是。(向薛宝钗施一礼)我走了!

薛宝钗　走吧!

贾宝玉　(走了几步,忽又回头)宝姐姐,我还有话对你说。〔爱恋地拉住薛宝钗。

薛宝钗　(不好意思,忙走开)回来再说吧。

贾宝玉　(愣了片刻)其实,也没啥要紧的话……我走了,你好生跟着太太,听我的喜信儿吧。我……

薛宝钗　(打断话头)是时候了,你不必絮絮叨叨!

贾宝玉　你莫催我,我知道我该走了!〔复向王夫人、贾琏、薛宝钗、袭人等在场所有人一一施礼。

〔焙茗内喊:"二爷,走得啰!"

薛宝钗　哎,外面的人在催你,再闹就误时辰了。

贾宝玉　走了,走了,不用再胡闹了,完了事了。〔仰天大笑,飘然而去。

〔薛宝钗目送贾宝玉,忽然心酸,流泪。

王夫人　宝钗,你——

薛宝钗　(急忙掩饰)我的琏二奶奶呀!

〔又引起众人哭。

〔幕后合唱:"忽然一把辛酸泪,有谁能解其中味?"

〔切光。

第七场　途　穷

〔光渐亮。

〔二幕前。薛宝钗心事重重上。

薛宝钗　(念)满腔心事怕人问,坐卧不安盼夫君。

〔莺儿上。

莺　儿　二奶奶,刚才薛家来人报信,薛大爷已判死罪,即将处决!

薛宝钗　(惊骇)啊——

莺　儿　薛老夫人得知凶信,旧病复发,危在旦夕!

薛宝钗　(惊惶)母亲啦……莺儿,快去禀报太太,我们马上回娘家。

莺　儿　是!〔下。

薛宝钗　唉,没想到我薛家也一败如此啊!〔欲下。

〔袭人急上。

袭　人　二奶奶,大事不好!

薛宝钗　又有何事?

袭　人　老爷刚才回府,对太太言说,在九曲岛他见到二爷了……

薛宝钗　(松口气)傻妹妹,找到了二爷是天大的喜事嘛!二爷如今在哪儿?

袭　人　二爷他、他,出家当和尚了!

薛宝钗　天啦——〔悲痛欲绝,摇晃,被袭人扶住。

〔莺儿跑上。

莺　儿　二奶奶,我去禀告太太,太太黑起脸说:"自己的男人都当了和尚,还有心去管娘家的闲事?"太太还说……

薛宝钗　别说了!我——知道了!〔欲下。

莺　儿　二奶奶,回娘家吗?

薛宝钗　（凄然一笑）我,哪还有家啊！〔奔下。
袭　人　莺儿,二奶奶神色不对,我们快去禀告老爷、太太！〔与莺儿急下。
　　　　〔二幕启。大观园。
　　　　〔薛宝钗蹒跚上。
薛宝钗　（唱）秋月冷冷浸大地,西风瑟瑟透罗衣。
　　　　　　　叶落花残堕园里,
　　　　（听见雁啼,接唱）
　　　　　　　忽闻雁悲啼。
　　　　　　　雁儿呀,
　　　　　　　莫非你也被抛弃？莫非你也受孤凄？
　　　　　　　唉,你苦怎能同我比,我苦绵绵无尽期！
　　　　　　　可笑我,一片痴情枉自寄,
　　　　　　　可叹我,安分藏拙费心机,
　　　　　　　可怜我,日夜操劳反受气,
　　　　　　　可痛我,呕心沥血谁怜惜,
　　　　　　　可惜我,满腹锦绣志未已,
　　　　　　　可悲我,四面楚歌步难移。
　　　　　　　扪心问,我错在哪里？
　　　　　　　为什么落得个哥哥问斩、母亲病急、丈夫出家、婆婆埋怨,惨惨凄凄？
　　　　〔幕后合唱:"落花流水春去也,雨暴风狂孰能敌？"
薛宝钗　（唱）孤松仰面叹,残竹低头泣。
　　　　　　　泪眼问天天不语,
　　　　（抬头看,接唱）
　　　　　　　呀,潇湘馆——〔入内。
　　　　〔幕后合唱:"冷冷清清无人迹。"
　　　　〔幕后女声合唱:"可怜旧时堂前燕,"
　　　　〔幕后男声合唱:"人亡巢毁徒哀啼！林妹妹呀——"
薛宝钗　（唱）你因情,泪水流尽含恨去,
　　　　　　　你可知,"金玉良缘"也是虚。

哪有半点真情意,薛宝钗而今成了和尚妻!

〔幕后合唱:"断肠女怜断肠女,人间最苦生别离!"

薛宝钗 （唱）妹妹呀,姐姐途穷追随你——

（解带,拴,欲自尽,接唱）

猛然间,胎儿腹内轻轻踢!

哎呀,不可啊!

（接唱）腹中怀着小宝玉,怎忍心让他不见天日命归西!

不知是男或是女,孩儿呀,细听妈妈诉衷曲——

是儿莫学你的父,不忠不孝不要妻;

是女莫学你的母,逆来顺受太痴愚……

唉,夫君负我我不怨,落红片片化春泥。

苍天不会总下雨,有后代,我的终身有靠依。

宝钗我,要强忍悲痛,竭尽全力,

忠贞不渝,死而后已——

〔幕后合唱:"重振贾府定有期!"

〔薛宝钗解带,莺儿冲进。

莺 儿 （扑上去,哭叫）二奶奶,千万不能寻短见啊!

薛宝钗 （微笑）傻丫头,我怎么会走那条路？〔取带,系好。

〔林之祥媳妇急上。

林之祥媳妇 二奶奶,管家周瑞盗卖田地,琏二爷偷卖房产,库房总管吴新登席卷金银而逃……老爷、太太气得发抖,叫你快到议事厅去!

薛宝钗 （冷笑）探春妹妹说得不错,大族人家必须先从家里自杀自灭起来,才得一败涂地。你们偷吧、卖吧,疮烂透了,总还有个结疤的时候。走,去议事厅!

〔袭人上。

袭 人 （羞怯地）二奶奶,我,我要走了……

薛宝钗 到哪儿去？

袭 人 （不敢正视薛宝钗）太太做主,要我嫁人,我不敢违抗……

薛宝钗 （苦笑）二爷出家了,你又何苦守着……好妹妹,我要去议事厅同老爷、太太商讨重振荣国府的大事,不能送你了,愿你如意。（对莺儿、林之祥媳妇)快走!

〔此时,突然幕后火光冲天,人声鼎沸:"奉旨三次抄家,不准放走一人!"
〔焙茗奔上。

焙　茗　(惊慌失措)二奶奶,有人告发我们贾府谋反,锦衣府赵全奉旨三次抄家,老爷、太太、琏二爷等人都已经被抓。二奶奶,你赶快逃命去吧!
〔跑下。
〔袭人、莺儿、林之祥媳妇惊恐万状。

莺　儿　(结结巴巴)二奶奶,我们,快、快走吧!

薛宝钗　(出奇地镇静)走?往哪儿走?
〔袭人溜走,林之祥媳妇随下,莺儿略一犹豫也逃走。

薛宝钗　都走了,只剩下我一人,好清静啊……
〔切光。

尾　声

〔幕后男、女声合唱:"忽喇喇,大厦倾,昏惨惨,灯将尽。"
〔光渐亮。大雪纷飞。
〔薛宝钗背身缓缓向后台走去。
〔幕后合唱:"食尽飞鸟各投林——"
〔薛宝钗渐渐消失在雪地里。
〔幕后合唱:"落了个白茫茫大地真干净!"
〔舞台上一片洁白,无边无际……

——剧终

选自《剧本》2010年第7期。

龙江剧

荒唐宝玉

杨宝林　徐明望

人物　贾宝玉　王熙凤　贾　母　王夫人　贾　政　薛宝钗
　　　林黛玉　茗　烟　万　儿　元　妃　太　监　琪　官
　　　薛　蟠　云　儿　傻丫头　女　娲　紫　鹃　雪　雁
　　　众舞女　众卫士　众丫鬟　众书僮　众原始人

序幕　赠冠庆生辰

〔某年春。
〔荣国府花园。

合　唱　天说我荒唐，
　　　　地说我荒唐。
　　　　荒唐不荒唐，
　　　　全凭嘴一张。
　　　　啊——
　　　　乱哄哄花柳繁华地。
　　　　血淋淋温柔富贵乡！
〔在合唱声中灯光渐亮，展现在观众面前的是：千树万树桃花开，三五彩蝶花间飞舞的景色。
〔宝玉正在采花扑蝶……
〔丫鬟仆人簇拥着贾母、王夫人、王熙凤、贾政、宝钗、黛玉等人喊"宝玉"上。

王熙凤　宝兄弟！宝兄弟！
宝　玉　凤姐姐。

王熙凤　宝玉,你看谁来啦!

宝　钗　
黛　玉　宝玉!

宝　玉　宝姐姐! 林妹妹!
　　　　〔宝玉将花赠与黛玉。

贾　母　我的心肝宝贝儿,快过来叫奶奶稀罕稀罕。

宝　玉　老祖宗!

贾　母　宝玉,快看哪,那是你元妃姐姐给你的生日礼物——八宝如意紫金冠!

宝　玉　哎呀,玲珑剔透,巧夺天工,真是太好了。

王夫人　还说将来让你承袭爵位呢。

贾　政　现有娘娘手谕在此。

宝　玉　哎呀,我姐姐来信啦!

贾　政　放肆!

宝　玉　是,手谕。〔毕恭毕敬地接过手谕。

　　　　(念)哀家执掌凤藻宫,
　　　　　　荣宁二府受殊荣。
　　　　　　君许他年龙虎日,
　　　　　　一人袭爵受皇封。
　　　　　　宸思宝玉最聪颖,
　　　　　　精雕璞玉器早成。

贾　政　玉儿,圣人云吾十有五而志于学。从今而后要两耳不闻窗外事,一心只读圣贤书。望你悬梁刺股,持之以恒,深居简出,一日三省,非礼勿视,非礼勿听,非礼勿言,非礼勿动,非礼……畜牲,你东张西望成何体统!

宝　玉　我……〔做出要解手的体态。

贾　母　哈哈哈……算了,管西管东,管不着解手出恭,你这大道理一讲就是几大车,还想把他肚子给憋爆了?

王熙凤　哈哈哈……老祖宗,说是说,笑是笑,眼看吉时已到,赶紧给宝兄弟披红戴冠吧。

贾　母　那你就吩咐吧!

王熙凤　这么说,我可要斗胆越权了。来呀! 中庭结彩,府门悬灯,鼓乐吹动,鞭炮齐鸣,麻溜溜儿,热闹闹儿的,给宝二爷披红戴冠哪!

众　书　披红戴冠哪!

〔在欢乐的音乐声中,众人为宝玉披红戴冠。

〔切光。

第一场　逃学读西厢

〔某日近午。

〔荣国府花园中。

〔序幕切光后稍顷,书僮甲幕内喊"二奶奶"上。

书僮甲　二奶奶!

王熙凤　什么事儿?

书僮甲　哎呀,宝二爷又逃学啦!

王熙凤　啊?这要是让老爷知道了,非炸庙不可。

薛宝钗　宝兄弟怎么会这样呢?

王熙凤　(对书僮甲)还不快去找!

书僮甲　是!〔下。

〔切光。幕后传来呼喊宝玉的声音。

〔光收。某局部光亮,贾母、王夫人出现在光环中。

〔书僮乙幕内喊:"老祖宗……"上。

书僮乙　老祖宗,家里外头都找遍了,还是没有宝二爷。

王夫人　学馆没有,家里也没有,这个冤家到哪去了呢?

贾　母　真要是有个大事小情的,不是要我的老命吗?

书僮乙　老祖宗……

王夫人　还不快去,再找不回来打断你们的狗腿!

书僮乙　是!〔下。

〔光收。

〔稍顷,一束光打在假山石上,宝玉躺在假山石后。蟋蟀的鸣叫声吵醒宝玉,宝玉循声扑捉蟋蟀。

(唱)小蟋蟀它怎么那么灵,

　　好像浑身长了眼睛。

　　　　你不抓它它不动，
　　　　你一伸手它腰一弓，腿一蹬，两膀一抖扑棱棱，
　　　　噌的一声影无踪。
　　　　小蟋蟀呀，你身虽微贱胜似我，
　　　　不用整天读五经。
　　　　我虽富贵不如你，
　　　　草棵石缝自从容。
　　　　你展所欲，施所能，尽得其所不平则鸣，
　　　　自由自在度一生。
　　〔宝玉似乎发现了什么，急忙找书背诵起来。
　　〔茗烟溜上。

宝　玉　君为臣纲，父为子纲，夫为妻纲。君叫臣死臣不死为不忠，父叫子亡子不亡为不孝……

茗　烟　（见状偷笑）宝二爷！
　　〔宝玉见是茗烟，忙奔过来。

宝　玉　借来了吗？

茗　烟　你看！

宝　玉　（忙把书接过）《西厢记》？真有你的！

茗　烟　强将手下无弱兵，（卖弄地）你没看是谁的书僮嘛！

宝　玉　哎，我到那边看书去，谁要找我你就说……

茗　烟　不知道！你就放心吧！〔推宝玉至假山石后，发现地上的书，拾起。

茗　烟　宝二爷，宝……
　　〔万儿手拿鲜花上，茗烟故意撞在万儿身上。

万　儿　哎呀妈呀！

茗　烟　万儿！

万　儿　是你呀，吓了我一跳！

茗　烟　那你还吓我两跳呢！

万　儿　茗烟哥，你好吗？

茗　烟　好，成其好了。万儿，你呢？

万　儿　好。

茗　烟　看你小脸发红,满面含情,想啥美事呢?

万　儿　哎呀,去你的!

茗　烟　万儿,你干啥去了?

万　儿　给夫人摘花去了呗!

茗　烟　哎,你知道这叫啥花吗?

万　儿　夫妻蕙,并蒂莲呗!

茗　烟　你知道啥叫夫妻,啥叫并蒂吗?

万　儿　这……不知道。

茗　烟　连这个都不知道哇。告诉你吧,这人分男女,花分雌雄,那学问可大啦!

万　儿　啥学问哪?

茗　烟　这我也说不明白。走,到桃花林中咱俩细作儿地唠扯唠扯,走哇!

万　儿　俺不的。

茗　烟　万儿……

万　儿　这……我……

　　　　〔茗烟拉着半推半就的万儿,隐入桃花林中……

　　　　〔王熙凤、薛宝钗内喊"宝玉"上。

王熙凤　(唱)宝玉逃学离馆中,

薛宝钗　(唱)阖府上下乱了营。

王熙凤　(唱)四处寻找无踪影。

　　　　〔宝钗发现了地上的花,听到了桃花林中的人声。

薛宝钗　凤姐姐!

　　　　(唱)桃花林中有人声!

　　　　〔宝钗走近桃花林,忽然娇羞地急退。

王熙凤　谁在桃花林呢? 快出来!

　　　　〔茗烟慌乱地跑上……

茗　烟　二奶奶……

王熙凤　站住! 你在桃花林干什么?

茗　烟　没……没干什么呀。

王熙凤　宝玉呢?

茗　烟　不知道。

王熙凤	(似看到林中的人影)少跟我三千鬼化狐的,宝玉,宝……(发现万儿,怒火冲天)你给我出来,出来!
	［万儿胆颤心惊地上。
万　儿	二奶奶……
王熙凤	反啦,反啦……［将万儿推倒在地。
万　儿	二奶奶,饶命!
王熙凤	饶命?哼哼……真要是饶了你们,这府上还有规矩吗?待我禀明老爷、太太,男的押监入狱,女的赶出府门!来人哪!
	［二家丁应声跑上,宝玉上。
王熙凤	把他们给我绑起来!
宝　玉	慢着!
薛宝钗	哎呀,宝玉,可找到你啦!
王熙凤	我的小祖宗,你跑到哪去啦?
宝　玉	凤姐姐,你先告诉我,出了什么事,这么连哭带叫的?
王熙凤	这两个奴才竟敢在桃花林中偷情苟且,这……这还了得吗?
宝　玉	什么?你……［大惑不解地望着茗烟。
王熙凤	来呀,给我绑在假山石上,狠狠的打!
宝　玉	住手!
薛宝钗	宝兄弟!
宝　玉	凤姐姐,茗烟是我的书僮,我也有管教不严之罪,要绑,就绑我吧!
王熙凤	啊?哈哈哈……嗨!他要早说是宝兄弟的书僮,我怎么敢越俎代庖呢?宝兄弟,你看着办吧。
宝　玉	凤姐姐果真是刀子嘴,豆腐心。还不谢过二奶奶?
茗　烟	多谢二奶奶。
万　儿	多谢二奶奶。
宝　玉	(对万儿)万儿,去吧!
	［万儿迟疑。
宝　玉	(冲着万儿)你放心,二奶奶他们不会告诉别人的!
	［万儿跑下。
宝　玉	茗烟,你等着,看我不狠狠处置你!

王熙凤	好啦,你呀!宝姑娘,走,小祖宗找到了,咱们赶紧给老祖宗送个儿信去。
薛宝钗	宝兄弟,你还是读书要紧哪,要不然怎么能……
宝　玉	承袭爵位,光宗耀祖呢?好姐姐,别说了,你们的心思我都知道。
薛宝钗	知人易,知心难!只要知道就好。
王熙凤	是呀,宝兄弟,有人不盼久旱逢甘雨,不盼他乡遇故知,就盼你洞房花烛夜,盼你金榜题名时呀!
薛宝钗	凤姐姐,你……
王熙凤	我该打,我该打,哈……

〔王熙凤狠狠地盯了宝玉、茗烟一眼,拉宝钗下。

宝　玉	(望着二人背影)真是俗不可耐。 茗烟。
茗　烟	宝二爷!
宝　玉	茗烟,你老实告诉我,万儿爱你吗?
茗　烟	爱,打心眼里头往外地爱。
宝　玉	你爱她吗?
茗　烟	爱呀!打心眼外头往里地爱。
宝　玉	既然她也爱你,你也爱她,那你们……
茗　烟	可不该这么乱七八地爱呀,往后……
宝　玉	往后怎么的?
茗　烟	往后我再也不敢了!
宝　玉	苍蝇蚊子还知道配对儿呢,何况人呢?只是别像小猫小狗儿,再见面连一眼都不瞅,人可不能像牲口!
茗　烟	那不能,那可不能!
宝　玉	好,把这个玉扇坠儿,送给万儿吧!就算我给你们相爱的信物吧。
茗　烟	宝二爷,你可真是天下第一大好人哪!〔给宝玉磕头。
宝　玉	起来,起来!快去吧!
茗　烟	哎。〔下。

〔黛玉笑着从假山石后走出。

黛　玉	宝玉,你真善解人意呀!
宝　玉	怎么,我做的不对吗?

黛　玉　对不对的我倒没啥，要是被什么宝姐姐、贝姐姐的看见了，那还了得？
宝　玉　管她呢！
黛　玉　你又逃学了，闹得府上鸡犬不宁，都把人家急死了。
宝　玉　林妹妹，那些八股文、假道学，只能诓功名混饭吃，读起来味同嚼蜡，实在没有意思。哎！我借了一部好书，保你看一眼连饭都不想吃了。
黛　玉　什么好书有那么大的魅力呀？
宝　玉　林妹妹，你看——
黛　玉　《西厢记》？
　　　　〔二人坐在假山石旁读《西厢记》。
宝　玉　（念）待月西厢下，
黛　玉　（念）迎风户半开。
宝　玉　（念）拂墙花影动，
黛　玉　（念）疑是玉人来。
宝　玉　好！
黛　玉　好！
合　　　好书哇！
宝　玉　（唱）好一曲柔肠百转千古绝唱，
黛　玉　（唱）好一篇妙笔生花盖世文章。
宝　玉　（唱）读西厢只觉得心驰神往，
黛　玉　（唱）读西厢不由人心感神伤。
宝　玉　（唱）他二人心心相印几经风浪，
黛　玉　（唱）这真是斩不断的相思，割不断的情肠，忠贞不渝，万古流芳，万古流芳！
　　　　〔二人拍手嬉戏。
　　　　小喜鹊，扬着脖，
　　　　牛郎织女会天河。
　　　　我笑了，
　　　　我乐呵，
　　　　我哭了，
　　　　我哄着，

我走了，

我跟着！

〔贾政上，宝玉、黛玉一惊。

贾　政　你们干什么呢？

宝　玉　没干什么。

黛　玉　舅舅！

贾　政　噢，黛玉呀，紫鹃找你，快去吧！

〔黛玉下。

贾　政　(发现宝玉手中书)你手里拿的什么书哇？

宝　玉　不过是《大学》《中庸》罢了。

贾　政　给我看看，拿过来！

〔宝玉无奈，将书交给贾政。

贾　政　《西厢记》？你……你这个奴才，不在学馆读书，竟敢在这偷看淫词艳曲。〔气愤至极，欲打宝玉。

〔茗烟内喊："宝二爷，金头元帅！"上。

茗　烟　宝二爷，金头元帅！

贾　政　我叫你金头元帅！(将蟋蟀盒打掉地)宝玉都让你们给勾引坏了。说，近来宝玉的学业怎么样呀？

茗　烟　他学得可上心了。饭也吃不下，觉也睡不着，一天到晚磨磨叨叨，说什么"君也死了，臣也死了，爹也死了，娘也死了"，全他妈都死了！

贾　政　嗯？

宝　玉　噢，君叫臣死臣不死为不忠，父叫子亡子不亡为不孝。

茗　烟　对，不孝，不孝！为了让宝二爷随时读书，老爷你看，(将底襟掀开，露出胸前挂满的书籍)这是《大学》，这是《中庸》，这是《史记》，这是《国风》，这是《千字文》，这是《百家姓》，还有……

贾　政　混账！你给我退下！退下！(茗烟下，宝玉欲溜，被贾政叫住)站住，跪下。你这不肖的奴才！

(唱)全家人对你寄厚望，

　　谁料想你是绣花枕头一肚子糠。

　　你不知男儿有志学为上，

你不懂封妻荫子为祖增光。

你不该不务正业闲游荡，

今又花园读西厢,你越来越荒唐。

〔贾政欲打宝玉,茗烟内喊"老爷"上。

茗　烟　启禀老爷,元妃娘娘近日回府省亲,刘公公命你前厅接旨。

宝　玉　太好了,我姐姐要回来喽!

贾　政　跪下! 你要敢动一动,我打断你的狗腿!

〔贾政下。茗烟扶起宝玉。

宝　玉　我的金头元帅呢?

〔二人扑蟋蟀……

〔切光。

第二场　省亲"试才"

〔上元佳节,

〔省亲别墅内外。

〔卫士、宫女引元妃上。

元　妃　(唱)龙车凤辇离宫门,

凤藻宫来了我贾元春。

皇恩浩荡龙心悯,

王妃省亲有几人?

自从伴君三年整,

常悬思乡一缕魂。

好一似挣断金笼飞彩凤,

又如同宿鸟归山林。

不知祖母可安好,

宝玉才学添几分?

无意潇湘千竹翠,

不恋十里稻香村。

杏帘在望客不饮,

恨不能生双翅立刻见亲人!

［贾母等人内喊："恭迎娘娘千岁！"上。

贾　　母　贾门史氏。
王夫人　　王氏。
薛宝钗　　薛宝钗。
林黛玉　　林黛玉。
王熙凤　　王熙凤。
众　　合　见驾娘娘千岁！
元　　妃　平身赐座。
众　　合　千千岁！
元　　妃　不孝女元春，与老祖宗、母亲叩头！
贾　　母　快起来，我的心肝宝贝儿，可想死我啦！
王夫人　　元春儿！
元　　妃　母亲！
王夫人　　女儿！
　　　　　（唱）女儿有幸伴君王，
　　　　　　　　闲暇之时可想娘？
元　　妃　（唱）久居深宫不知想，
　　　　　　　　只为怨女早断肠！
贾　　母　（唱）自古忠孝忠为上，
　　　　　　　　儿选贵妃祖增光，何必痴想娘？
王熙凤　　是呀！
　　　　　（唱）骨肉团聚应欢畅，
　　　　　　　　相逢何必泪洗妆？
　　　　　　　　倘若熙凤伴王驾，
　　　　　　　　早就乐得发了狂，哪有泪两行？
贾　　母　这个小蹄子，你哪有那个福哇！
王熙凤　　真要是有那天哪，还不把你二孙子想疯了？
贾　　母　你们听啊，凤辣子才真疯了呢！哈哈哈……
元　　妃　是呀，好不容易回家一聚，为什么不说点儿高兴儿的事呢？一会儿我去了，又不知多早晚儿才能回来，真叫人……

183

贾　母　看看,怎么说着说着又来了!

宝　钗
黛　玉　娘娘姐姐多多保重!

大太监　禀娘娘,员外郎贾政候旨。

元　妃　快宣。

大太监　遵旨。贾政晋见哪!

　　　　〔贾政内应"领旨!"上。

贾　政　微臣贾政见驾娘娘千岁。

元　妃　平身赐座。

贾　政　谢千岁!

元　妃　爹爹,布衣寒门倒有天伦之乐,儿虽富贵已极,终无意趣,不如当初……

贾　政　娘娘千岁,臣草莽寒门,得徼凤鸾之喜,乃祖上荫功所致。望你勿以贾政夫妇残年为念,珍重以侍上;方不负万岁之隆恩也!

元　妃　事已至此,别无他图。望父以国事为怀,切勿挂念。

贾　政　微臣遵旨。另启娘娘,园中所有亭台轩馆,多系宝玉所题,倘若稍可寓目者,请即赐名为幸。

元　妃　噢,宝玉为何不来晋见?

贾　政　无职外男不敢擅入。

　　　　〔卫士内喊"站住!"

　　　　〔宝玉内喊"别拦着我!"冲上。

大太监　嘟!大胆狂徒,无旨闯入,该当何罪!

元　妃　内侍,

大太监　在。

元　妃　稚子童心,情有可原。

大太监　是。

宝　玉　姐姐——

元　妃　宝玉!

　　　　〔姐弟二人抱在一起。

元　妃　小弟果然长了许多。宝玉,我给你的八宝如意紫金冠还中意吗?

宝　玉　太好啦。没个大事小情的还真舍不得戴它。

元　妃　什么贵重东西,戴坏了姐姐叫人再给你做嘛!

宝　玉　姐姐,你真好。虽然当了娘娘,可一点都没改变,还像从前那么疼我。
〔坐元妃腿上。

元　妃　傻兄弟!

宝　玉　(忽然想起)姐姐,你看——金头元帅!
〔宝玉掏出蟋蟀盒,蟋蟀跳出,宝玉爬行而捕,众人忍不住笑起来,宝玉的蟋蟀盒被贾政劈手夺过。

元　妃　哈哈哈……宝玉,听说这园中的匾额多是你题的?

宝　玉　你觉得怎么样?

元　妃　不错嘛!像稻香村、蘅芜院、潇湘馆什么的,我都挺喜欢。这园子叫什么名字?

宝　玉　就等你赐名呢。

元　妃　这园中景致非凡,真是洋洋大观。就叫……就叫它大观园吧。

众　人　谢娘娘赐名!

元　妃　宝玉,你题的匾额多合我意,但不知诗词书法有何长进,当面一试可使得吗?

宝　玉　这……

贾　母　宝玉,还不接旨!

宝　玉　姐姐,不知赐以何题?

元　妃　"杏帘在望"清雅别致,限七言绝句一首,速速作来!

宝　玉　(顽皮地)宝玉遵旨!
〔众家院抬上画架,茗烟捧文房四宝上。

宝　玉　(唱)手提羊毫索枯肠,
　　　　　　辗转拟就诗几行。
　　　　　　写的是——
　　　　　　山庄杏帘招客引,
　　　　　　菱荇鹅水燕子梁。
　　　　　　稻花飘香春韭绿,
　　　　　　盛世何须耕织忙。

元　妃　笔走龙蛇确有所进。将所题交我拿回,寻机献于万岁,也好早日承袭爵位。

众　　白　多谢娘娘千岁！

〔三声钟响。

大太监　启禀娘娘，丑正三刻已到，起驾回宫吧！

众　　人　娘娘！

元　　妃　呀！

（唱）钟声三响如催魂，

霎时间省亲又别亲。

良宵苦短离人恨，

叫人难舍又难分。

难舍也得舍，

不分也要分，

圣命难违抗，

洒泪别亲人！

〔元妃拜别众人欲走，宝玉拉住元妃。

大太监　娘娘！吉时已到，请驾回宫。

宝　玉　姐姐！姐姐，我不让你走，你跟皇上姐夫告个假，在家住一宿再走行吗？

元　　妃　三年了，我何尝不想如此呀！傻兄弟，圣命难违呀！

宝　玉　姐姐！

（唱）说什么圣命难违抗，

谁人没有爹和娘？

三年之久见一面，

住上一宿又何妨？

倘若是万岁不通情和理。

咱不当他妃子与皇娘！

贾　　政　住口！

宝　玉　（接唱）姐姐呀！

贾　　政　娘娘千岁，宝玉年幼无知，性情呆傻，请娘娘恕罪！

〔众人叩头。

众　　白　请娘娘恕罪！

宝　玉　（不解地）老祖宗,娘,你们这是干什么？我怎么啦？
　　　　〔贾政等人示意宝玉禁言。
宝　玉　（理直气壮地）本来吗,姐姐好不容易回家一趟,住一宿有什么了不得的？
元　妃　宝玉……
宝　玉　再说了,皇上有三宫六院七十二嫔妃,哪就差姐姐一个了？如果万岁连这点人情都不讲,他还是……
元　妃　宝玉！〔打宝玉一记耳光。
　　　　〔众人惊呆,全场愕然。
宝　玉　（给元妃磕头）娘娘？
元　妃　宝玉……
　　　　〔宝玉猛然起身,仰天哭笑着跑下。
元　妃　宝玉！
众　白　娘娘！〔众跪倒在地。
大太监　娘娘！
元　妃　起驾回宫！
大太监　起驾回宫啊！
众卫士　起驾回宫啊！
　　　　〔剪影。
　　　　〔切光。

第三场　学戏风波

　　　　〔数日后。
　　　　〔梨香院附近。
　　　　〔追光中,宝玉正向琪官学舞剑……
宝　玉　哎哟！
琪　官　宝二爷,你这是……
宝　玉　别提了！前几天姐姐回来省亲,我说了几句心里话,爹爹骂我是大逆不道,罚我跪了好几个时辰,这不,膝盖都跪脱落皮了。
琪　官　那你就别练了。

宝　　玉　不要紧,琪官,你看我学的行吗?

琪　　官　宝二爷真是聪明绝顶,一学便会,只是让别人知道了,不定说你啥呢!

宝　　玉　只要我喜欢,管他们说什么呢。

琪　　官　宝二爷,说心里话,我从来没遇过像你这样的大家公子。像薛蟠、恭顺王之流……

宝　　玉　提起这些人真叫人恶心,哎,琪官,恭顺王把你当成心肝宝贝,一天也离不开,这几天找不到你,还不知道急成什么样呢。

琪　　官　他……哼!

宝　　玉　琪官,你身入梨园,不甘下贱,虽非铮铮铁骨,却能力抗严寒,我有心和你八拜结交,你愿意吗?

琪　　官　琪官不敢玷辱二爷的名声。

宝　　玉　我就不信,公子与戏子结交犯了哪条清规戒律?

琪　　官　宝二爷,你真是好人,不但把戏子当人看,还和我们交朋友,我……

宝　　玉　嗨。肩膀头齐为兄弟吗?来,咱们插草为香,望空一拜!

　　　　　〔薛蟠与云儿上。

薛　　蟠　哎哟,快瞧瞧,宝玉和琪官拜上天地啦!

宝　　玉　薛大哥,我们是……

琪　　官　(掩饰地)练习《拜月记》呢。

宝　　玉　啊,对对,练习《拜月记》呢。

薛　　蟠　练唱戏?乖乖,陪你薛大爷也练练吧。

云　　儿　薛大爷!薛大爷!

宝　　玉　这位是……

薛　　蟠　这是锦香楼的云儿。(对云儿)这是荣国府的宝二爷!

云　　儿　哟,早就听说有位衔玉的公子,风流倜傥,今日一见,果然名不虚传哪!

薛　　蟠　这位是……

云　　儿　这位不用介绍我也认得,他是唱小旦的琪官,台上比我们真女人还招人爱呢。

薛　　蟠　好哇,这真叫女人心,天上云一会儿一变哪!噢,见了年青俊俏的,就忘了我这花里胡哨的,等会儿我非叫你……

云　　儿　我的薛大爷,我哪敢忘了您哪!

薛　蟠　（捏云儿脸蛋儿）乖乖！
宝　玉　薛大哥，你来有什么事吗？
薛　蟠　本来想带着云儿找你凑凑热闹，没想到你这金屋藏娇弄来了琪官，正好，咱们先喝几杯乐呵乐呵。我说琪官，先陪你薛大爷一个双杯吧？
　　　　〔调笑琪官。
琪　官　薛大爷，请你放尊重些。
薛　蟠　宝贝儿，我还不尊重你吗？
宝　玉　薛大哥，你这是干什么？
薛　蟠　干什么？玩儿玩儿。恭顺王玩得，你玩得，薛大爷就玩不得吗？
宝　玉　衣冠禽兽！不许你欺负我干兄弟！
薛　蟠　干兄弟儿？那好，干兄弟儿，会唱戏儿，你们合演一出我解解闷儿。
宝　玉　我们凭什么给你唱？走！
薛　蟠　贾宝玉！你别撑着捧着的，跟戏子结交其罪之一，把恭顺王的娇童撬为己有其罪之二。把我哄好了万事皆休，不然的话，我整胎歪你们！
宝　玉　薛蟠！你……
琪　官　宝二爷，他是有名的呆霸王，万一出了事，我倒没什么，就怕你……
宝　玉　可我咽不下这口气！
琪　官　遇上吃生米的了，有啥法子？就当咱俩演习演习了。
宝　玉　好吧。
琪　官　薛大爷，你等着，我们去妆扮妆扮。
　　　　〔琪官拉宝玉下。
薛　蟠　（对云儿）怎么样，全得听我的！
云　儿　哟，我的薛大爷，你们都是门里出身，干吗整这套哇？
薛　蟠　你不知道哇，这琪官比柳湘莲还招人爱呢！贾宝玉割了恭顺王的靴腰子，我要是捞不着，那可真成了呆霸王了。哼！
　　　　〔云儿为薛蟠斟酒。万儿持玉扇坠上。
万　儿　宝二爷，宝二爷！
薛　蟠　别喊！宝玉不在，你有啥事儿？（万儿欲走）回来，有什么事就跟我说吧！
万　儿　这……

薛　蟠　别怕,有啥委屈尽管说,薛大爷给你做主!
云　儿　王夫人是薛大爷的姨妈,有啥话你就快说吧!
万　儿　薛大爷呀!
　　　　（唱）万儿本是奴下奴,
　　　　　　　与茗烟一时情动灾祸出。
　　　　　　　宝二爷赠扇坠儿夫人迁怒,
　　　　　　　把我赶出府茗烟为牢徒。
　　　　　　　无奈何,偷偷来把二爷见,
　　　　　　　求求他劝说夫人饶过奴。
薛　蟠　噢,原来是打花柳官司的。
万　儿　薛大爷,你救救我吧![跪下。
薛　蟠　好,起来,过来!
万　儿　薛大爷,你……[慢慢走近薛蟠。
薛　蟠　小模样长的是挺水灵的,怪不得宝玉稀罕你。[调戏万儿,万儿躲身欲走。
薛　蟠　站住!还装黄花大姑娘呢!你能不能留在府上,就是大爷一句话。怎么样,今晚你陪薛大爷乐呵乐呵吧![托万儿一个斗。
万　儿　天哪!天哪——[下。
薛　蟠　你回来,回来!（见万儿走远）不识抬举。
云　儿　薛大爷,开戏吧。
薛　蟠　哎——开戏,开戏呀!
　　　　[琪官内应:"来啦,来啦!"琪官扮小媳妇,宝玉扮猪八戒上。
琪　官　擦上胭脂抹上粉儿,
宝　玉　我们两个唱段曲儿。
琪　官　唱啥呀?
宝　玉　《猪八戒背媳妇儿》。我演猪八戒……
琪　官　我演孙悟空变的那个小媳妇儿。
宝　玉　像不像做比成样,
琪　官　说唱就唱!
宝　玉　说唱就唱!

　　　　　（唱）猪八戒，笑嘿儿嘿儿，
　　　　　　　回身挽起美貌娘子儿。
　　　　　　　回家拜天地儿，
　　　　　　　给我生窝猪羔子儿，
　　　　　　　我老猪也算有了后代根儿。
琪　官　（唱）孙悟空，皱双眉，
　　　　　　　这呆子做事真气人儿！
　　　　　　　西天取经他不去，
　　　　　　　寻花问柳戏佳人儿。
　　　　　（白）我何不如此这般把他治！
　　　　　　　哎哟！
宝　玉　你咋的啦？
琪　官　我走不动了。
宝　玉　哎呀，这前不着村后不着店的，叫我老猪可咋办呢？
薛　蟠　是呀，咋办哪？
宝　玉　哎，我说小娘子，我老猪背着你走行吗？
琪　官　能背动？
宝　玉　能背动。
琪　官　能背动？
宝　玉　嗯哪，能背动！〔贾政上。
　　　　　（唱）猪八戒，抖精神儿，
　　　　　　　弯腰背起美貌娘子儿。
　　　　　　　背也背不动，
　　　　　　　不背又难心儿，
　　　　　　　豁出一条命，
　　　　　　　背回小娘子儿，
　　　　　　　品一品鸳鸯枕上那个滋味儿。
琪　官　（唱）孙悟空使了一个千斤坠儿。
宝　玉　（唱）老猪我摔了一个大腚墩儿！
贾　政　（来了兴致）蟠儿，再点一出《张生游寺》！

薛　蟠　对,就来一出《张生游寺》,宝玉,接着唱!
贾　政　宝玉!(宝玉闻声拉下面具,与贾政对视,急站起欲走)站住!畜牲,你,你可气死我啦![打宝玉一记耳光。
　　　　(唱)畜牲不往人道走,
　　　　　　一味孤行学下流。
　　　　　　既然蠢才不可救,
　　　　　　不如打死免蒙羞!
　　　　[傻丫头内喊!:"不好啦,不好啦!"手拿玉扇坠上。
傻丫头　唉呀妈呀,可不好啦!
薛　蟠　别喊!傻丫头,咋的啦?
傻丫头　万儿她,她吊死啦!
薛　蟠　啊？在哪儿哪?
傻丫头　万儿吊死在歪脖树上,眼睛瞪得像铃铛,舌头搭拉有这老长!(比画着)两条腿还提哩当啷直悠荡,哎呀妈呀,可吓死人啦!
云　儿　那是因为啥事呀?
傻丫头　不知道呢?听人说呀,万儿手里攥着个玉扇坠,是和宝二爷有点事儿。你说这要叫老爷知道了,还不得乒乓五四揍他一顿儿。
贾　政　滚!
傻丫头　干啥?
贾　政　滚!
傻丫头　嗯哪![下。
宝　玉　(拾起玉扇坠)万儿,万儿!
贾　政　站住!来人哪!(二家丁上)把宝玉的嘴堵上,给我往死里打!
　　　　[切光。
　　　　[幕后传来拷打宝玉的皮鞭声和宝玉的喊叫声"天哪,打死我啦,老祖宗,救救我吧!天哪!"

第四场　梦游大荒山

[雷鸣电闪,烟雾弥漫,光怪陆离………
[一群原始人正屏心敛气地仰望苍穹……

〔女娲娘娘舞动红绸奔向天际……

〔雷声渐隐,雷雨微收。众原始人疯狂地跳起舞来……

〔贾宝玉突然从空而降,众原始人惊叫不已。

众原人　妖怪,妖怪,妖怪!

宝　玉　我不是妖怪,我是人!

原人甲　人?哈……你们看,他和我们毫无共同之处,哪有一点儿人的样子?啊?

众原人　哈……

原人甲　女娲娘娘刚刚补好的天,被这个妖怪又踹了个窟窿,大伙说怎么办?

众原人　撕了他,撕了他!〔众原人撕打着宝玉……

〔女娲娘娘内喊:"住手!"上。众原始人围聚在宝玉身旁。

女　娲　(对宝玉)你叫什么名字。

宝　玉　贾宝玉。

女　娲　假宝玉?质坚者宝,质洁者玉。尔有何坚?尔有何洁?何况还是个假的?

宝　玉　娘娘,您是说………

女　娲　无才补天,枉入红尘,灵气泯灭了。

〔又一阵惊雷响起。

原人甲　女娲娘娘,天公震怒,电闪雷鸣,快宰了他祭天吧!

众原人　对,宰了他,宰了他!

女　娲　算了吧,小孩子家怎么敢把天踹个窟窿?一定是无意的。大伙继续炼石,(对宝玉)你去吧!

宝　玉　娘娘慢走!

女　娲　嗯?你……还有什么事吗?

宝　玉　娘娘,您是神仙,明察天上地下古往今来。人世间有好多事我百思不解,还望娘娘指点迷津。

〔雷声轰鸣。

原人甲　娘娘,天的裂缝越来越大,别跟他多说了,赶快补天吧!

宝　玉　娘娘,急不在一时,你要能解开我心中的疑团,我情愿助你炼石补天!

女　娲　你?哈哈哈……好吧,你讲来。

宝　玉　娘娘！
　　　　（唱）我生在诗礼簪缨深宅院，
　　　　　　　挑着吃来选着穿。
　　　　　　　按说没有不如意，
　　　　　　　可为什么活得这样难？还说不出所以然。
女　娲　（唱）循规蹈矩自然乐，
　　　　　　　无求无欲不知难，
　　　　　　　酸咸苦辣也有甜，
　　　　　　　人间自古五味全。
宝　玉　（唱）既然人间五味全，
　　　　　　　为什么觉得苦辣多于甜？
　　　　　　　为什么有人戴假面？
　　　　　　　为什么笑里要藏奸？
　　　　　　　为什么人要分高下？
　　　　　　　为什么只认官和钱？
女　娲　（唱）只为你无才难以补苍天，
　　　　　　　只为你不甘落寞大荒山。
　　　　　　　只为你愚顽不解人间美，
　　　　　　　只为你任意而行自寻烦。
宝　玉　（唱）既然人生难如愿，
　　　　　　　我愿回归大荒山。
女　娲　（唱）你皮囊已受尘俗染，
　　　　　　　想要回归难上难。
宝　玉　（唱）只要天能随人愿，
　　　　　　　我愿助你补苍天。
女　娲　（唱）你心不诚，质不坚，
　　　　　　　废料一块怎补天？
　　　　　　　天怒人也怨，
　　　　　　　上下不安然，
　　　　　　　你实在讨人嫌！

众 原 人　（唱）实在讨人嫌！
宝　　玉　（唱）我诚心求你解疑难，
　　　　　　　　谁料想天上人间俱一般。
　　　　　　　　你是谁的神？
　　　　　　　　你是谁的仙？
　　　　　　　　你炼的什么石？
　　　　　　　　补的什么天？
　　　　　　　　你是一个狗屁神仙！
众 原 人　（唱）无知狂徒真大胆，
　　　　　　　　骂天骂地骂神仙。
　　　　　　　　我们补天你捣乱，
　　　　　　　　化你的血肉祭苍天！
　　　　　〔众原始人将宝玉团团围住，双方展开搏斗……
　　　　　〔女娲挥动长绸将宝玉缚住，众原始人将宝玉托举而起。
　　　　　〔宝玉声嘶力竭地呼喊："放开我，放开我！"
　　　　　〔众原始人将宝玉投入到岩浆池内。众原始人在雷鸣电闪中狞笑……
　　　　　〔切光。
　　　　　〔一束追光打在宝玉身上，贾母、贾政、王夫人、王熙凤、薛宝钗、傻丫头
　　　　　　等在呼叫着宝玉。
宝　　玉　啊！放开我，放开我！
贾　　母　宝玉，做恶梦了吧？
王 夫 人　看这一头的冷汗哪！
贾　　母　快把他送回去，小心着了凉！
　　　　　〔傻丫头、薛宝钗搀宝玉下。
王 夫 人　我那苦命的孩子……
贾　　政　夫人，你……
贾　　母　（对贾政）畜牲！打呀，你怎么不打啦？看他那不死不活的样子，这不要我的老命吗？我，我也不活了！
　　　　　〔众人拦阻。
贾　　政　母亲！宝玉是您的孙子，也是我的儿子，见他那副样子，我心里不难受

吗？可是，说不听，劝不听，打不行，骂不行，您叫我怎么办哪？

王夫人　是呀，老祖宗，为了宝玉成才，光宗耀祖，您就救救他吧。

贾　母　（无奈地）唉。

王熙凤　老祖宗，熙凤不才，倒有一计。

贾　母　凤丫头，有什么好法子，你快说吧。

王熙凤　常言道，妻子是鱼网，丈夫是网中鱼，要想收他的心，叫他快取妻！

贾　母　这倒是个好法子。可眼下没有合适的人哪？

王熙凤　哎呀，老祖宗，您是疼孙子疼糊涂了吧？合适的人眼下就有。

贾　母　谁呀？

王熙凤　宝钗和黛玉！

贾　母　这两个孩子论才学，论人品，论长相都挺合适。可是，到底跟谁最好呢？

〔贾母、王夫人、贾政各有忖度。

三人合　对，是她！

王熙凤　对，就是她！〔将众人拢在一起，神秘地述说着。

〔傻丫头在偷听……

〔切光。

第五场　潇湘痴情

〔某日傍晚。

〔潇湘馆。

傻丫头　（边喊边上）紫鹃姑娘……

紫　鹃　（端莲籽羹上）傻姐姐，什么事呀？

傻丫头　可坏菜了，刚才我和林姑娘说了个事儿，还没等我说完，她就怔呵呵地奔怡红院去了！

紫　鹃　啊！

傻丫头　快去看看吧！

紫　鹃　快走！〔二人下。

〔宝玉兴高采烈的舞上。

宝　玉　（唱）八月金秋近重阳，

　　　　　　微风暗送桂花香。

蓦然喜讯从天降，
宝玉我要娶林姑娘。
这全是老祖宗真心实意成人美，
二爹娘实意真心疼儿郎。
凤姐姐巧把鸳鸯点，
宝玉我胜似坐"东床"。
我好喜呀，心花放。
顿觉得天更高，地更广，人更美，情更长，未饮琼浆醉欲狂。

林妹妹，林妹妹！（见桌上的莲籽羹，用手触摸）噢，莲羹未冷，人无踪影。对，我何不稳坐潇湘把林妹妹等？
〔紫鹃、傻丫头内喊："林姑娘慢走！"

宝　玉　林妹妹回来啦！
〔宝玉躲在桌子后面。
〔紫鹃、傻丫头搀黛玉急上，二人扶黛玉躺在榻上。傻丫头欲走，紫鹃叫住。

紫　鹃　（拉傻丫头至一旁悄悄地）你到底和林姑娘说什么啦？
傻丫头　我没说啥呀。我说宝二爷要娶宝姑娘，老祖宗给给林姑娘找了婆家。
紫　鹃　啊！你这不是要林姑娘的命吗？（转念）贾宝玉呀，贾宝玉！
宝　玉　（模仿戏曲花脸韵白）末将在此！
〔黛玉一惊。

紫　鹃　你……
傻丫头　哎呀妈呀，吓死我啦。宝二爷，老祖宗不是不让你到潇湘馆来吗？你怎么……
宝　玉　我是不想来，可这两条腿和一颗心（仿戏曲韵白）不听我管哪！哈哈哈……
紫　鹃　别笑了！宝二爷，你可真开心哪！
宝　玉　这是天上人间第一件爽心快事，我为什么不开心？林妹妹，你说呢？
黛　玉　你……你应该开心！
宝　玉　我应该开心，难道你不开心？
黛　玉　我？开心，开心！

宝　玉　既然开心怎么不笑哇？好妹妹，笑一个，笑一个嘛！

黛　玉　我笑，我笑！〔咳嗽。

宝　玉　林妹妹！

紫　鹃　贾宝玉！你，你还有人心么？

宝　玉　我怎么啦？

傻丫头　紫鹃姑娘，你……

紫　鹃　再有三天你就要和宝姑娘成亲了，还跑到这儿寻开心？你是怕我们姑娘死得慢咋的？

宝　玉　谁说我要和宝姐姐成亲了？

紫　鹃　要想人不知，除非己莫为！

宝　玉　到底是谁说的嘛？

紫　鹃　傻丫头！

宝　玉　啊！傻姐姐，你是听谁说的？

傻丫头　老祖宗、老爷、太太、琏二奶奶呀。

宝　玉　他们是怎么说的？

傻丫头　这……我不说了。

宝　玉　你怎么不说啦？

傻丫头　还说呢，为这个事儿，鸳鸯把我打了，我把林姑娘吓傻了，再把你弄个快打二怔的，老祖宗该把我剐了。我怎么那么吃一百个豆儿不嫌腥呢！不说了。

宝　玉　傻姐姐，我求求你，快说吧！

傻丫头　那你可别给我卖出去呀。

宝　玉　放心吧。

傻丫头　是这么回事儿，昨天傍黑儿，他们凑在一堆儿，说要拢住你的心儿，给你早点娶媳妇儿，明说娶黛玉，暗娶宝闺女儿。

宝　玉　你听清楚了？

傻丫头　一点不扒瞎。

宝　玉　这是真的？

傻丫头　谁撒谎，那么大个的。

宝　玉　好哇，我找他们去！

傻丫头　宝二爷,去不得。叫他们知道非整死我不可呀!

宝　玉　(似有所悟地)对了,你是什么时候听说的?

傻丫头　昨下黑儿。

宝　玉　昨下黑儿?哈哈,傻姐姐,你听错啦,三日后成亲是真的,可不是跟宝姑娘。

紫　鹃
傻丫头　跟谁?

宝　玉　就是那双眉似黛,杏眼含愁,身如弱柳,别样风流的颦丫头!

紫　鹃　这是真的?

宝　玉　怎么不是真的,告诉你们吧,刚才凤姐姐把我叫到老祖宗房里,老祖宗和太太亲口对我说,要把林妹妹许配给我,三日内就要完婚,还给我立条规矩:成亲前不许我到潇湘馆见林妹妹,这还有假吗?

紫　鹃　那傻姐姐说……

宝　玉　你们信傻姐姐的,还是信我的呢?

紫　鹃　这——

傻丫头　哎,别信我的,信宝二爷的。

宝　玉　林妹妹,你想想,我是老祖宗的眼珠子、心尖子、命根子,她还能骗我吗?

傻丫头　那不咋的。林姑娘,你别听我的,我是昨下黑儿听说的,宝二爷是才刚听说的,还是听宝二爷的对,你说我这耳朵,我这耳朵……〔下。

黛　玉　这真真假假、假假真真的事,真叫人难解难辨哪!

宝　玉　林妹妹,咱俩是姑舅亲,姑舅亲,辈辈亲,打折骨头,连着筋,老祖宗他们怎么能胳膊肘往外扭呢?

紫　鹃　那我们主仆二人怎么一点儿信也不知道呢?

黛　玉　这……

宝　玉　可能是到了吉日再告诉你们,叫你突然高兴一下,好冲走你身上的病吧。

紫　鹃　宝二爷,姑娘的心情、病情你是最清楚的,她再也经不住这样的折磨了。

宝　玉　林妹妹,难道你真的不理解我的心吗?

黛　玉　(哭)

宝　玉　苍天在上,我贾宝玉若有半点谎话,天打雷霹!〔跪。

黛　玉　（捂宝玉口）宝玉！〔晕瘫倒在宝玉身上。

宝　玉　林妹妹，紫鹃，快拿水来！

紫　鹃　哎。〔取水。

　　　　〔宝玉给黛玉喂水。黛玉饮水苏醒。

黛　玉　宝玉！

宝　玉　林妹妹。〔把黛玉搂在怀里。

紫　鹃　宝二爷，刚才我实在对不起你。

宝　玉　不知者不怪嘛。我要真是那样的人，你就是拿把刀杀了我也不多。

黛　玉　宝玉，我这头没梳脸没洗的样子很难看吧？

宝　玉　不难看，比那病西施还好看呢。

黛　玉　贫嘴。

紫　鹃　姑娘，我给你梳梳头吧。

宝　玉　一边呆着去吧。（接过镜子，仿戏曲小生韵白）啊，娘子，为丈夫与你梳妆起来哟！

紫　鹃　（夺过镜子）拿过来吧。

　　　　（唱）支起了菱花镜，

宝　玉　（唱）拿起了小木梳。

黛　玉　（唱）拍匀了脸上粉，

　　　　　　　涂好了唇上朱。

　　　　　　前边梳一片朝霞羞日月。

宝　玉　（唱）后边梳神龙摆尾把云出。

黛　玉　（唱）中间梳百鸟朝凤双翅飞舞，

宝　玉　（唱）左右梳金童玉女捧香炉。

紫　鹃　（唱）鬓边插出泥不染花一朵，

宝　玉　（唱）戴上了晶光闪烁的抹额串珠。

黛　玉　（唱）霎时间龙飞凤舞梳洗完毕，

宝　玉

紫　鹃　（唱）真好像浣纱仙女又复出。

　　　　〔宝玉、黛玉四目相对，会心地由强至弱唱起儿歌——

宝　玉　小喜鹊，扬着脖，

黛　玉	牛郎织女会天河，
宝　玉	我笑了，
黛　玉	我乐呵。
	我哭了，
宝　玉	我哄着。
黛　玉	我走了，
宝　玉	我跟着……

〔切光。

第六场　洞房惊魂

〔三日后。

〔怡红院洞房内。

〔在欢快的音乐声中，丫鬟侍女布置喜堂……

〔宝玉手拉红绸引蒙着盖头的宝钗上。贾母等人在左右簇拥着，观察者……

〔宝玉欲接盖头，众人大吃一惊，王熙凤急忙拦阻。

王熙凤	宝兄弟，吹灯拔蜡才能把盖头揭下，你着的什么急呀！
贾　母	我的乖孙子，要听话，全家人对你的婚事可没少操心哪！
宝　玉	我知道。
王夫人	玉儿，你今已成婚，以后有个大事小情的可不能胡来了。
王熙凤	放心吧，姑妈，宝兄弟通情达理，您就等着抱大孙子吧。
众丫鬟	恭喜宝二爷，贺喜宝二爷！
宝　玉	大家同喜，大家同喜！
王熙凤	一会儿到下面领赏。
众丫鬟	多谢二奶奶！

〔宝玉突然揭开宝钗的盖头，众人一惊。

宝　玉　哈哈！好个犟丫头，真有你的！

（唱）娇艳的面纱头上戴，

　　　遮不住你春心春意情满怀。

　　　喜结良缘两相爱，

你何必羞羞答答磨不开。
从今后,我为你天天园中摘花戴,
我与你夜夜书房论诗才,
我陪你花前月下鼓琴瑟,
我伴你漫步曲径踏苍苔。
这真是人间乐事无限美,
全凭天公巧安排。
我的妹妹呀,今日了却相思债,
快把你的面纱揭下来!

〔宝玉揭下宝钗面纱。

宝　玉　啊!你不是林妹妹?!

薛宝钗　宝兄弟,我……

宝　玉　天哪,这到底是怎么回事呀?

〔众丫鬟纷纷议论:"是呀,这到底是怎么回事呀?""不是说娶林姑娘吗,怎么变成宝姑娘了?"

王熙凤　别吵了!这就是宝二奶奶!

宝　玉　凤姐姐,三天前你是怎么说的?老祖宗,你怎么骗我呀?娘,娘啊,林妹妹是我的心,没心我不能活呀!你们把林妹妹还给我吧!〔跳起跪下,磕头见血……

贾　母　天哪!

〔薛宝钗疯了似地扑向宝玉。

薛宝钗　宝兄弟,我知道你心中只有林妹妹,可林妹妹她……

宝　玉　她怎么啦?

薛宝钗　她……

宝　玉　你,你快说呀!

王熙凤　她已经死了!

宝　玉　不,(抓住贾母)不不,林妹妹没有死,(抓住王夫人)林妹妹没有死!(抓王熙凤)你们没骗我!我,我……我找林妹妹去!

雪　雁　宝二爷,这是林妹妹留给你的!

〔宝玉接过手帕,画外音响起:宝玉,你好负心哪!

宝　玉　林妹妹！林妹妹！

　　　　〔僵直倒地。

　　　　〔众人哭喊着，摇撼着宝玉……

宝　玉　（唱）晴天霹雳轰头顶，

　　　　　　　耳边一片哭喊声。

众　人　宝玉，宝玉！

宝　玉　你们看，你们看！

　　　　（唱）天兵天将齐出动，

　　　　　　　送回妹妹把亲成。

　　　　林妹妹，等等我，我来啦！

　　　　〔宝玉跳上长椅，吹落手中诗帕，跳下椅子，欲踏帕腾飞。

贾　母　宝玉！〔被宝玉抓住。

宝　玉　林妹妹，你可回来了，（念拍手歌）小喜鹊，扬着脖儿，牛郎织女会天河，我笑了……

王夫人　宝玉，那是老祖宗！

宝　玉　老祖宗？

　　　　〔家院内声："老爷回府！"

　　　　〔贾政内笑"哈……"上。家院捧冠带袍服随上。

贾　母　政儿！

贾　政　母亲！

贾　母　你来得正好，宝玉他……

贾　政　他这个奴才福分不浅。万岁见了宝玉的诗文，龙心大悦，恩准承袭爵位，并亲赐冠带袍服，命他明晨五鼓金殿谢恩。

王夫人　阿弥陀佛，苍天有眼哪！

宝　玉　苍天有眼？娘啊，要把林妹妹还给我了！

王夫人　不，是皇上封你为官了！

宝　玉　当官？嘿嘿，我要当官喽！

贾　政　畜牲！忘乎所以，成何体统！

　　　　〔宝玉一惊，从桌上掉下。

贾　母　咳，宝玉一见娶的是宝钗，就疯啦！

贾　政　哼,定是装疯卖傻。玉儿,快起来。(与王夫人扶宝玉起身)快,快把袍服穿上试试!

宝　玉　(接过袍服)啊!(将袍服扔掉,吓得钻到椅下躲藏)那,那是什么?

贾　政　袍服、玉带呀!

宝　玉　不,那是蛇!

　　　　〔贾政急上前拉起宝玉。

贾　政　玉儿,咱贾家的荣辱兴衰可就全靠你了!

众　人　宝玉,快穿上试试,这是皇上赐给你的!

宝　玉　皇上?皇上?

　　　　(唱)皇上不该将我爱,
　　　　　　我本是金銮殿上的狗尿苔。
　　　　　　八股文是升官图我不该不爱,
　　　　　　我就是不想当官也该想发财,
　　　　　　与戏子拜干亲把家风败坏,
　　　　　　见娘娘不下跪该上断头台。
　　　　　　打我时你不该心慈面蔼,
　　　　　　要把我大卸八块早就成了材。

王夫人
王熙凤　宝玉,你可明白过来啦!

贾　母　我的乖孩子!

宝　玉　(唱)多蒙你千方百计把我宠爱,
　　　　　　感谢你机关算尽巧安排。
　　　　　　佩服你能把那小小的万儿送到西天外,
　　　　　　老贾家个顶个的是高才!

　　　　(白)高,真高!

贾　母　(对熙凤)这都是你出的好主意!

王熙凤　主意是我出的,可你们都点头了!

王夫人　早知道这样,不如让他娶黛玉了!

宝　玉　林妹妹!

　　　　(唱)林妹妹死得好,我比你们都欢快,

她不死,宝玉怎能娶宝钗?

贾　母　玉儿,你怎么说傻话呀?

宝　玉　傻话?

　　　　(唱)宝玉傻,宝玉呆,
　　　　　　十七八岁才明白:
　　　　　　什么叫做情,什么叫做爱,
　　　　　　什么叫兴盛,什么叫做衰。
　　　　　　乱哄哄哭来笑往尘世上,
　　　　　　无非是真真假假真戏一台。
　　　　　　我今一走荒郊外,
　　　　　　任凭风吞与雪埋。
　　　　　　你不为我再生气,
　　　　　　我也不再给你们惹祸灾。
　　　　　　我们无灾无气,无气无灾,
　　　　　　各得其所,岂不美哉?满天的云彩全散开!

众　人　玉儿!

宝　玉　我谢谢你们了![将紫金冠摘下扔在地上,转身离去。

众　人　玉儿,玉儿!

　　　　[切光。

尾声　大　地　茫　茫

　　　　[严冬。
　　　　[风雪弥漫,广袤无垠的世界。
　　　　[主题歌声起。

合　唱　啊——
　　　　乱哄哄花柳繁华地,
　　　　血淋淋温柔富贵乡。
　　　　天说我荒唐,
　　　　地说我荒唐。
　　　　荒唐不荒唐,

全凭嘴一张。

〔在合唱声中,无数白衣白扇的舞女翩翩起舞……

〔贾宝玉穿行于漫天飞雪之中……

——剧终——

选自中华人民共和国文化部艺术局编《'90 作品精选》(青岛出版社 1996年版)。

评 剧

刘 姥 姥

卫 中　李汉云

人物表

刘姥姥　王熙凤　贾 母　王狗儿　狗儿妻　巧姐儿　板 儿　平 儿
王夫人　周瑞家的　贾 环　焦 大　贾宝玉　林黛玉　薛宝钗
鸳 鸯　湘 云　四丑男　四丑女　二家人

序

〔幕内传来儿歌声:"拉大锯,扯大锯,姥姥门口唱大戏。接闺女,请女婿,小外甥,也要去。"
〔众儿童的呼喊声如潮水般由远而近:"去姥姥家喽,看戏去喽……"
〔幕启。四丑男、四丑女上。

四丑男　酒喝好了,饭吃饱了,今天的心情甭提有多好了。
四丑女　好心情,甜蜜蜜,咱敲打锣鼓唱大戏。
四丑男　唱大戏,那敢情好。咱唱哪一出呢?咱唱《秦香莲》?
四丑女　不唱哭天抹泪儿的。
四丑男　唱《柜中缘》?
四丑女　不唱插科打诨儿的。
四丑男　咱唱《人面桃花》?
四丑女　不唱那咬文嚼字儿的。
四丑男　那咱唱哪一出呢?
四丑女　咱唱一出消愁解闷儿的《红楼梦》中的《刘姥姥》。
八　丑　好。开戏喽!〔欢快舞蹈。

一

〔众丑闪开,出现骑着毛驴的刘姥姥。

刘姥姥 （唱）刘姥姥骑着毛驴眉开眼笑,小毛驴心里美呀它把那个尾巴摇。

【数板】

   姥姥我年过七十老来俏,又爱唱来又爱跳。

   爱唱爱跳说话好似连珠炮,爱说爱笑追时髦儿。

（唱）人常说闺女是娘的贴身小棉袄儿,满面春风把闺女瞧。

   我的闺女叫灵芝浓眉大眼长得好,我的姑爷王狗儿人品也不孬。

   这俩人成了亲哑巴都想叫个好儿,

   但愿他们的小日子是吃着甘蔗上山坡——

   节节甜来步步高。鞭打毛驴走得快,

   瞧见了我的闺女喜上眉梢。

〔扭下。

〔王家角村。王狗儿家。家境贫寒,一片冷清。

〔王狗儿醉上。

王狗儿 （唱）王狗儿喝了几杯高粱水儿,

   高粱水儿软了我的腿儿红了眼珠子儿。

   我王狗儿又有闺女又有儿,

   就是没有聚宝盆儿。

   吃了上顿儿少下顿儿,

   过着穷日子挺憋屈儿。

   媳妇嫁给我走背字儿,

   没法可使我干着急儿。

   生闷气儿我还有个驴脾气儿,

   我王狗儿粗瓷碗配不上细花纹儿。

   喝点小酒儿解解闷儿,

   半夜里睡不着我盼着迎财神儿。

〔板儿跑上。

板　儿 爹——

王狗儿　叫你爹干啥？

板　儿　我饿了。

王狗儿　你饿了？

板　儿　嗯。

王狗儿　饿了学你爹,勒紧裤带。

板　儿　爹,裤带勒紧了,我还饿。

王狗儿　(厉声地)你别烦我好不好？去,滚,不然叫你尝尝你爹的醉拳！

〔狗儿妻上。

狗儿妻　板儿他爹！孩子招你惹你了？你跟孩子发这么大的火啊？

王狗儿　我心里腻味！

狗儿妻　哼,你看你本事不大脾气还不小呢！整天就知道喝酒。

王狗儿　(故作威严地)嗯——呔。

狗儿妻　还嗯呔？我看你是个埋汰。咱家的日子哪有银子让你喝酒啊？你可好,有钱顾嘴,麻绳系腿——我说板儿他爹,你让我说你啥好呢？你少喝点儿酒省下几文钱,给你媳妇我买几尺布,做一件裤子也好啊,省得咱俩穿……

王狗儿　对啦,你要不提这话茬儿,我还真就忘了。明天我瞧我大姑妈去,那条裤子我穿。

狗儿妻　真不凑巧,明儿个定好了,我给我表妹相亲去。这条裤子我穿！

王狗儿　咳,两口子就这么一条像样的裤子,她想穿我穿不了,我想穿她穿不了。赶上一块儿有事还拆兑不开,说来真是惭愧呀！

狗儿妻　你还知道惭愧？就是这一条像样的裤子中间还开了线了,我还得缝两针儿。(边缝裤子边数落王狗儿)俗话说,嫁汉嫁汉,穿衣吃饭。

王狗儿　娶妻娶妻,吃饭穿衣。

狗儿妻　穿衣吃饭。

狗　儿　吃饭穿衣。把裤子给我！

狗儿妻　我不给。

王狗儿　你不给我抢。

狗儿妻　王狗儿王狗儿,你给我听着——

　　　　(唱)骂一声王狗儿你没德性,

王狗儿	（唱）骂一声刘灵芝你是个扫帚星。
狗儿妻	（唱）叫花子打狍子你就会耍穷横，
王狗儿	（唱）指望我给你搬来金山那是万不能。
狗儿妻	（唱）可惜我小姐的身子丫鬟的命，
	嫁给你一年清贫两年穷，三年要喝西北风。
王狗儿	（唱）我说板儿他妈你别掉眼泪，你一掉泪吧我心也疼来肝儿也疼。
	想当年你甜言蜜语将我哄，你曾说酒盅盛米不嫌我穷。
	你有情来我有意，刀切鸭蛋两边红。
狗儿妻	（唱）想当年我是说了这番话，只盼你人穷志不穷。
	到如今——
	横切萝卜十八片，竖切大葱两头空。
	一条裤子两个人抢，我这脸哪不搽胭脂自然红。
王狗儿	好了，我的好媳妇！我这好话都说了一车了，这条裤子就让我穿吧！
狗儿妻	不行。明天我穿身上的这条破裤子去给表妹相亲，你脸上好看？
王狗儿	这么说这条裤子你不给我穿？
狗儿妻	对。
王狗儿	那好。你不给我穿我就抢——
狗儿妻	你敢、敢、敢！
	［众丑上。
众　丑	（唱）越穷越吵越吵越穷吵吵闹闹穷折腾，折腾起来不要命——
	［王狗儿和狗儿妻抢夺裤子。刘姥姥上，被王狗儿和狗儿妻撞个跟头。
众　丑	（唱）丈母娘头次进门来个倒栽葱。［下。
王狗儿	谁家的老太太跑这儿来看热闹来了？
刘姥姥	狗儿，你睁大眼睛看看我是谁！
狗儿妻	娘！
王狗儿	（下跪）岳母大人，受小婿一拜。
刘姥姥	别拜了，少跟我闺女吵架比啥都好。你们因为啥吵啊？
王狗儿	就是因为穷。
刘姥姥	这条裤子你们抢抢夺夺的是为啥？
狗儿妻	娘，我没脸跟您老说呀——

刘姥姥　哟,这条裤子咋是俩色儿的?

王狗儿　这,

刘姥姥　我明白了。家里穷,两口子就这么一条裤子,一条裤子俩颜色,这边是虾米青色的,这边是葡萄紫的。家里的男人要是有个大事小情儿的,就穿着这条裤子,把这虾米青色的朝前;要是媳妇出门儿呢,也穿这条裤子,就把这葡萄紫朝前。

王狗儿　岳母大人,您的脑筋真够用。

刘姥姥　呸! 要不是冲着我闺女,我啐你一脸的冰片。

〔板儿上。

狗儿妻　板儿,快来,姥姥来。

板　儿　姥姥。

刘姥姥　哎哟,看我这外孙子长得结实像铁蛋,多招人稀罕哪。

板　儿　姥姥,我饿了。

刘姥姥　净瞎说,今儿天不热。

板　儿　我饿了。

刘姥姥　板儿,姥姥给你带好吃的来了,你上驴驮子那儿拿去。

〔板儿应声下。

刘姥姥　你们咋让孩子饥一顿饱一顿的?

狗儿妻　娘,您老看——

刘姥姥　(掀锅盖)野菜汤! 这才几儿啊,刚过了秋收就闹饥荒! 一冬天吃野菜,开春再看,一家子都变成野菜了。(拔下簪子)女婿,拿着。

王狗儿　岳母,这是干啥?

刘姥姥　这个银簪子少说也能换它一斗小米,把它卖了吧。

王狗儿　唉……〔拿过簪子欲下。

刘姥姥　回来! 我可就这一个簪子,拿它换了米,米吃完了又该咋办?

王狗儿　说了归齐,还是舍不得。咳,马瘦毛长,人穷志短哪。

刘姥姥　我说狗儿啊——

王狗儿　岳母,您老就不能叫我大名儿?

刘姥姥　哟,您还有大名儿? 那大名儿叫啥呀?

王狗儿　我姓王,叫王守仓,守卫的守,粮仓的仓。

刘姥姥　啊，守卫粮仓——那不还是狗吗？

王狗儿　咳，说来也是呀。

刘姥姥　（唱【搭调】）我说狗儿，（忙改口）守仓——

　　　　（接唱）君子看行踪，孔雀看花翎，

　　　　　　　庄稼人脚踩着黄土看你能不能。

　　　　　　　信天信地不信命，哭天哭地不哭穷。

　　　　　　　我的闺女眼珠子会说话，我的姑爷要是长毛比猴儿还精。

　　　　　　　山高挡不住南来的燕，墙高挡不住北来的风。

　　　　　　　小夫妻同吃同住勤劳动，好日子一定会火红。

王狗儿　我说岳母大人，您说的句句是真理，一句顶一万句。可我们庄稼人是今儿想富明儿想富，三十儿晚上还穿缅裆裤。

刘姥姥　照你这样说，你们就得穷一辈子啦？

王狗儿　不穷着又能咋着？我总不能绑票儿去吧？

刘姥姥　你说话咋这噎人呢？谁让你绑票儿去了？那你们没钱还没有朋友吗？

王狗儿　咳，想我王狗儿是上炕认得媳妇，下炕认得鞋，哪有啥朋友啊？我又没有收税的亲戚、做官的朋友，有什么法儿可想啊？

刘姥姥　谋事在人，成事在天。你好好想想，就没有一个和"富"字沾边的？

王狗儿　没有。

狗儿妻　咋没有？那荣国府和你们老王家不是拐弯儿的亲戚吗？

王狗儿　人死了，道儿断了。

刘姥姥　等等，你们说的这个荣国府是不是姓贾？

王狗儿　是啊。我爷爷做过小小京官，曾认贾府王夫人的父亲为叔父，按辈分我管王夫人叫姑太太。

刘姥姥　经你这么一说，我也想起来了。你说的那王夫人，我也曾见过，那可是高门大户！放着这么好的一门亲戚，你们不去攀，还瘸子脚面——紧绷着，大碗面不吃——端着。还指望着人家前来跟你们走动啊？你们的脑子进了水咋着？赶紧着去走动走动，要是王夫人能发一点儿善心，拔根汗毛比咱们的腰还粗！

狗儿妻　您老说得虽然在理，可大户人家的门槛儿高，恐怕咱高攀不上啊。

刘姥姥　依我看事在人为。

王狗儿　岳母大人,既然您老当年见过这姑太,干脆明儿您老就走一趟,先去找一个叫周瑞的——他是我父亲的朋友,我们两家关系极好,让他领着您老进门不就结了。

刘姥姥　这个周瑞和他的老婆我也是认识的,可是我这么大年纪,还是你去吧——

王狗儿　岳母,脸皮厚吃不够,脸皮薄吃不着。

刘姥姥　好吧。你俩呀,真是笨鸭子上不了鹦鹉架呀。得,为了我那外孙子,我豁出老脸去一趟。板儿!

〔板儿应声上。

板　儿　姥姥。

刘姥姥　板儿,赶明儿跟姥姥去串亲戚!

板　儿　串亲戚?有大枣儿吃吗?

刘姥姥　大枣儿?有,那大户人家里啥都有。你们快去把驴驮子卸了,上面还有好多东西呢。

〔一丑男、一丑女上。

一丑男　刘姥姥这场戏唱完了?

刘姥姥　唱完了。

一丑女　那下场戏唱啥呀?

刘姥姥　唱姥姥我一进荣国府。

一丑男　正是——

　　　　(念)狼跑岔道狗跑弯,虎跑山林马跑滩。

　　　　　　为了闺女日子好——

一丑女　你别捣乱了。人家布景都摆好了。

一丑男　我还有句台词没说完呢——

　　　　(念)有枣没枣打三竿!

〔切光。

二

〔光复明。
〔周瑞家的上。

周瑞家的 刘姥姥,快走啊!

〔刘姥姥、板儿上。

刘 姥 姥 来了!

(唱)刘姥姥进城串亲戚,脚步摇晃心发虚。

串亲戚两手空空没有见面礼,扛个脑袋走进门卖我这张老脸皮。

真要是人家淡不唧地爱答不理,这出不来进不去可要崴泥。

刘姥姥此时自己劝自己,打定的主意别迟疑。

阿弥陀佛! 这一回去见凤姑娘,全仗大嫂子您了。

周瑞家的 姥姥,您放心。您大老远诚心诚意来了,哪能不让您见到真佛呢!

刘 姥 姥 我说大嫂子,咱姐俩真是有缘哪。嫂子,这门亲戚要是接上了头,我就是忘了自个儿的生日,也忘不了您的好儿。

周瑞家的 姥姥说的比唱的还好听。

刘 姥 姥 庄稼人就爱讲实话,有啥说啥呗。

周瑞家的 真是好马长腿上,好人长嘴上。就凭您这张嘴,吃不了亏。不过我可告诉您,这位凤姑娘今年大约二十岁,少说得有一万个心眼儿,眼珠子会说话,要论话茬子更是厉害,不洒汤,不漏水,那小嘴跟刀子一样。您跟她见了面可要当心点儿。

刘 姥 姥 嫂子您放心——兵来将挡,水来土屯。虽说她凤姐不是个凡人,刘姥姥我也不是面蚕豆。〔与周瑞家的相视大笑。

〔幕后喧闹声。焦大醉上。

焦　大 (自言自语地)想把我焦大灌醉呀? 姥姥!

刘 姥 姥 (随口应声)哎。

焦　大 你是谁呀? 敢占我的便宜?

刘 姥 姥 焦大兄弟,你还认识我吗?

焦　大 你?

刘 姥 姥 那年你跟太爷回老家,天天向我讨酒喝。

焦　大 让我瞅瞅。啊,我认出来了,您是刘嫂。

刘 姥 姥 当年的刘嫂,如今变成刘姥姥了。

焦　大 刘姥姥,当姥姥了! 有福啊。我说老嫂子,您大老远地干什么来了?

刘姥姥　荣国府内走亲戚。

焦　大　想进这大院走亲戚？

刘姥姥　对。

焦　大　我劝您还是别进去：轻的您弄一肚子气,说重点儿您碰一鼻子灰,何苦呢。

刘姥姥　焦大兄弟,我这个人还就有个犟脾气,我就要看看他们认不认我这门亲戚。

焦　大　刘姥姥,恐怕您进不了这个大门口。

刘姥姥　咋着？进不了这大门口？

周瑞家的　可不是,把门的恶喝极了。

刘姥姥　（用激将法）他们再恶喝还能比我这焦大兄弟有威？

焦　大　那是！我说刘嫂,您这串亲戚也没拿点儿见面礼？

刘姥姥　嘿嘿,不怕大兄弟你介意,大兄弟你就是见面礼。

焦　大　啊？我成了见面礼了？

刘姥姥　想当年,你品尝我酿的小阳的时候,你张口闭口说我是你的亲嫂子。咋着？你亲嫂子来了,他们敢慢待我？

焦　大　他姥姥的,谁要敢狗眼看人低,我骂他八辈儿的祖宗！我虽在宁国府当差,这荣国府也得买我的账。走,刘嫂,我领着您进大门。

刘姥姥　我这真是星星沾着月亮的光。大嫂子,脚步迈稀点儿,咱快走。
（唱）刘姥姥美滋滋儿心欢喜,
　　　这一下打了顺风旗。

周瑞家的　（唱）急敲锣鼓有好戏,

焦　大　（唱）谁欺负我的嫂子我不依！
〔一丑男上。

一丑男　焦大,刘姥姥都到大门口了,你快去吧！

焦　大　好！
〔切光。

三

〔光复明。王熙凤寝室。平儿在打扫。

〔周瑞家的领着刘姥姥上,板儿随上。
〔刘姥姥误认为平儿是王熙凤,扑通跪下叩头。

刘姥姥 姑奶奶万福!

周瑞家的 咳,刘姥姥,这是二奶奶身边的平儿姑娘。

刘姥姥 哎哟,看我这冒失劲儿!我看姑娘穿红戴绿披金裹银的以为是姑奶奶呢。

平　儿 周娘,这是谁呀?

周瑞家的 平儿姑娘,这是咱远房的亲戚刘姥姥。

平　儿 刘姥姥?刚才吓了我一跳,平儿给姥姥请安!

刘姥姥 咳,免礼免礼。看平儿姑娘长得挺滋润的,真是个柳叶眉,丹凤眼,樱桃小嘴一点点。比那画上的人儿还俊呢。

平　儿 周娘,你们来有事?

周瑞家的 烦姑娘给通禀一声,刘姥姥大老远地来了,就是要和二奶奶见个面儿。

平　儿 那好。你们候着,我去请二奶奶。〔下。

刘姥姥 你看姑娘那两步走,多好看哪!回家我也走畦埂,好好地练练。〔学走猫步。

〔王熙凤上。

周瑞家的 姥姥,您就别逗了。姥姥,您看看二奶奶来了。

刘姥姥 给姑奶奶请安。〔夸张地磕头不止。

王熙凤 哎哟,这不是折我的寿吗?快挽起来,别拜了,请坐。

刘姥姥 我?嘿嘿,卖不了的秋秸——我在这儿戳着吧。

王熙凤 周娘,我年轻,不大认得,也不知是什么辈分,不敢称呼。

周瑞家的 这就是我事先跟您描说的姥姥。

王熙凤 姥姥,快坐下。

刘姥姥 板儿,快叫姑奶奶。

〔板儿不肯。

王熙凤 罢了,罢了。

刘姥姥 乡下孩子,没见过世面——狗屎上不了菜碟,让姑奶奶见笑了。

王熙凤 亲戚家不太走动,都疏远了,知道的呢,说你们厌弃我们,不肯常来;

不知道的呢,还以为我们眼里没人似的。

刘姥姥 阿弥陀佛,要说咱这实靠的亲戚我们想走动不?想,可不怕姑奶奶笑话,我们家道艰难,走动不起,这不,这次来也没给姑奶奶带啥东西,肩上扛个脑袋就进来了。

王熙凤 姥姥就别不好意思了。我们家里也没什么,只是祖上有个虚名,做了穷官,眼下只有旧日的空架子。俗话说,朝廷还有三门穷亲戚呢,何况你我。

刘姥姥 瞧瞧,瞧瞧,听姑奶奶说话就像是吃了开心果儿。

〔平儿上。

王熙凤 平儿有事?

平　儿 二奶奶,赵姨娘拿着五十两银子的借据要给您添点儿膈应。

王熙凤 这个赵姨娘也真的不知道自己姓啥了,裁了丫头的月钱,她跟着起哄抱怨咱们。

平　儿 还有二爷身边的兴儿,有影儿没影儿的也在背后说您的坏话儿。

王熙凤 他说我什么?

平　儿 说二奶奶您把上上下下的月钱克扣、挪用、放利。

王熙凤 (厉声地)够了!二奶奶我行得正、做得正,凭他们去咬舌头根子!根节上我是老太太搽口红——给他们点儿颜色看看。看,净顾着说话了,冷落了姥姥。周娘,太太知道姥姥来了吗?

周瑞家的 回禀二奶奶,太太说了,今日没空,由二奶奶陪着也是一样,有什么要说的,只管对二奶奶讲。

王熙凤 那好,刘姥姥有什么事就说吧!

刘姥姥 (唱)聪明的二奶奶明知故问,

王熙凤 (唱)她那里未曾开言红耳根。

周瑞家的 (唱)你何必死要面子活受罪,

刘姥姥 (唱)谁知道手背儿朝下难煞人。
　　　　见了我的板儿眼睛一亮,
　　　　急中生智说出话外音。

王熙凤 哟,姥姥,您冲板儿这么乐干什么?

刘姥姥 这小王八羔子办出事儿来那叫出格儿——

王熙凤　办什么出格儿的事了?
刘姥姥　这小子是个脏猴儿,前几天邻居大妈给他一块甜瓜,这小子一见到甜瓜是手也不洗,把这甜瓜揉巴揉巴就往嘴里填,这手都是泥,再有点儿甜瓜汁,那手更是和了泥了。嘿,您说这小子人不大,主意不小,看见手上都是泥,咋办哪? 这小子有辙,三下五除二,连泥带水还有甜瓜籽儿,全抹肚皮上了,我估摸着现在这肚脐眼儿该长出甜瓜苗儿来了。
板　儿　(天真地)姑奶奶,我姥姥瞎说,我的肚脐眼儿没长甜瓜苗儿,不信您看——
　　〔板儿亮肚皮,王熙凤看后惊呆。
王熙凤　哟,这孩子的肚皮怎么是青的?
刘姥姥　姑奶奶,我该咋对您说呢——
　　(唱)农村的苦日子吃了这顿没下顿,一家人野菜当饭生活艰辛。
　　　　稀粥断顿日子紧,好过的年来难过的春。
　　　　年迈人再饥再饿也能忍,日夜牵挂的是儿孙。
　　　　俗话说姑表亲辈辈亲,打烂了骨头连着筋。
　　　　走投无路我想亲人,亲不帮亲谁帮亲?
　　　　姑奶奶菩萨心肠闻名远近,望姑奶奶雪中送炭开开恩!
王熙凤　姥姥,您别说了,看见孩子这肚皮是青色儿的,我心里发酸。平儿——
平　儿　二奶奶?
王熙凤　你领孩子下厨房,让孩子吃些可口的饭菜。
平　儿　是,二奶奶。〔领板儿下。
刘姥姥　那我们板儿今天是过了年了。我这儿谢谢姑奶奶!
王熙凤　刘姥姥,不必再说了,你的意思我知道了。唉,像我们这样的大户人家,外头看着虽是轰轰烈烈,可又有谁知道大有大的难处啊——
　　(唱)荣国府深宅大院紫漆的门,二奶奶我当了主事的人。
　　　　论辈分我是孙子媳妇小辈分,为操持这个家我费尽苦心。
　　　　荣国府上上下下这么多的人,千变万化我看得真:
　　　　这人上人,人下人,人敬人,人骂人,惹急了还要人吃人——
　　　　二奶奶我是一步一小心,一不小心我要得罪人。

说财路我要施用"滚雪球"来"驴打滚儿",算计着一两金子二两银——

虽说是大户人家日子也吃紧,还祈望姥姥体谅晚辈的心。

刘 姥 姥　既然姑奶奶把话说到这份儿上,那刚才的话就当我跟姑奶奶开句玩笑了。

王 熙 凤　姥姥,我话还没说完呢。今儿你既然老远地来了,怎好让你空手回去。可巧我手头还有二十两银子,是预备给姑娘们做衣裳用的,你要是不嫌少,就先拿去用吧。

刘 姥 姥　(喜出望外)不嫌少,不嫌少。俗话说得好,瘦死的骆驼比马大,您老再艰难,拔根汗毛也比我这牛腰粗啊!

周瑞家的　老糊涂,啥瘦死的骆驼比马大,多不吉利!

刘 姥 姥　瞧我,一高兴什么屁话都扔出来了,姑奶奶可别怪罪。

王 熙 凤　没关系,一看姥姥就是个爽快人。

刘 姥 姥　姑奶奶真是个好人。

〔板儿上。

王 熙 凤　板儿,吃饱了吗?

板　　儿　(拍打着自己的肚子)吃饱了。

刘 姥 姥　敢情是吃饱了,肚子吃得像这气蛤蟆似的。我问你这米饭香不香?

板　　儿　香。

刘 姥 姥　这肉香不香?

板　　儿　香。

刘 姥 姥　姥姥再问你,这饭菜谁给的?

板　　儿　姑奶奶给的。

刘 姥 姥　姑奶奶好不好?

板　　儿　好。

刘 姥 姥　将来你念了大书、当了大官、有了银子先给谁花?

板　　儿　先给姑奶奶花。

刘 姥 姥　大声点儿说——

板　　儿　(高声地)先给姑奶奶花!

王 熙 凤　(一把抱住板儿)这孩子可真乖!走,和我女儿放风筝去。

板　　儿　姑奶奶,我还会逮鸟儿呢。

〔一丑男、一丑女上。

一　丑　男　正是——

（念）天上的东风追彩云,地上的白马追麒麟。

穷人跟着富人走——

一　丑　女　又是你。

一　丑　男　（接念）土饭碗变成聚宝盆。

一　丑　女　（追打）我叫你捣乱!

〔切光。

四

〔光复明。

〔王狗儿与狗儿妻上。

狗儿妻　（唱）庄稼一枝花,全靠粪当家。

王狗儿　（唱）媳妇一枝花,全靠她当家。

狗儿妻　（唱）孩子他姥儿本事大,我们家二十两银子起了家。

王狗儿　（唱）现如今家大业大福分大,有吃有喝有钱花。

狗儿妻　（唱）我说板儿爹——

王狗儿　（唱）我说孩儿他妈——

狗儿妻　（唱）咱们俩爱家护家整家治家兴家发家究竟为了啥呀?

王狗儿　（唱）为了啥? 为的是给咱的娃娃找个小妈儿。

狗儿妻　嗬嗬,日子刚好过点儿,你就想找小蜜,我一把火把咱家的房子点着喽。

王狗儿　看你这脾气,一点就着。我这不是跟你说笑话呢吗? 你就是借给我点儿胆子,我也不敢歪身子睡觉——斜了心哪。我的灵芝草儿喂,这辈子我是狗皮膏药——贴给你喽。

狗儿妻　这句话我听着心里边热乎儿。哎哟——

王狗儿　咋着啦?

狗儿妻　（撒娇地）我崴脚啦。

王狗儿　咳,这八寸的金莲咋给崴了呢? 快让我瞅瞅。

狗儿妻　瞅瞅有啥用啊,我走不动了。你快回去,把咱家的大叫驴菊花青给我牵来,我骑驴回家。
王狗儿　费这事儿干啥?你别骑驴了,你骑狗吧。
狗儿妻　净瞎说,哪儿有这么大的狗能驮得动我啊?
王狗儿　我这条狗就驮得动你。
狗儿妻　这么说你要背我回家?
王狗儿　对,背着你我狗颠儿狗颠儿地走个百八十里没问题。
狗儿妻　嘿,张飞吐白沫——你还劲头儿上来了呢!
王狗儿　来,媳妇——上、上狗。
狗儿妻　别价了,大白天的让人家看见多笑话呀。
王狗儿　我的活菩萨你迟疑个啥呀,这年月疼媳妇没有人笑话。(对观众)你们大伙儿说对不对呀?
狗儿妻　(唱)小两口啊拉不断扯不断说得都是知心话呀,
王狗儿　(唱)王狗儿我呀背着媳妇迈着八字儿赶回家呀。

〔与狗儿妻欢天喜地地下。
〔众丑上。

一丑男　时光如梭,转眼又是一年。
众　丑　下去,滚,呸!

〔切光。

五

〔光复明。一年后。
〔贾府。
〔王熙凤上,平儿随上。

平　儿　二奶奶。
王熙凤　你来有事儿?
平　儿　二奶奶,馒头庵的净虚师父将上次应允您的银子带来了。
王熙凤　这么说她的恩怨了结啦?
平　儿　了啦。拆散了一对鸳鸯,净虚师父出了一口恶气儿。
王熙凤　送来的银子是如数吗?
平　儿　如数,不多不少三千两。

王熙凤　那净虚师父做事还算有板眼。

平　儿　不是她做事有板眼——二奶奶帮她这么大的忙,这点儿小意思哪里抵得上您的恩情啊。

王熙凤　平儿,这些银子你放好了,一两我也不想贪。为了圆全这码事儿,咱烦了好多的人,这些人要挨着个儿地打点。

平　儿　我记下啦。

〔幕内传来贾母的叫声:凤丫头!

王熙凤　老祖宗,太太小姐,宝玉兄弟,开宴了!

〔音乐声中,贾母、王夫人、贾宝玉、林黛玉、薛玉钗、鸳鸯、湘云等上。

贾　母　凤丫头,你给我们预备了什么好吃的?

王熙凤　地上跑的不如天上飞的,天上飞的不如水中游的。

贾宝玉　是鱼?

王熙凤　四条腿的不如两条腿的,两条腿的不如没有腿的,没有腿的不如十条腿的。

贾　母　是螃蟹!

王熙凤　还是老祖宗,脑子像是车轱辘似的转得快,一猜就中。

贾　母　你个小蹄子,嘴像是油葫芦。

王夫人　还不是老祖宗宠着她,赶明儿就越发无礼了。

贾　母　我喜欢她这样。再说你这侄女又不是不知高低的孩子,女孩子家原该就这样。

贾宝玉　老祖宗一夸凤姐姐就没完,难道让我们饿死不成?

贾　母　这又是个催命的,快入席吧!

〔众人入席。丫鬟们上螃蟹。

〔周瑞家的上。

周瑞家的　二奶奶,二奶奶——

王熙凤　干什么?

周瑞家的　刘姥姥又来了,还带了好多的东西,说是专门谢二奶奶来的。

王熙凤　也不看什么时候,我这儿正忙着——

周瑞家的　要不我打发她走?

贾　母　凤丫头,你们嘀咕啥呢?

| 王熙凤 | 回老祖宗,乡下有个穷亲戚,叫刘姥姥的。去年说是来看太太的,其实是来打秋风的。我看她人还实在,就给了她二十两银子。今天她带着东西过来了。
| 贾　母 | 来了好,我正想找个积古的老人家说说话。人家既然挑着东西来了,准是个极有情义的,就叫进来一块儿热闹热闹。
| 王熙凤 | 老祖宗大慈大悲,就叫她进来吧!
| 周瑞家的 | 是。有请姥姥——〔下。

〔刘姥姥上。

| 刘姥姥 | 姑奶奶,大恩人! 姑奶奶我给您请安了。
| 王熙凤 | 刘姥姥,别价,真正的大恩人在上头坐着呢!
| 刘姥姥 | 哟,姑奶奶不说,我还以为这里挂的是幅画。敢情是太太、小姐们在吃饭!
| 王熙凤 | 这是我姑妈,不是她老人家发话,我还留着二十两银子自己花呢!
| 刘姥姥 | 上次来没见着,大小姐还认得我吗?
| 王夫人 | 几十年没见了,你不说我还真不认得了。
| 刘姥姥 | 大小姐一点儿也没变。哪像我,刚从土里刨出来似的。
| 王熙凤 | 坐在正中的是荣国府的老祖宗,今日留你的,就是老祖宗发的话。
| 刘姥姥 | 老祖宗好福相,我给您磕个头。〔欲跪。
| 贾　母 | 老亲家,不必这样,你今年多大年纪了?
| 刘姥姥 | 属兔的,七十五了。
| 贾　母 | 这么大年纪,还这么硬朗,比我大好几岁呢,还挑着担子满世界跑。我要是到了七十五,还不知能动不能动呢!
| 刘姥姥 | 我们生来是受苦的,老太太生来是享福的。
| 贾　母 | 什么福不福的,不过是个老废物罢了。
| 王熙凤 | 我们老太太是最惜老怜贫的,长着一颗佛心。
| 刘姥姥 | 阿弥陀佛,我说看着面熟,原来和寺里观世音菩萨一个样。
| 众　人 | 姥姥说得真好!
| 刘姥姥 | 老祖宗,我家也没有啥稀罕的,今儿来我给您拉了一车五谷杂粮,新鲜瓜菜,不知您老喜欢吗?
| 贾　母 | 太好了。吃点儿新鲜的五谷杂粮新鲜的瓜菜,身子分外结实。城里

的鸡鸭鱼肉我吃腻了,还是新摘的瓜果受吃。

王 熙 凤　老祖宗喜欢新鲜的野玩意儿,快把它们抬下去,洗洗干净,让老祖宗尝尝鲜。

贾　　母　老亲家,快来入席吧!

刘 姥 姥　这儿哪有我的座啊?

贾　　母　你就坐我旁边。

刘 姥 姥　这——我就坐这儿吧,皮糙肉厚的没事儿。

鸳　　鸯　姥姥入席,得先打扮打扮。

刘 姥 姥　我一个老婆子,还打扮啥啊?

王 熙 凤　姥姥,这可是府上的规矩。

刘 姥 姥　这么说,今天姑奶奶要让我戴花?

王 熙 凤　是。

众 小 姐　(七嘴八舌地)我来打扮姥姥。

刘 姥 姥　真是了不得喽——

　　　　　(唱)今儿个要出大笑话,七十五的老太太要戴花。

　　　　　　　小姐们起着哄我难把台阶下,刘姥姥我心里边打鼓要抓瞎。

　　　　　　　谁说这笨鸭子我上不了鹦鹉架,刘姥姥我可不是凡人的脑袋儿。

　　　　　　　刘姥姥心里有八卦,心里说实话,

　　　　　　　　当面说恭维话,图的是他们笑哈哈。

　　　　　　　想到此我三寸的金莲我走八字儿——

众　　人　姥姥,您这是看啥呢?

刘 姥 姥　(接唱)刘姥姥的眼里你们都是花。

王 熙 凤　都是花?那好啊,姥姥您先说老祖宗是朵什么花?

刘 姥 姥　(唱)老祖宗做得乾坤主,身前像观音身后像菩萨。

　　　　　　　也是那前世修德造化大,是一朵富富贵贵绵绵长长的椿龄花。

〔众人喝彩。

王 熙 凤　(把一朵花戴在刘姥姥的头上)那王夫人是朵什么花呢?

刘 姥 姥　(唱)王夫人善眉善目好文雅,她是一朵凌霄花。

王 熙 凤　那我是朵什么花呢?

刘 姥 姥　(唱)姑奶奶眼珠子会说话,心有韬略压得住茬。

假有真来真有假,是一朵大富大贵的牡丹花。

贾　　母　　姥姥,你看看宝钗是朵什么花啊?

刘姥姥　　(唱)这个女子大家闺秀好大气,真是一朵粉红粉红的大丽花。

贾　　母　　黛玉让姥姥看看。

刘姥姥　　(唱)这个女子文弱秀气惹人爱,是一朵雪白雪白的茉莉花。

贾　　母　　湘云让姥姥看看。

刘姥姥　　(唱)俏佳人能入诗来能入画,一夜秋风开菊花。

贾　　母　　鸳鸯——

刘姥姥　　(唱)真是仙山出俊鸟儿,鸳鸯戏水伴荷花。

贾宝玉　　姥姥,我是朵什么花啊?

刘姥姥　　(唱)你是那花花公子一点也不假,姓贾不假,通灵宝玉,老祖宗见了你呀,心里乐开花。

王熙凤　　说了半天姥姥你是朵什么花呀?

刘姥姥　　(唱)姥姥我呀丑不拉叉,瓜子脸哪倒长着,柳叶眉倒长着,元宝嘴倒长着——真是一朵狗尾巴花。

贾　　母　　来,咱们一人一杯,敬姥姥。

刘姥姥　　哎哟,老祖宗,我可没这么大的酒量。

王熙凤　　姥姥,谁不知您老也会酿酒啊。今儿个您可得喝足了。

刘姥姥　　好,既然姑奶奶说了,我就二小补锅——铆上了。

贾宝玉　　姥姥,划拳行令您会不会?

刘姥姥　　讨公子高兴,咱划上几拳——

贾宝玉　　姥姥,您要是赢了我呀,我赏给您老最大的螃蟹。

刘姥姥　　那我今天该过吃螃蟹的瘾了。来,公子——〔与宝玉划拳。

刘姥姥　　一只螃蟹八只腿,两只眼睛这么大的壳。

　　　　　　翻上壳,翻下壳,夹夹夹,往后缩。

　　　　　　五魁首,都不喝,六六顺,都不喝。

　　　　　　七巧枚,该我喝——

刘姥姥　　(划拳)该我喝,我就喝,我要不喝这么大的壳儿!

贾　　母　　老亲家,来,就着螃蟹吃酒。

刘姥姥　　这螃蟹好大啊,得多少钱一斤啊?

王 熙 凤　五分银子。

刘 姥 姥　（旁白）这样的螃蟹，五分一斤，十斤五钱，五五二两五，三五一十五，再搭上这酒菜，一共倒有二十多两银子。阿弥陀佛！这一顿饭的银子，够我们庄稼人过一年了。

贾　　母　姥姥，你在想什么？

刘 姥 姥　（遮掩地）我在想这螃蟹该从哪儿下口——

〔众人笑。

王 熙 凤　鸳鸯，你还不快给姥姥斟酒。

鸳　　鸯　姥姥，我敬您一杯。

刘 姥 姥　这个不敢，带回家慢慢喝吧。

贾　　母　鸳鸯，你想把老亲家灌醉啊。

鸳　　鸯　老祖宗，我跟姥姥逗着玩。刘姥姥我给您赔礼了。

刘 姥 姥　姑娘说哪里话，咱们哄老太太开心，可有什么恼的。来，我先干为敬。祝老太太福如东海，寿比南山！

王 熙 凤　姥姥，您可别喝多了。

刘 姥 姥　多不了，咱们老百姓，今儿个真高兴。

众　　人　没酒了。

刘 姥 姥　半斤粮食一两酒，我可不让它糟蹋喽。〔俯下身子歪脖喝洒在桌子上的酒，又摇摇晃晃地往外走。

众　　人　姥姥，您这是要去哪儿？

刘 姥 姥　（小声但力度大）我要上茅房——

〔一丑男、一丑女上。

一 丑 男　上洗手间吧，我带你去。

一 丑 女　又是你。

一 丑 男　姥姥喝多了，要上洗手间。

一 丑 女　那快扶姥姥去。

〔切光。

六

〔光复明。刘姥姥醉上。

刘姥姥 （唱）趔趔着系着裤腰带,黄米酒喝得我飘飘然,

这大观园是八卦阵进也难出也难。

脚底下踩棉花画曲线,猛抬头有位大嫂把路拦。

论模样挺花哨好像是亲家母,我们姐儿俩唠唠嗑儿也满喜欢。

我说亲家母,你好啊——哎,我跟你说话,你咋不答理我呀?哦,你是笑话我喝酒喝醉了?实话告诉你吧,今儿个我忒高兴,没喝醉,咱老姐儿俩快说说知心话。咋着?你问我说的是真话还是假话?那我问老姐姐你,你是爱听我说真话呢,还是爱听我说假话呢?哦,你爱听我说真话。好,老姐姐,说实话,这荣国府一顿螃蟹宴,二十两银子,够咱庄稼人过一年啊。我真的心疼啊——

（唱）发家好似针挑土,败家如同水过滩。

庄稼人汗珠子掉地上摔八瓣儿,有句话儿说得寒酸——

说什么鱼生火,肉生痰,白菜豆腐保平安。

实话说花一分钱要掰两半儿,算计着日子好艰难。

鸡鸭鱼肉不敢想,绫罗绸缎不敢贪。

粗衣麻线身上裹,清水煮菜放把盐。

哪像这富人家——

跑得了马来行得船,抖得了威风做得了官,

银子能填海,金子能堆山。

穷人跟着富人比,一个地来一个天。

这真是——

人想富,富想官;

官想做皇帝,皇帝想上天。

庄稼人何日何时能吃饱饭?

庄稼人何日何时过上富裕年?

亲家母,我跟你说了一车的话了,你怎么不言语呢?原来是面镜子!这还有张床,让我坐一会儿,好舒服的席梦思床啊——〔打哈欠,躺倒。

〔王熙凤上。

王熙凤 刘姥姥,刘姥姥。

刘姥姥 （惊醒）啊,姑奶奶,我咋就睡着了。哎哟,我这是睡在哪儿啊?

王熙凤 唉,你睡在了我的房间里。

刘姥姥 哎哟,我咋这出格呀!看看把螃蟹宴给搅了,老祖宗没怪罪吧?

王熙凤 老太太玩得可高兴了,这会儿正歇着呢。就是我那女儿,又咳嗽发热了。

刘姥姥 阿弥陀佛,回去我烧些高香,天天给你们念佛,保佑你们无病无灾,长命百岁。〔默念祈祷。

王熙凤 你老经见得多,给破解破解大姐儿是啥病啊?

刘姥姥 这——

王熙凤 你有啥说啥。

刘姥姥 姑奶奶,我看大小姐是豪门体贵,阴阳失调,骨弱憔悴,您太疼她了。大小姐是金枝玉叶经不起磕碰,哪像我们庄稼人的孩子,是舍利开胃扶正祛邪气血充沛吃了石头化成碌。也不知我说得对不对?

王熙凤 姥姥你说得有理。姥姥啊,你给大姐儿起个小名儿吧,一来借借你的寿,二来你是庄稼人,穷苦人起的名儿能压住她。

刘姥姥 既然姑奶奶瞧得起,我就造次一把。大小姐是哪天的生日?

王熙凤 七月初七。

刘姥姥 七月初七,这日子巧,牛郎会织女,就叫她巧姐儿吧。以后逢凶化吉,都从这个"巧"字上。

王熙凤 好,借姥姥吉言。平儿!
〔平儿从内房出。

平　儿 二奶奶。

王熙凤 给姥姥的东西都拿来。

平　儿 是。把礼品抬上来!
〔二家人抬上礼品。

王熙凤 这是桂花点心,这是花布青白纱,这是唐山的瓷器,这是一百两的银子。

刘姥姥 这香甜甜的点心,软绵绵的绸缎,光亮亮的瓷器,白花花的银子——我不要。

王熙凤 咋着,你老嫌这礼物轻?

刘姥姥 姑奶奶呀——

(唱)姑奶奶听我说,礼物虽好我要推脱。

　　　　　当时姑奶奶着实帮了我,今生今世铭记大恩大德。
　　　　　不图金银要情义,亲戚往来乐呵呵。
王熙凤　姥姥真是个大好人哪!
刘姥姥　大小姐有病,我去看看她行不?
王熙凤　太好了,走。
　　　〔一丑男、一丑女上。
一丑男　姥姥请留步。
刘姥姥　啥事儿啊?
一丑男　我想采访采访您。
刘姥姥　中。
一丑男　您对这些金银财宝为啥不动情啊?
刘姥姥　小伙子,这就叫——
　　　(念)八月十五云遮月,正月十五雪打灯。
　　　　　仁人身后有人敬,心换心来情换情。
　　　〔切光。

七

〔光复明。距前场一年后。
〔幕内传来宣旨声:"奉天承运,皇帝诏曰:贾赦交通外官,依势凌弱,辜负朕恩,有辱祖德,着革去世职。钦此。"
〔焦大持酒上。

焦　大　贵妃薨逝了,老爷下狱了,两府查抄了,二奶奶病倒了,宝二爷疯了,老太太气死了。老太爷你睁开眼看看,你挣下的百年基业,全毁在了不肖儿孙的手里!树倒猢狲散,食尽鸟投林。完了,败了,散了,死了——
　　　〔刘姥姥上。

刘姥姥　焦大,焦大——
焦　大　老嫂子——
　　　(唱)心压抑,恨难平,焦大耿直有性情。
　　　　　荣国府上上下下不干净,肮脏事瞒不过我的眼睛。
　　　　　拼生拼死做的是情仇梦,打情骂俏做的是风流梦,

争贪夺宠做的是白日梦,放债使银做的是发财梦,

风花雪月做的是红楼梦,鸡飞蛋打做的是黄粱梦,

神魂颠倒做的是痴情梦,吃斋念佛做的是天堂梦。

荣国府迟早一场离散梦,给后人敲响了不打自鸣的钟!

贾府里再也没有焦大了!哈哈哈——〔下。

刘姥姥 (唱)闻听贾府走背字儿,心里发酸想故人。

　　　　故人原本是恩人,恩人遇难急煞人。

　　　　看望恩人不容缓——

〔王狗儿、狗儿妻上。

王狗儿
狗儿妻 (接唱)上街寻找多事人。

狗儿妻 娘,大事不好了!

刘姥姥 一惊一诈的又咋啦?

狗儿妻 墙倒众人推,破鼓万人捶。荣国府一败落,府里的上上下下,全都冷锅贴饼子,溜了!最可气的是,二奶奶病了,她把巧姐儿托付给自己的亲兄弟,您猜咋着——

刘姥姥 猜咋着?

狗儿妻 巧姐儿的亲舅舅就五十两银子,把自己的亲外甥女卖给了歌妓馆。

刘姥姥 你说啥?

狗儿妻 巧姐儿让她舅舅卖给了歌妓馆。

王狗儿 就是当三陪了。

刘姥姥 哎哟!她舅舅真是吃人饭不拉人屎的牲口。我说狗儿啊——

王狗儿 有。

刘姥姥 王二奶奶就这么个宝贝闺女,那要是卖给了歌妓馆,二奶奶可就活不了了!咱哪得把巧姐儿赎回来。

王狗儿 赎回来?我的岳母大人哪!荣国府现在是泥菩萨过河自身难保,您在这节骨眼儿救巧姐儿,这不是肚脐眼儿扣拔火罐,没病找病吗?

刘姥姥 我说守仓啊,你这良心喂了狗了?想当年咱困难的时候,人家王二奶奶给咱二十两银子,才有今天的好日子!咋着?人家现在走背字儿,咱看着不管?人家风光时,削尖脑袋往里扎;赶人家倒霉了,又像躲"非典"

似的躲人家！那咱还像个人吗？听你丈母娘的,灵芝、守仓咱们分头拆兑银子,就是扒房卖檩,也要救出巧姐儿。

狗儿妻　对,受人之恩,涌泉相报。
王狗儿　是,听岳母的。
刘姥姥　好,咱们分头行动,救出巧姐儿。
　　　　〔切光。

八

〔光复明。荣国府。
〔王熙凤躺在床上。平儿上。

平　儿　二奶奶。
王熙凤　平儿,巧姐儿在她舅舅那儿好吗?
平　儿　二奶奶——
王熙凤　怎么样？说呀!
平　儿　二奶奶——
王熙凤　有啥事儿慢慢说。
平　儿　巧姐儿的舅舅只图银子,把巧姐儿给卖了!
王熙凤　你说啥?
平　儿　他们把巧姐儿给卖了!
王熙凤　卖给谁了？〔抓住平儿。
平　儿　我——我不知道。二奶奶我再去找找。二奶奶您放手让我再去找找,二奶奶您可千万别着急,我一定把她找回来。〔急下。
王熙凤　好端端的荣国府就这么完了？就这么败了？走的走,逃的逃,我的巧姐儿也不知卖到哪儿了。巧姐儿、巧姐儿——巧姐儿、巧姐儿,你在哪儿啊！(出现幻觉)你是谁？你是贾瑞？你这个风流鬼！你是尤二姐,我认得你是尤二姐。我说我的妹子,你坠胎吞金,你怨不得我呀！啊？张金哥夫妇,你们二人也来了？你们这对生死鸳鸯,双双自尽,怪不得我也恨不得我!

(唱)这一厢生成相思恨,这一厢气绝吞了金。
　　　这一厢双双做了鬼,这一厢还有短命人。

都怨我太聪明把机关算尽,到了儿来天诛人怒怨鬼缠身。

(惊恐万般,唱)

南边不能走啊南边有血印,北边不能走啊北边有鬼魂;

东边不能走啊东边刀子雨,西边不能走啊西边火烧云。

这东边西边南边北边都没有我的去路?我该去哪儿呢?这男的女的亲的厚的都去了哪儿了?咳,王熙凤啊王熙凤,你今天落到这步田地怪不得别人,刘姥姥常说一句话,脚上的泡是自己走的!那我该向哪里去呢?

(唱)一梦悠忽,一息尚存,断不了一寸痴心;

过仙桥,穿芳径,驾扁舟,踏青云——

天涯无路苦追寻,九天寻梦归太真![欲寻短见。

[刘姥姥领巧姐儿上。

刘姥姥 (大声喝住)姑奶奶!您看巧姐儿回来了——

王熙凤 姥姥!巧姐儿,你舅舅不是把你给卖了吗?

巧姐儿 娘,是姥姥卖房子、卖地把我给赎出来的。

王熙凤 姥姥![欲起身跪谢。

刘姥姥 快起来,快起来。姑奶奶听我一句劝,人这一辈子都有几起几落的时候,我知道您遇上了大坎儿,可您得咬牙挺住啊,千万别寻短见哪!

王熙凤 儿啊,你看姥姥好吗?

巧姐儿 姥姥好。

王熙凤 儿你说对了,姥姥人好,心眼善良,连你名字都是姥姥给起的。我在这人世间,活了二十几年,虽然经见不多,但也看透了世态炎凉,我的身边也只有你刘姥姥了!姥姥,今天趁着我还有口气儿,就把巧姐儿托付给你了。我王熙凤就是到了九泉之下,也不忘姥姥的恩德!

刘姥姥 咳,姑奶奶您别这样说。

王熙凤 儿啊,记住娘的话。以后姥姥就是你的亲娘。儿啊,快给刘姥姥跪下,叫娘!

巧姐儿 (跪下)娘!

刘姥姥 儿啊,我的巧姐儿!

(唱)巧姐儿她一声唤我热泪流淌,黄连苦苦不过孩儿没有娘。

　　　　流泪眼儿相观望,搀扶起巧姐儿啊我说出肺腑一腔。
　　　　可叹那荣国府当初如画一样,到如今家境败落好凄凉。
　　　　叫一声姑奶奶您别绝望,叫一声巧姐儿你也别心伤。
　　　　大观园已然是情意尽,远来的亲戚把你们帮。
　　　　我的巧姐儿呀——
　　　　干娘家虽说没有金屋锦帐,大瓦房一住挺朝阳;
　　　　干娘家虽说没有鸡鸭鱼肉,粗茶淡饭可口香;
　　　　干娘家虽说没有戏台舞场,大秧歌一扭喜洋洋;
　　　　干娘家虽说没有荷塘月色,大火炕上睡鸳鸯。
　　　　求得是人处艰难心不冷,人遇坎坷要自强。
　　　　我的姑奶奶呀——
　　　　从今后我把巧姐儿来抚养,疼闺女胜似亲生的娘!
　　　　姑奶奶!
巧姐儿　娘![哭。
　　　　[众丑上,抬王熙凤下。
刘姥姥　姑奶奶您要走好啊!
巧姐儿　娘![哭。
刘姥姥　孩子别哭了,娘疼你,娘疼你,跟娘回家吧!
巧姐儿　唉!
　　　　[幕落。

剧终

选自《剧本》2005 年第 2 期。

潮 剧

葫 芦 庙

范莎侠

人物表

贾雨村　甄士隐　娇杏　小沙弥(门子、军犯)　冷子兴　香菱(英莲、香魂)
冯渊(冯魂)　薛蟠　冯良　梅香　新门子　僮儿　丫鬟　家奴　班头衙役
太监　家院　家将　家人

第一场

〔中秋节。
〔姑苏城葫芦庙内。
〔小沙弥上。

小沙弥　（【扣板】）小沙弥法名叫了空，身在空门心不空。

　　　　　人情世情皆通透，佛理佛经却朦胧。

　　　　　晨钟暮鼓图温饱，做一天和尚撞一天钟。

想我了空，只因父死母改嫁，无奈才出家，在这葫芦庙中，苦度了几个冬夏。唉！这碗神佛饭，吃久实在苦闷，不知何日才能跳出佛门？（稍顿，情绪一转）哎，我的心事且放一边，且说这数月来，庙中寄居个湖州秀才，名叫贾雨村，在此卖文写帖度生涯。秀才虽是贫窘，隔壁甄员外却对他极为看重，看来秀才有来日可待，我需对他多多关照。今日中秋佳节，不免去备些鲜果糕饼，到时与他赏月叙怀。

〔娇杏手提礼盒上。

娇　杏　了空师父！

小沙弥　啊，娇杏大姐，你是来……

娇　杏　员外命我给贾先生送来过节礼品，有劳师父引见。

小沙弥　原来如此。贾先生还在那边给人写帖呢!
　　　　(喊)贾先生,过来呀!
　　　　〔贾雨村内应:"来了!"上。
贾雨村　(念)只为上京无盘缠,葫芦庙中暂依。了空师父,何事呼唤?
小沙弥　贾先生,甄员外命娇杏大姐送来过节礼品。
　　　　〔贾雨村与娇杏照面,都一怔。
娇　杏　(旁白)好一个英俊的秀才!
贾雨村　(旁白)好一个清秀的丫鬟!
　　　　〔娇杏上前。
娇　杏　贾先生,这是我家员外送与你的过节礼品。(递礼盒)员外说道,时间有空闲,便过来与先生共度佳节。
贾雨村　员外如此厚爱,学生感激不尽,有劳大姐代学生转致谢意。
娇　杏　先生好说了,婢子告辞。
贾雨村　送大姐。
娇　杏　(缓缓而行,旁白)这秀才虽然贫穷,却是气宇轩昂,难怪员外说他非是久困之人。(回首一顾)员外早有周济他之意,但愿秀才时来运转,早日得志。〔至庙门不禁又回首一顾,下。
贾雨村　(惊喜,自语)这女子虽是丫鬟,却是姿容不俗。回首眷顾,莫非有意于我?(想想)不错,她定然是个女中伯乐,独具慧眼。可叹我壮志未酬,空对知己红颜,真是未卜三生愿,平添一段愁啊!
小沙弥　贾先生,(大声)贾先生!
贾雨村　啊?〔回过神。
小沙弥　贾先生,你在发什么呆?礼品放下,写字摊收起,准备过节了!(旁白)唉,看来今晚轮不上我陪他了,我还是去念经敲鼓吧!〔颓丧地下。
贾雨村　(感慨万千)唉!过节了,过节了,今日便是中秋佳节了!
　　　　(唱)身在异乡为异客,时逢佳节倍感伤。
　　　　　　员外送礼难解闷,佳人情眼撩愁肠。
　　　　　　念雨村本是宦门后,家道中落身孤寒。
　　　　　　求功名离了湖州地,困滞姑苏小庙中。
　　　　　　中秋一到年将到,春闱在即心焦烦,

　　　　万丈雄心思腾举,何日平步青云间?
　　　　我这里对月空嗟叹,谁能助我渡难关?
　　唉,空有才华抱负,时运未济,奈何,奈何!
　　(吟诵)玉在匮中求善价,钗于奁内待时飞!
　　〔甄士隐与僮儿上,聆听。

甄士隐　哎呀,贾先生真是抱负不凡啊。

贾雨村　啊,是员外到来,晚生不过偶吟前人之句,员外过誉了。

甄士隐　哪里哪里,甄某一向倾慕先生才学,今夜特备小酌,与先生赏月吟诗,还望先生赏脸尽兴。

贾雨村　员外有此雅兴,晚生自当奉陪。
　　〔僮儿摆上杯盘酒盏,斟酒。

甄士隐　来来来,贾先生,人都说李白斗酒诗百篇,今夜你我对月抒怀,先满饮一杯如何?

贾雨村　好,先满饮一杯!〔与甄士隐对饮,干杯。

甄士隐　贾先生,你看此时皓月当空,家家赏月,户户笙歌,就请先生以月为题,吟咏一首吧。

贾雨村　(激起意兴)晚生从命。〔起身踱步,朗朗吟诵。
　　时至三五便团圆,满把清光护玉栏。
　　天上一轮才捧出,人间万姓仰头看。

甄士隐　妙啊!才思敏捷,诗意雄飞,若能上京赴考,当可青云直上。来,饮此一杯,以作庆贺!

贾雨村　(一饮而干,喟然长叹)唉!非是晚生酒后狂言,若论时尚之学,自思也可上京充数挂名,无奈京都路远,我困滞于此……

甄士隐　贾先生,我就等你这句话啊!〔示意僮儿。
　　〔僮儿下。

甄士隐　贾先生啊!
　　(唱)先生处境我尽知,甄某早已有安排。
　　　　今夜邀君赏明月,吟诗为探真情怀。
　　　　先生果怀凌云志,韩柳文思子建才。
　　　　蛟龙终非池中物,明珠焉能土里埋?

赠君盘缠上京去,祝君一举登天台!

〔僮儿捧银两、衣物上。

〔甄士隐接过僮儿捧上的银两、衣物。

甄士隐　贾先生,这里冬衣两套,白银五十两,请先生收下,明春正是大比之期,先生可作速上京。

贾雨村　(喜出望外)多谢员外知遇之恩。

甄士隐　区区小事,无须言谢。三天后是黄道吉日,到时再为先生饯行。

〔甄府家人急上。

家　人　员外、员外,不好了!早间英莲小姐上街玩耍,转眼寻觅不见,安人请你立即回府。

甄士隐　啊?那还了得!先生自便,甄某告辞!

贾雨村　员外仔细!

〔甄士隐及家人匆下。

贾雨村　(拿起钱袋欣喜地)真是吉人自有天相!转眼间有了盘缠,贾某不日便可出人头地了!(稍顿)早间那娇杏女子,慧眼识英豪,临去几回头,他日我得志之时,定报这番眷顾之情,让她当个夫人。(得意地)哈哈哈……哎,且住,此时盘缠在手,何不立即上京?对,管什么吉日不吉日,饯行不饯行,速速打点行装,上京去吧!〔下。

第二场

〔幕后伴唱:"贾秀才果然遂心愿,金榜题名进官场;甄员外失女家颓败,悲逐云水去茫茫;娇杏女无意成尊贵,几回头引来一世缘。人间祸福难预料,兴衰荣辱转眼间。"

〔姑苏县衙后堂,堂上挂着绣有"寿"字的彩幛。二丫鬟掸桌抹椅,摆置器皿。

二丫鬟　有请夫人!

〔娇杏内声:"来了!"喜盈盈地上。

娇　杏　(唱)融融春日照庭阶,满堂喜气盈胸怀。

娇杏为夫庆寿诞,多少往事心头来。

想昔日送礼葫芦庙,无意得见贾秀才。

谁料到秀才为官后,迎娶花轿将我抬。

微贱女转眼成尊贵,似梦似幻难解又难猜。

到如今冬去春来一长载,齐眉举案情和谐。

更喜夫君有仁义,寻英莲觅员外把安人生计妥安排。

娇杏我暗自庆幸暗自问,这姻缘莫非是前世修来?

求神拜佛常祷祝,愿夫妻白头偕老永不分开。

今朝夫君寿诞日,我挂彩幛下庖厨里里外外细操办,表一表为妻情怀。

啊,时已不早,夫君怎么还未回后堂?

〔贾雨村心情沉重地上。

贾雨村　(念)宦海风正初扬帆,触礁沉船情何堪。

娇　杏　啊,官人回来了!

贾雨村　回来了!

娇　杏　(发觉贾雨村神色有异)官人,今日是寿辰之庆,因何闷闷不乐,满面愁容?

贾雨村　(长叹)唉!谁料寿辰之庆,却有革职之灾。

娇　杏　(怔)革职之灾?难道官人你……

贾雨村　夫人啊夫人,你哪里知道,适才上司部文到此,为夫我——已被革职了!

娇　杏　啊?(惊呆)哎,官人啊夫君!你受任县令,才过一载,到底有何罪过,有何罪过啊?

贾雨村　夫人,为夫不在罪过不罪过,乃是遭人暗算。

娇　杏　遭人暗算?

贾雨村　只因为夫以才干自负,得罪上司,同寅亦妒恨在心,故此他等暗中参了我一本。

娇　杏　他等参你何事?

贾雨村　这……夫人就不必问了。反正为夫已是吃了这班庸官俗吏之亏了。

娇　杏　(焦急,忧虑)官人,如今俺该怎么办?

贾雨村　夫人啊!

(唱)大丈夫能伸能屈,事已至此当泰然。

万般惭恨藏心底,人前我谈笑自若无怨颜。

只待公务交割完毕,我与你别地定居度时光。

娇　杏　(松了口气)好啊,官人啊!

(唱)俺别地谋生创家业,夫唱妇随度时光。

从今后不涉这官场是非地——

贾雨村　不!

(接唱)从今后我要磨砺心志寻觅时机宦海再扬帆。

娇　杏　(愕然)啊?

〔收光。

〔数年后,扬州。

〔冷子兴上。

冷子兴　在下京都人氏冷子兴,经营古董行。官场商场,交接来往,南方北方,广进财源。这次来扬州做生意,得会故友贾雨村。想这贾雨村,人是有才干,却因贪酷,被参革职,今在此地盐政林老爷府上当塾师。近日闻得朝廷有起复旧员之讯,前去通透他一条门路。此人若得东山再起,于我也有利,就此走上。〔下。

〔塾馆。娇杏正在纺纱。

娇　杏　(念)夫君蒙馆妾纺纱,他乡塾舍且为家。

粗茶淡饭心自在,转眼庭树几度花。

自从官人被参革职,到此扬州蒙馆为业,夫妻和顺,衣食无忧,日子倒是过得安闲。只是,官人常存复官之念,倒叫我为此郁郁于怀。

〔贾雨村手拿邸报兴冲冲上。

贾雨村　娘子,娘子!

娇　杏　啊!官人为何这般高兴?

贾雨村　娘子,朝廷要起复旧员了。你看,这新到的邸报上写着:以前因病因事离职革职的官员,可酌情起用复职。

娇　杏　起用复职?那官人你……

贾雨村　我么——娘子啊!

(唱)我十年寒窗受苦楚,初涉宦海遭折挫。

此生若不东山再起,辜负才志苦恨多。

娇　杏　如此说来,官人是要谋求复职了。

贾雨村 不错,机不可失,时不我待!

娇　杏 唉,官人啊!

(唱)我做针黹你课馆,无忧无虑无坎坷。

当个平民好自在,一旦为官烦恼多。

夫君官场曾失意,又何必再向宦海惹风波?

贾雨村 哎,娘子!

(唱)惹风波也能定风波,大丈夫岂能怕坎坷?

叹只叹,前番为官不谙官道,才被参倒无奈何。

半任县令留教训,数载馆居志难磨。

贾雨村若再把官做,定能够展身手一路凯歌。

娇　杏 唉,官人啊官人,你为何如此留恋官场啊?

贾雨村 娘子啊娘子,说我留恋官场也罢,贾雨村就是不甘居人之下。如今我主意已定,娘子不必多言,我为官之日,自有你的好处。

娇　杏 妾身并不奢望为官的好处,只愿平平安安、恩恩爱爱度此一生。

贾雨村 你?妇人之见也!

〔冷子兴内声:"雨村兄,雨村兄!"

贾雨村 (望,兴奋地)啊,是冷子兴到来!此人交官接府,门路极广,我正要找他,他竟来了。〔忙出门相迎。

〔冷子兴上。

冷子兴 雨村兄!

贾雨村 哎呀,子兴兄到来,失迎,失迎啊。〔携冷子兴进屋。

〔娇杏避下。

贾雨村 子兴兄来得正好,贾某有一事正要找你商议。

冷子兴 雨村兄有何事商议?

贾雨村 (拿过邸报)子兴兄请看!

冷子兴 (略微一看)哈哈,雨村兄,在下就是特为此事而来的呀!

贾雨村 特为此事而来?哎呀呀,子兴兄,你我真是心有灵犀一点通啊。

冷子兴 未知雨村兄眼下有何打算?

贾雨村 不瞒兄台,贾某虽有复职之念,眼下却是登天无路啊!

冷子兴 哈哈!雨村兄,子兴此来,便是专为兄台指引一条登天之路。

贾雨村	（一振）登天之路。敢问路在何方？
冷子兴	雨村兄莫急,我先问你,可还记得京中的荣国府和宁国府？
贾雨村	怎么不记得？荣、宁两府祖上是亲兄弟,皆封国公,子孙封官袭爵,显赫非常。
冷子兴	兄台记得就好,自从两府出了位贵妃娘娘后,更是锦上添花了。如今,就连奴才的儿子也官袍加身了。
贾雨村	哦！
冷子兴	荣府管家的儿子,这一次就放了外省一个富县的知县！
贾雨村	（感叹）真是宰相家奴七品官啊！
冷子兴	雨村兄,两府的权势可通天,你何不顺着这条路往前走啊？
贾雨村	顺着这条路？
冷子兴	不错！两府姓贾,你也姓贾,你们是同姓同宗自己人哪。雨村兄啊！ （唱）荣国公宁国公,都是你的老同宗。 　　　　高门显贵攀得上,保你官运即亨通。 　　　　朝中有人官好做,乌纱帽不愁再飞空。 　　　　兄台从速来行事,十拿九稳定成功！
贾雨村	若论族系宗亲,我祖上与两府倒是同支,只是他家那等荣耀,我一介寒族,不好上门哪！
冷子兴	哈哈哈哈！
贾雨村	兄台何故发笑？
冷子兴	我笑你守着登云梯还愁上天无路。
贾雨村	此话怎讲？
冷子兴	老兄啊,你教的那位女学生便是荣府贾老夫人的嫡亲外孙女,你的东家林老爷便是荣府的姑爷啊！
贾雨村	这么说,我复职之事可央烦林老爷了？
冷子兴	不错,再请林老爷转向京都烦请其舅兄出面。
贾雨村	（欣喜）多谢兄台指教！
冷子兴	且未谢,还有一事相告,适才听林老爷说,荣府老夫人思念外孙女心切,已派人来接她进京,林老爷正愁没合适之人护送女儿……
贾雨村	我正可乘机揽这差事进京。

冷子兴　雨村兄不愧是聪明人。
贾雨村　子兴兄啊!
　　　　（唱）多谢你为我指引登天道,
冷子兴　（唱）兄台你几年蒙馆不白熬。
贾雨村　（唱）愿此身似那离梢柳絮飘飘举,
冷子兴
贾雨村　（唱）借好风直上青云霄!

　　　　哈哈哈哈!
　　　　〔娇杏暗上,旁观,黯然叹息。
　　　　〔收光。

第三场

〔金陵大街。
〔薛府众家奴内声:"大爷,来走啊!"
〔薛蟠内声:"来走!"众家奴簇拥薛蟠上。

薛　蟠　（唱）薛某世居金陵地,几代皇商有名声。
众家奴　（唱）薛大爷,有名声,财势立足盖全城。
薛　蟠　（唱）傻子呆子是混号,薛蟠才是我的名。
众家奴　（唱）混号呆傻实不傻,说起大爷人人惊。
薛　蟠　（唱）有福托生在豪族,吃喝嫖赌霸道横行。
众家奴　（唱）欲圆欲扁随心愿,叱生叱死鬼也得听。
薛　蟠　（唱）更喜六亲皆显赫,条条门路通京城。
众家奴　（唱）条条门路通京城,主大仆大有心情。
　　　　大爷享福阮有福享,大爷你,你你你……
薛　蟠　我怎么啦?
众家奴　（接唱）你是阮的亲阿爹!
薛　蟠　嘟!奴才贫嘴,看恁大爷前大爷后,亲阿爹干阿爸,背后还不是叫我薛呆子、薛大傻?
众家奴　奴才不敢,不敢!〔跪。
薛　蟠　不敢?哼!不过,呆子也罢,傻子也罢,我薛老大不介意。起来!（自得

|地)我虽不成器,却不傻也不呆,那班讲死理的酸文人才是真正的傻和呆。

众家奴 对,大爷最恨的就是那班酸才。

薛 蟠 想我薛蟠,笔墨纸砚,不用沾边;金钱权势,自可通天。平生最好,美女娇娘。

众家奴 大爷有钱有势有美女,赛过皇帝赛神仙。

薛 蟠 罢了罢了!什么神仙皇帝,说到美女,此时我倒来了气。前日要买一绝色女子,可恨酸秀才冯渊,却抢在先,还据死理强辩,驳得我对答不上,想起来真是七窍冒烟。此时酒后无聊,不免带上这班奴才去出这口恶气。众奴才!

众家奴 大爷!

薛 蟠 等下见到那冯渊小子啊——

众家奴 大爷,你叱打就打,叱行就行!

薛 蟠 走!

〔众呼拥薛蟠而下。

〔冯渊偕香菱上。

冯 渊 (唱)喜滋滋携了意中人,相随相伴把家还。

香 菱 (唱)急惶惶跟了冯公子,又羞又喜又不安。

冯 渊 (唱)贫家女儿惹人爱,想必是鸳鸯牒下有凤缘。

香 菱 (唱)多情公子真情意,苦命女幸得好姻缘。

冯 渊 (唱)百年好合遂心愿,从此门庭溢春光。

香 菱 (唱)且喜此身已有托,生生死死随冯郎。

冯 渊 香菱姑娘……呃,如今我已行过聘礼,接你回家,俺就是一家人了,我、我就叫你娘子吧。

香 菱 冯郎!

冯 渊 娘子啊!

(唱)你爹离去太匆忙,我只得仓促携你还。
　　花轿鼓乐未曾备,委屈娘子心不安。

香 菱 冯郎!

(唱)你还清债务接我走,我如同苦海遇慈航。

　　　　花轿鼓乐何须论,郎君的恩情大如山。
冯　渊　哎呀,娘子何须言重如此?你爹为还清债务将你卖,也是出于无奈。冯渊因此得聘娘子,倒是一桩美事,娘子无须感恩戴德。
　　　　〔冯良慌张迎上。
冯　良　公子,不好,不好了啊!
冯　渊　良伯,何事惊慌?
冯　良　薛蟠带恶奴正在找你,已去过咱府了。公子,你此时不能回府,快找个地方避一避吧!
　　　　〔香菱惶恐。
冯　渊　避?避得了今天,避不了明天,有理走遍天下,怕他什么?回府!
冯　良　(阻)不能啊!公子,薛蟠是金陵一霸,俺寒门弱族,怎能和他斗?快躲避一下吧!
香　菱　冯郎,快躲避吧。
冯　良　公子,先到城外我老家去吧。
冯　渊　这……〔犹豫。
　　　　〔众家奴拥薛蟠上,截住冯渊等。
薛　蟠　哈哈!冯渊小子真是好功夫,这么快就勾引上美人出走啦!
冯　渊　呸!什么勾引出走,我冯渊堂堂正正,下聘定亲,接妻回家。你休得胡言乱语,出口伤人。
薛　蟠　哇,你这酸才又来卖弄口才了。告诉你,大爷今天不吃你这一套。就你有钱娶妻,我就无钱买妾了?来,先把这小妞给我拉过来。
冯　渊　住手!薛蟠啊薛蟠,我下聘在先,你买人在后,如今香菱已是我妻,岂容你当街抢夺。
薛　蟠　(暴跳)呀呸!什么当街抢夺?你受用得,我就受用不得?你这酸才,竟敢和大爷分先后,真是不知天高地厚。来!先教训他几下。
冯　渊　且慢,薛蟠啊薛蟠!
　　　　(念)乾坤朗朗衙门开,岂容你悖理胡乱来。
　　　　　　劝你不要仗权势,须知律法有制裁。
薛　蟠　律法?哈哈哈哈!
　　　　(念)大爷出入是官衙,谁敢将律法制薛家?

无知小子敢强辩，先来打掉你门牙。

打了！

〔众家奴打冯渊，冯良上前护住。

冯　良　大爷开恩、开恩啊！要打就打老奴吧，老奴愿替小主人挨打。

薛　蟠　老东西，滚一边去！〔踢开冯良。

香　菱　（泣跪）薛大爷啊！

（唱）小女子跪尘埃，求大爷把贵手高抬。

　　　　冯郎前日已行聘，我于归冯家本应该。

　　　　求大爷放阮生路走，大恩大德终生感戴。

薛　蟠　哈！小美人哭起来更可爱。（拎起香菱）小乖乖，你因何要跟那酸才，不爱大爷？告诉你，大爷有的是钱，还是跟大爷走吧。

冯　渊　薛蟠，你欺人太甚，我跟你拼了！〔扑向薛蟠。

〔薛蟠挥手让家奴打冯渊。冯渊被打得满地翻滚。冯良和香菱呼叫着扑上前护卫，被家奴打倒、架开。

薛　蟠　贱人不识抬举，我让你心疼！〔一脚踹向冯渊心窝。

〔冯渊惨叫倒地，香菱惊呼扑上。

家奴甲　（拭冯渊鼻息）大爷，酸才没气了。

薛　蟠　死了了算了，把这小贱人带走。

〔鸣锣喝道声大作。

家奴乙　禀大爷，新任应天府巡查至此。

薛　蟠　管他什么应天府，把人带走！

家奴乙　大爷，这应天府是新上任的，不是先前那个……

薛　蟠　别啰嗦，什么这个那个，反正是个小小知府，怕什么？回府！

冯　良　（挣扎起身）应天府巡查至此，真是苍天有眼啊！（高喊）大人伸冤可怜啊！〔踉跄奔下。

家奴甲　大爷，那老头拦道喊冤去了！

薛　蟠　喊去喊，只管走！〔拎起香菱。

〔香菱冷不防咬薛蟠手臂，薛蟠大叫松手。

香　菱　（高喊）青天大人伸冤啊！〔冲下。

薛　蟠　（捂臂大叫）快抓住她！

〔众家奴欲追。衙役上,阻住众家奴。

薛　蟠　（悻悻地）哼！喊吧,伸冤去吧！试试看是山走还是船走。来,回府！
〔众家奴簇拥薛蟠扬长而去。

第四场

〔应天府正堂。
〔"升堂"声中,幕启。衙役分班站列,门子、贾雨村上。

贾雨村　（念）乘风踏上青云道,起复升迁意气豪。
　　　　　　　前事不忘警后事,但愿从此步步高！
　　　下官,贾雨村,蒙皇上隆恩,贵人举荐,起复升任应天府尹。今日首次升堂,审理人命要案,务必谨慎严明,伸张法纪,方得显我才干、扬我官声！来,传喊冤人上堂！

门　子　呔！喊冤人上堂！
〔冯良、香菱内应:"来了！"上。

冯　良
香　菱　大人伸冤可怜！

贾雨村　恁等叫何名字？死者是谁？——禀明。

冯　良　小人冯良,死者冯渊公子是小人家主。

香　菱　小女子香菱,冯公子是奴家的（哭）夫郎！

贾雨村　凶犯因何打死冯渊,从头诉来。

冯　良　大人容诉:香菱之父要卖女还债,我家小主人因看中香菱,便送去银两,聘下香菱,今日接香菱回家。不料恶贼薛蟠当街拦抢,并毒打小主人至死。大人,我家小主人死得好惨啊！求大人为我小主人伸冤报仇。

贾雨村　恁等放心,待本府查明真相,按律惩办凶手。

冯　良
香　菱　谢青天大人！
〔班头与一衙役带伤狼狈上堂。

贾雨村　（吃惊）你等因何这般模样？

班　头　禀大人,我等奉命追拿凶犯,谁知那薛蟠竟喝令恶奴将我等围打,我等寡不敌众,无法缉拿。

贾雨村　（怒）可恼！薛蟠凶徒竟敢如此无法无天。
班　头　薛蟠还叫我转告大人，把香菱判归薛府，如若不然——
贾雨村　不然怎样？
班　头　不然……当心头上的乌纱帽。
贾雨村　哎咋！
　　　　（唱）闻斯言怒发冲冠，可恨薛蟠太猖狂。
　　　　　　　若不按律严惩办，枉为命官坐公堂！
　　　　（抽出签子）班头，本府命你带上衙役捕快，把薛蟠拘捕归案。
班　头　（胆怯）这……
门　子　大人！（示意不要发签，近前低声）大人且慢发签，小人有话说。
贾雨村　（疑惑地放下签子，犹豫）来，你等暂且退下。
　　　　〔众人退下后，门子对贾雨村深深一揖。
贾雨村　你这是为何？
门　子　大人一向加官进爵，八九年来，就忘了我了？
贾雨村　（端详门子）我看你好生面善，只是一时想不起。
门　子　大人怎么把出身之地也忘了？
贾雨村　出身之地，你到底是谁？
门　子　大人哪！
　　　　（唱）大人当年离湖州，姑苏小庙曾淹留。
　　　　　　　一自上京鱼龙变，可记得葫芦月下度中秋？
贾雨村　啊，你是葫芦庙的沙弥了空。
门　子　正是。
　　　　（唱）小庙凄清怕回首，火灾毁庙僧漂流。
　　　　　　　乘机蓄发还了俗，挤身公门度春秋。
贾雨村　原来如此，想不到在这里遇到故人。（感叹地）你我也算贫贱之交了，有话正可直说，适才何故阻我发签？
门　子　大人荣任到此，难道没抄一张本省的护官符吗？
贾雨村　何为护官符？
门　子　如今做地方官的，都备有一张名单，上面开列本地最有权势的宦族和乡绅，倘若不知触犯了这些豪权，不但官爵，就连性命也难保。故而，官场上把这名单叫护官符。
贾雨村 哦!
门　子 (掏出一纸)这是我特意为大人抄的护官符,上面是本地豪权的俗谚口碑,大人请看。
〔贾雨村接看。
门　子 (凑近指点)大人,你看这最后一句:"丰年好大雪,珍珠如玉金如铁。"说的便是薛蟠的家族,这薛蟠可是金陵一霸。
贾雨村 怪不得他如此凶横。
门　子 (指点)大人,上面这几句说的是贾、王、史三家豪族。这三家与薛家皆连络有亲,一损俱损,一荣俱荣,不仅在本地,就是在外省乃至京都,也有他们的势力,大人你如何能发签去拿他?
贾雨村 (沉吟)这……
门　子 这且不去说他,小人另外告诉大人一件事。
贾雨村 (不安地)什么事?
门　子 大人可知道这香菱是谁?
贾雨村 我怎能知道?
门　子 大人,她就是当年葫芦庙旁甄员外丢失的女儿英莲啊!
贾雨村 (骇然)怎说,她就是甄士隐那丢失的女儿?
门　子 正是。
贾雨村 事隔多年,你怎知道就是她?
门　子 当年英莲常来庙中玩耍,和我最熟,如今虽然大了,模样却大致没变,最好认的是她眉心那颗米粒大小的胭脂胎痣,大人一看便知。
贾雨村 这么说,果真是她了。(叹气)怎么如此凑巧!
门　子 说起来也真是凑巧,前日,人贩拐子带了英莲,恰巧租住在我隔壁,故来龙去脉,我全知道。这种人贩拐子,专拐人幼女,养大后卖大价钱。这次,那人贩拐子谎称卖女还债,收了冯家的聘金,又把英莲卖给薛家,卷了两家的银子后便跑了。
贾雨村 原来如此!(沉吟)如今此案该如何了断……
门　子 大人当年何等明决,怎么今日倒踌躇起来?
贾雨村 依你之见?

门　子　我听说大人补升此任,乃是贾府之力,贾府和薛府是连襟,薛蟠的母舅又刚升任京营节度使,大人何不顺水推舟,做个人情,日后也好步步高升。

贾雨村　这顺水推舟?

门　子　把罪名推在人贩子身上,开脱薛蟠,让薛家多出些丧葬费抚慰冯家,反正薛家有的是钱。

贾雨村　(摇头)冯家怎肯如此罢休?

门　子　大人放心,冯家这边已无亲人,只有零星奴仆。有一两家远亲也在外地,都不济事,只要多给银子,案子拖一拖,自然不了了之。

贾雨村　那英莲呢?

门　子　这就不用说了,薛蟠是淫棍,打死冯渊便是为夺英莲啊!

贾雨村　这……不妥!贾某蒙皇恩起复委用,正当竭力报效朝廷,怎可违法枉判命案?况且,英莲是我恩人之女,我怎能驱羊入虎口?

门　子　(冷笑)大人啊!

　　　　(唱)大人所说是正理,可惜正理行不通。
　　　　　　岂不闻,大丈夫相时而动,君子自当趋吉避凶。
　　　　　　此案若是秉公断,怕只怕官身难保,
　　　　　　报效朝廷也成空!
　　　　　　望大人三思三虑,吉凶祸福一念中。

贾雨村　(震动)吉凶祸福一念中……你——且退下。

　　　　〔门子悄然退下。

贾雨村　(唱)一案掀起千层浪,顿教我贾雨村震惊彷徨!
　　　　　　小沙弥变门子说穿案底,方知这案外功夫更比案内难。
　　　　(拿起护官符,接唱)
　　　　　　护官符上列权贵,一家权贵一座山。
　　　　　　若把薛蟠来法办,大山压顶难抵挡。
　　　　　　香菱原是恩人女,我本当执法报恩两齐全。
　　　　　　若冤判香菱归薛府,天理人情怎容宽?
　　　　　　此时犹处浪尖风口,一步踏错关存亡。
　　　　　　门子说得不错,若秉公执法,只怕官身难保,那岂不是前功尽弃、前程尽毁了吗!

（接唱）猛想起,起复委用非容易,宦海岂能再翻船?

护官符能把官身保,欲图升迁须从权。

天理人情且丢下,顺水推舟傍靠山。

违心愿乱判人命案,博它个好前程腾达飞黄。

（决然地）门子上来!

〔门子上。

门　子　大人有何吩咐?

贾雨村　传一干人等上堂!

门　子　呔,一干人等上堂!

〔众衙役与冯良、香菱上。

贾雨村　香菱,你抬起头来,本府有话问你,你那爹爹,可是亲爹?

香　菱　（不解其意,怔住）这……

贾雨村　香菱不用疑虑,因你爹是此案起因之人,你据实讲来,本府才好秉公断案,快说吧。

香　菱　我爹他……他不是亲爹。

贾雨村　不是亲爹是什么?

香　菱　养父。

贾雨村　果真是养父?

〔香菱低头不敢回答。

贾雨村　哼! 香菱,据本府所查,你养父收了冯家之聘,又把你卖给薛家,然后卷了两家银子潜逃。此人名为养父,实是人贩拐子! 香菱,你受其所害,因何又不对本府实说呢?

香　菱　（猝不及防,惊惧而哭）大人,小女子并非有意隐瞒,实是被打怕了,一向都不敢说啊……

贾雨村　这就是了。众人听着：冯、薛两家争买香菱,酿成命案,祸因起自人贩,今须把人贩缉拿归案,再升堂审理。冯良可先回去,安排家主后事。

冯　良　大人,那人贩固是祸因,薛蟠却是打死人的凶犯,请大人捉拿薛蟠,为我家主偿命!

贾雨村　本府自当按律公断,惩办凶手,你先回去,听候再审。至于香菱,如今已是无家可归,暂留府衙客房,待结案后,寻访送还家乡原籍。退堂!

[众人退下,只剩贾雨村和门子。

门　子　大人真是英明果断,案子一拖人一留,文章便可做了。

贾雨村　唉,这文章难做啊!眼下须得有个晓事体的人往薛府那边沟通商榷,贾某才不致枉做文章啊!

门　子　大人,那薛蟠虽是粗野不堪,却是直爽好说话,他若得到大人好处,是不会亏了大人的,只是眼下这晓事体的人嘛……哎呀,我想起一个人来了。

贾雨村　谁?

门　子　此人现住金陵客栈,与薛蟠常来往,与贾府有沾连,他还夸奖过大人呢,大人必定也认识。

贾雨村　到底是谁?

门　子　古董商冷子兴!

贾雨村　冷子兴?哎呀,亏你想到他,果然是非他莫属!你——真是个智多星啊!

门　子　大人夸奖了,今后若得大人提携,小人愿为大人肝脑涂地。

贾雨村　哎,这还用说,你我是故人嘛。啊,是了,你先去客房关照一下,吩咐对英莲,不,对香菱,要好生款待。

门　子　小人知道。[下。

贾雨村　想不到这葫芦庙的沙弥如此精明厉害。此人又知我底细,留在身边,倒是个隐患。哼,小沙弥啊门子!

(唱)多谢你送我护官符,出谋献策不含糊。

　　可叹你精明却被精明误,贾雨村本是个无毒不丈夫。

[门子急上。

门　子　大人,大人!

贾雨村　(冷不防倒吃一惊)何事?

门　子　大人,夫人不知何故到客房认出了英——啊,认出了香菱,夫人又喜又哭,叫我请大人快去呢。

贾雨村　啊?这……这就节外生枝了啊!

门　子　大人,既然如此,只有先稳住夫人,然后——[近前低语。

[收光。

第五场

[一年后的一个月夜。
[应天府后堂庭院。

娇　杏　（唱）中庭月白照无眠,倚栏望月思绵绵,
　　　　　人在金陵府衙内,心驰姑苏旧门墙。
　　　　　忆昔年,母女流落姑苏地,甄府救援的恩情长。
　　　　　母亲病故得安葬,孤女进府有依傍。
　　　　　一家人对我多关照,安人疼爱似慈娘。
　　　　　从此后我与甄家同忧乐,情如骨肉心相连。
　　　　　痛只痛英莲失踪难寻觅,多少年忧思悬挂在心间。
　　　　　没想到去年老爷审命案,天降英莲在公堂。
　　　　　老爷他解救英莲归故里,行舟南去已一年。
　　　　　遥想今夜姑苏月,应照娇女偎亲娘。
　　　　　娇杏我,恨不得身随月华回故地,同叙亲情乐无边。

[梅香上。

梅　香　（近前轻声）夫人,夜已深了,请安歇吧。
娇　杏　梅香,你看这月色多好,叫人不忍入睡啊!
梅　香　夫人看到明月,定然又在想英莲母女和故乡了!
娇　杏　梅香,我的心事,你都知道。
梅　香　夫人时常念着甄家,念着英莲,婢子当然知道夫人的心事了。故此,去年一听到老爷在审那争买孤女命案,才会急忙告知夫人去看,没想到那孤女竟然就是英莲!
娇　杏　此事也真是太巧了,如今,我还觉得是在做梦呢!
梅　香　夫人这么想念英莲,何不回姑苏去看看?
娇　杏　我何尝不想去?奈何老爷总是说等他公务闲暇时同往,故而才拖延未去。
梅　香　等老爷有闲暇不知要等到何时呢。啊,是了,说起老爷,婢子差点忘了告诉夫人,适才老爷差僮儿来说,今夜批阅案卷,仍在书房安歇。

娇　杏　如此,我正好再坐片刻,你可先去歇息。

　　　　［梅香下。

娇　杏　唉,说起往姑苏之事,不由得埋怨老爷。去年老爷让门子送英莲回姑苏,我便和英莲说好,伴她同往。老爷不该钱行时硬劝酒,又不该在我酒醉未醒时便把英莲匆匆送走,过后又一再阻我前去探望。安人和英莲,定会说我娇杏无情了。不知何故,我这心头总是隐隐不安。(忽觉疲倦)啊,适才全无睡意,怎么此时突感身倦神疲……［倦伏于桌,进入梦境。

　　　　［香菱魂魄飘然上。

香　魂　姐姐、姐姐……

娇　杏　是谁叫我?(寻觅)啊!是英莲妹妹。妹妹,想煞姐姐了!(上前,见香魂闪避)啊,妹妹是生我的气,怨我没伴你回姑苏吧?妹妹,那天我骤然醉倒,没想到老爷便把你匆匆送走……

香　魂　姐姐不要说了,英莲不怨姐姐。

娇　杏　是啊,妹妹是不会怨我的,你看,我正想妹妹,妹妹就来了。

香　魂　姐姐,妹妹也想你啊!今晚,特地带冯郎来见姐姐一面。

　　　　［香魂招冯渊魂上。冯魂上前施礼。

娇　杏　(惊疑)冯郎?你是……

香　魂　姐姐,他就是惨死于薛蟠之手的冯渊公子啊!

娇　杏　(大惊)啊?妹妹,你、你们是——

香　魂　(哭)姐姐,妹妹和冯郎一样,也惨死于薛蟠之手了。

娇　杏　怎说,妹妹不在人世了?

香　魂　正是。

娇　杏　(悲恸)妹妹!(忽想起)不!姐姐不信,妹妹不是回姑苏了吗?怎么又会死于薛蟠之手?

香　魂　姐姐啊!(唱)

　　　　　　姐姐且收泪莫惊慌,听英莲痛诉苦冤。
　　　　　　祸因为恶贼子为攀权贵,苦命女落魔掌一命惨亡。

娇　杏　那恶贼子是谁?

香　魂　(接唱)恶贼子与姐姐朝夕相伴,

冯　魂　（唱）他就是应天府四品黄堂。

娇　杏　（怔住）啊，这……这是从何说起啊？

冯　魂　夫人！
　　　　（唱）薛蟠本是恶豺狼，应天府比豺狼更凶残。
　　　　　　他入了官场迷本性，为图私欲丧心病狂。
　　　　　　造冤案耍伎俩，明修栈道暗渡陈仓。

娇　杏　此话怎讲？

香　魂　姐姐，贾雨村抓来人贩治罪，抵了命案，却让薛蟠逍遥法外，举家上京。
　　　　又扬言将我送回家乡原籍，暗中却串通商人冷子兴将我送上薛蟠官船。

娇　杏　（悲愤）原来如此！

香　魂　薛蟠禽兽对我滥施淫威，百般虐待，可怜我拳棒之下，魂断异乡。

娇　杏　（哭）妹妹……

香　魂　姐姐，我命好苦啊！
　　　　（唱）念英莲自幼被拐卖，惨离了父母家乡。
　　　　　　短暂人生十几载，尝尽了苦难悲伤。
　　　　　　遇冯郎真诚君子相怜爱，暗庆幸从此有靠脱深渊。
　　　　　　有谁知恶人当道施暴虐，薄命人双双魂归离恨天。
　　　　　　泣血呼天天不语，回首人寰泪涟涟。

娇　杏　妹妹……〔恸哭。

冯　魂　夫人！
　　　　（唱）只为夫人心良善，才把真情说了然。
　　　　　　冯渊身死心不灭，傲气回旋天地间。
　　　　　　上穷碧落下冥界，寻觅公道惩罪愆。
　　　　　　临别相告唯一语：善恶有报终不偏。

香　魂　姐姐，冯郎之言，非是虚妄，望姐姐好自珍重。时辰已到，我与冯郎去也！

　　　　〔冯魂、香魂与娇杏作别，飘然下。

娇　杏　（不舍，追）冯公子！妹妹，妹妹……
　　　　〔灯暗复亮，娇杏惊醒。

娇　杏　妹妹哪里？妹妹哪里……啊，刚才我是在做梦？我梦见冯渊、梦见英莲了,这梦好奇怪啊!

(唱)恶梦惊回泪犹在,耳畔尚留悲泣声。

虽然是梦似青云缥缥缈缈,详其情却教人胆战心惊。
若不是老爷枉断人命案,凶犯怎能逍遥上京城?
若不是送行之时弄手段,我怎会杯酒昏醉在江亭?
若不是英莲落入薛蟠手,老爷他何用阻我姑苏行?
疑云顿生心颤抖,急往书房问分明! [匆匆欲下。

哎呀且住! 想老爷如今寡言少语,心思难测,若真有此枉法绝情之所为,焉肯言明? 不如我先找个知情人探问一下。(想)是了,去年是门子送英莲走的,那门子原是葫芦庙僧人,前些时已与我相认过了,此事正好问他。梅香上来!

[梅香上。

梅　香　夫人有何吩咐?

娇　杏　你去把门子唤来,我有话问他。

梅　香　夫人要唤哪个门子?

娇　杏　应天府有几个门子?

梅　香　先前的门子是姑苏人,现在的门子是婢子的亲戚,刚来不久。

娇　杏　我要找先前的那个门子。

梅　香　夫人原来还不知道,那个门子不知犯了什么罪,已被老爷发配往边关充军去了!

娇　杏　(震惊)啊? (少顷)我明白了! 不消说了,

(唱)门子充军事蹊跷。

分明是知情之人遭除剪,发配边关万里遥!
看起来梦中情景非虚幻,老爷你丧尽天良为哪条?
难道果是入了官场迷本性,为图私欲义绝情消。
似此等为人有何用? 冯渊英莲恨难消!
娇杏我悲愤填胸肠肝碎,迢迢人生琴瑟怎调?

[新门子急上。

新门子　夫人大喜了,大喜了啊!

娇　杏　(茫然)什么大喜?

新门子	京都星夜驰送部文,老爷荣升京兆府尹了!
娇　杏	你说什么?
新门子	老爷升任京官,要做大官了啊!
娇　杏	啊,老爷他升官了?要做大官了,天啊![颓然瘫倒。
梅　香 新门子	夫人!夫人……

〔收光。

第六场

〔若干年后。

〔迷蒙中传来一声高喊:"圣旨到!"

〔追光中一太监宣旨:"奉天承运,皇帝诏曰:京兆府尹贾雨村忠诚可嘉,克尽职守,公正廉明,政绩斐然,甚称朕意,特加封为大司马。钦此。"隐去。

〔京城大街,冷子兴得意地走上。

冷子兴	哈哈哈!
	(唱)想当初独具慧眼识英才,到如今好处都到眼前来。
	贾雨村官场得意权力大,我傍靠山稳坐钓鱼台。
	官场有人商场旺,四面八方财路开。
	时运正好莫松怠,风水一转机不再来。
	贾府去也!〔欲下。
	〔薛蟠内喊:"冷先生,冷先生!"急上。
冷子兴	啊,是薛公子薛大爷。你不是去南方了吗,怎么突然回来?
薛　潘	能回来,还算命大。
冷子兴	看你这样子,是又出了什么事吧?
薛　蟠	真没运气,这一次去南方,那些铺面甩不出去,还出了人命官司。
冷子兴	什么人命官司?
薛　蟠	那天在太平县的酒店里,叫了几个小妞来热闹,喝醉了,把个当槽的伙计打死了。
冷子兴	你薛大爷打死个把人算什么?上下打点一下不就行了?

261

薛　蟠　地方府县都打点了,定为误伤,本已结案,谁知刑部却驳下来,还说要请旨复审呢。

冷子兴　那就往刑部打点嘛。

薛　蟠　不知怎么了,这次却打不通,荣、宁两府出面也不济事,如今正在缉拿我呢。

冷子兴　正在缉拿你?那你跑回京都不是自投罗网吗?

薛　蟠　什么自投罗网?我是投靠救星来了,如今,只有你冷先生带我去找贾雨村大人想办法了!

冷子兴　唉,贾大人可不是昔日的贾知府了,如今不大好说话呀!

薛　蟠　不大好说也说得,要不是我们几家抬他起来,他怎有今天?这个忙他怎能不帮?不过我不会说话,还得请你一起去。

冷子兴　这个……

薛　蟠　(急)什么这个那个,你带我去,帮我说,救了我的命,我把南边那十几个铺间归割给你。要是不放心,咱先立下文契。

冷子兴　(喜)哎呀,老兄你说哪里话,你我多年交情了。来,先找个地方谈谈吧!

〔拉薛蟠下。

〔贾雨村府邸。

〔乐声大作,灯渐暗。

〔幕后伴唱:"京兆府锦上添花乐滔滔,弦歌高处贺声高。且看尊荣富贵第,犹有斯人泪暗抛。"

〔乐声由喜庆转悲凉。

〔灯渐亮。堂上一侧供有甄英莲、冯渊灵牌,娇杏拈香祭拜。

娇　杏　(唱)一炷心香凝伤悲,年年此日神魂摧。

唤一声英莲妹妹冯公子,愿你俩在天界长相随。

自从惊梦明真相,十几载哀伤怨愤缠心扉。

恨老爷官袍在身心肠狠,唯知权与利,不论是与非。

一路凯歌施手段,罪孽积来今朝贵。

娇杏我看不惯趋炎附势虚虚假假,受不了华灯美酒锦绣成堆。

到如今夫妻相对心相背,满腔悲郁说与谁?

浑噩岁月何时了,心如槁木万念灰。

　　　　　［家院上。
家　院　启禀夫人,老爷加封官爵,贺客盈门,老爷请夫人出堂款待女宾。
娇　杏　(漠然地)回复老爷,就说夫人不善应酬,免了吧。
家　院　这……啊,老爷来了。
　　　　　［贾雨村上,默然走至灵牌前上了一炷香,尔后走近娇杏,两人对视,一时无语。家院下。
贾雨村　(少顷)夫人,今日清明,下官知你又在祭拜亡灵了,但今日又是下官加封之庆,你也该堂前关照一下啊。
娇　杏　妾身心绪不佳,难以出堂关照。
贾雨村　如此,也罢了。只是,下官尚想请教夫人一事。
娇　杏　(迷茫)请教我?
贾雨村　不错,下官请教夫人,今日何日?
娇　杏　今日清明,祭拜亡灵之日。
贾雨村　还有啊,今日三月初八,是什么日子?
娇　杏　三月初八?啊!老爷寿诞之日!
贾雨村　(叹息)夫人啊夫人,昔年下官寿庆,都是你细心操办,想不到如今,你连下官的寿辰都忘了!漠然如此,怎不令下官伤心啊!
　　　　　［娇杏默默无语。
贾雨村　夫人啊!
　　　　(唱)想昔年姑苏任上寿诞日,革职部文把前程摧。
　　　　　　今朝下官寿诞日,加官晋爵满堂辉!
　　　　　　人生至此非容易,夫人你何必苦苦把往事追?
　　　　　　须知道官大不论善与恶,权高能决是与非。
　　　　　　亡灵欲祭心勿碎,放眼前头宽心扉。
　　　　　　齐眉举案享富贵,莫把此生亏!
娇　杏　(悲苦却语带讥讽)老爷说得对,说得对啊!这些年来,你也真是不容易呀!如今有这荣华富贵,何必追往事,何必论是非?只可叹妾身命贱,受不了荣华富贵,难为贵人妻,难为贵人妻啊!(稍顿,凄切地)老爷啊老爷,如今我心如槁木,万念俱灰,怎能与你齐眉举案啊?老爷你、你把我——休了吧。

贾雨村　（吃惊）休你，夫人怎么说出这种话来？下官就是休尽阖府姬妾，也不休弃夫人。

娇　杏　却是为何？

贾雨村　只为夫人是下官风尘知己。

娇　杏　风尘知己？

贾雨村　（不无得意地）是啊，夫人当年独具慧眼，在那葫芦庙中临去几回头，属意于一介穷生，分明已看出下官非平常之辈，这不是下官风尘知己吗？如今下官果然高居人上，夫人伴下官一路官运亨通，下官哪能休弃夫人！

娇　杏　（没想到）啊！（颓然坐下，喃喃地）我独具慧眼，我是老爷知己？（苦笑）哈哈！我真是独具慧眼，当年的穷书生，如今是显赫的老爷了。可是，我还是我啊！老爷，你还是你吗？你的心思我猜不透啊，可你还说我是知己，哈哈，老爷，你把心掏出来，让知己看看吧……

贾雨村　（有些不知所措）啊，夫人语无伦次，神思恍惚，莫非有病？来人！快扶夫人下去歇息。

〔丫鬟上，扶娇杏下。家院匆上。

家　院　禀大人，有一道士求见。

贾雨村　道士？传话出去，本官与僧道素无往来，不见！

家　院　（欲下）哎呀，那道士已经进来了！

〔甄士隐内长歌：世人都说神仙好——

〔旁若无人踏歌上。

甄士隐　（接唱）唯有功名忘不了。
　　　　　　古今将相今何在？
　　　　　　荒冢一堆草没了。

贾雨村　（打量）老道长从何而来？

甄士隐　来自有地，去自有方。

贾雨村　（一动）请问道长结庐何处名山？

甄士隐　"葫芦"尚可安身，何须名山结庐？

贾雨村　（一震）"葫芦"尚可安身？（旁白）此人定是甄士隐无疑了！（挥退家院，上前深深一揖）君家莫非甄老先生吗？

甄士隐 什么"真"和"假"?贫道世外之人,不在真假之中。

贾雨村 (一时无语,少顷)老先生,你不在真假之中,学生却在真假之中啊!今幸老先生不弃罪人,降临敝舍,学生俯首请老先生指示愚蒙。

甄士隐 贵官言重了,贫道不谙官道,焉能为"玉在匮中求善价,钗于奁内待时飞"之辈指示愚蒙?

贾雨村 (长叹)看来老先生是不肯恕学生之罪了!(稍顿)学生自知负罪殊深,但学生并非无情无义之人。当年蒙慨赠进京,感念于怀,金榜题名之后,受任贵乡,始知先生已超悟凡尘,不禁怅然若失。学生安顿安人,聘娶娇杏,寻觅英莲。不料不久官场失意,待起复应天府时,阴差阳错,却在公堂上遇到英莲……

〔甄士隐身体微颤,背对贾雨村。

〔娇杏悄上,静立一旁。

贾雨村 老先生哪,那时节,门子拿出护官符,阐明利害得失,学生为保前程,冤断命案,将英莲送归薛蟠。本想过后另谋良策,赎出英莲,不想薛蟠禽兽,已将英莲摧残至死!学生哀痛不已,为英莲作了七七四十九天道场,超度她早升天界!然学生之心魂却无法超度,沉沦于苦海。学生唯盼能见到老先生,当面请罪。今日夙愿得偿,请老先生体恤我风尘俗吏苦衷,宽恕学生吧!(见甄士隐仍不语,激动地)老先生啊老先生,你看这堂上灵牌!学生年年祭拜,岁岁忏悔,郁痛之心,神灵可鉴,神灵可鉴啊!

甄士隐 (猛然转身,难抑悲痛,奔向灵牌,爆发地悲呼)英莲,女儿啊!

贾雨村 (下跪)甄老先生……

甄士隐 (颤抖地指贾雨村,心情复杂)你,你……你请起!

贾雨村 (起身)老先生若能宽恕学生,此后便请长留府中,学生将安人一并接来,朝夕供奉,养老送终。

甄士隐 (渐恢复原态)贵官何须如此。(极目天外)当年贫道痛失爱女,四处寻觅,几成癫狂。只因经历人间劫难,领悟罪恶根源,故此心逐白云,意随流水,蒲团之外,已无他念。今日此来,并非为这一人一事,而是为贵官你这等人而来。

贾雨村 我这等人?

甄士隐　不错,为你这等权势熏心之人而来。贵官不是加封官爵了吗?贫道特献一联以作贺。(拿出)贵官请看。

〔贾雨村展联于桌上。

贾雨村　(念)"身后有余忘缩手,眼前无路想回头"妙,妙啊!文简意深,发人警省。老先生赠联深意,学生明白。不过,老先生啊!

(唱)你看那红尘滚滚浊浪翻,人欲横流竞奔忙。
　　古往今谁不想封妻荫子争名利?世传世哪一个不羡富贵羡清贫?
　　念雨村幼失怙恃家贫窘,发宏愿出人头地耀家邦。
　　好容易高车驷马官位显,天子倚重列朝班。
　　叹只叹世风日下悬贫富,随波逐流清官难。
　　君不见碌碌庸人享富贵,饱学才子却清寒;
　　君不见枭恶凶横任所欲,本分良善受摧残。
　　贾雨村聪明才志人之上,岂甘让狐鼠之辈独逞强?
　　你敛财来我聚宝,你行奸来我弄权。
　　眼前未到路穷处,身后有余缩手难。
　　虽也慕山中高士心洁净,扭不过当世重利笑空谈。

老先生啊!
　　学生吐尽肺腑语,望你把我这尘世之人来谅宽。

甄士隐　贵官肺腑之言,言之凿凿;贫道也有肺腑之言,不知贵官是否听得?
贾雨村　但请老先生明示。
甄士隐　贵官啊!

(唱)陋室空堂,当年笏满床;
　　衰草枯杨,曾是歌舞场;
　　金银满箱,转眼成乞丐;
　　纱帽嫌小,致使枷锁扛。
　　紫袍破袄轮转换,你唱罢来我登场。
　　滚滚红尘哄哄乱,劝君迷途须知还。
　　莫等到食尽鸟投林,落了片大地白茫茫。

贾雨村　老先生教诲,学生铭记。只是如今,船到中流,马发千里,未到终极,怎肯回头?学生不能让半世的心血白流啊!

甄士隐 （叹息良久）如此,贫道无须多言了。贵官保重,贫道去也!

贾雨村 且慢!老先生啊老员外,你就不能留下,让学生赎罪吗?

甄士隐 贵官情意,贫道心领,你我日后还有相见之期,请了!

〔娇杏喊:"员外留步!"上。

娇　杏 （趋前跪倒）员外,娇杏负疚在心,哀苦难言,身处富贵场中,却如行尸走肉,望员外看在昔年疼爱娇杏的分上,度脱娇杏吧!

甄士隐 （感动）夫人请起,贫道有一言相赠:

（吟唱）灵台明镜无尘埃,孽海茫茫归去来。

娇　杏 孽海茫茫归去来?

〔甄士隐踏歌而去,歌曰:"世人都说神仙好,唯有金银忘不了。终朝只恨聚无多,及到多时眼闭了……"

〔娇杏凝神谛听,歌声渐渐消失。

贾雨村 （劝慰地）夫人,老先生已是世外之人,我等凡夫俗子,怎能参透玄理?为夫如今高官显爵,夫人只管安心享福,为夫这一生,定不负你当年眷顾之情。

娇　杏 （凝视贾雨村有顷,怆然）老爷,妾身当年偶因一回顾,便为人上人,如今想来,是妾身之幸,也是妾身之不幸啊!

贾雨村 （大惑）啊?

娇　杏 （感情迸发）老爷!〔下跪。

贾雨村 （吓了一跳）啊?夫人,你……你这是为何?

娇　杏 老爷,妾身有言相劝,不知老爷是否听得?

贾雨村 听得听得,夫人何须如此!〔扶起娇杏。

娇　杏 老爷!

（唱）念娇杏素秉真情性,荣华富贵只等闲。

蒙老爷不弃微贱,二十载夫妻命相牵。

只可叹命相牵来性相远,万种悲憾绕心田。

老爷你费尽心机居高位,欲海难填积罪愆。

望老爷舍弃金钱权势恶渊薮,归回那真情至性美人间!

妾愿伴你多行善事赎罪孽,春风秋月乐天年。

老爷啊老爷,你就听从妾身之劝,孽海回头吧!

贾雨村　夫人心地洁净，下官自叹不如，只是，失去荣华富贵，枉来世上一走。这归隐行善之事，以后再说吧。

娇　杏　如此说来，老爷是不听妾身相劝了？

〔贾雨村无语。

娇　杏　既然如此，就请老爷看在二十年夫妻分上，答应妾身一事。

贾雨村　何事？

娇　杏　让妾身回姑苏，侍奉安人。

贾雨村　你要回姑苏？

娇　杏　娇杏此意已决，望老爷应允。

贾雨村　(叹息)既然夫人此意已决，下官焉能相阻？下官……应允就是。

娇　杏　谢老爷！〔欲下。

贾雨村　夫人……

〔娇杏回身，两人相视无言，百感顿生。

〔幕后伴唱："道是无情也有情，一声离去泪也零。都只为情怀各异，纵然齐眉举案，到底意难平！"

〔暗转。

〔追光中，一太监手捧圣旨上，贾雨村趋前，迎接，太监低声："贾大人，这是密旨，你自己看吧！"隐下。

贾雨村　(展读)"据御史参奏，荣、宁两府交通外官，贪赃枉法，重利盘剥。着卿协同刑部，查抄两府。钦此。"(怔住)这真是晴天响雷，怎么突然要查抄起两府来？(寻思)哎呀！是了！前日风闻两府与江南叛乱的亲王有牵扯，这可是最要命的啊！难怪旨意大有铲除之势，看来，两府的气数尽了。(警觉)只是，万岁明知我与两府来往甚密，怎么又偏让我查办？莫非有意试我的忠心？不错呀！

(唱)圣明君有意出难题，下了道密旨藏玄机。

　　　风声紧哪顾得同宗恩义？体圣意立功勋却在此时。

　　　会同刑部狠查办，脚踏两府固根基。

　　　我先往刑部探探行情吧。

〔冷子兴与薛蟠匆上。

冷子兴 薛　蟠	贾大人！
贾雨村	啊,二位到来,堂上待宴。家院……
薛　蟠	呃,且慢！贾大人,我、我有急事相求！
贾雨村	有何急事？
冷子兴	(近前低声)事因如此如此,如今刑部正在缉拿薛公子。
薛　蟠	贾大人,我那几家出面都不行了,如今只有你老人家相救了。
贾雨村	(旁白)他那几家出面都不行了？看来真是六亲同运,薛蟠今日也成了一条夹尾狗！(灵机一动)且住,刑部正在缉拿,我何不顺手牵羊,把凶犯带往刑部,以示我秉公执法之心？对,先拿这畜生开刀！
冷子兴	贾大人,你与刑部好说话,只有你出面为薛公子开脱了。
贾雨村	(正色)冷先生,贾某身为朝廷重臣,岂可无视国法,为凶犯开脱？
冷子兴	(意想不到)啊？
薛　蟠	哎,贾大人,你怎么突然说起这些话来,这是在外面大堂上说的呀！你我之间怎用讲这些？
贾雨村	住口！薛蟠,你作恶多端,血债累累,今日自投罗网,本官正要拿你上刑部。
薛　蟠	啊？贾大人,你是在说笑话吧？
贾雨村	来人,把凶犯绑了！
	〔家将上,绑起薛蟠。薛蟠醒悟。冷子兴目瞪口呆。
薛　蟠	(大骂)贾雨村,你这忘恩负义的狗才！当初你是怎么攀附我们几家的？如今你官大了,便翻脸不认人啦？怪不得外头人说你是国贼禄蠹,心狠手毒……
	〔冷子兴吓得上前捂薛蟠嘴。
薛　蟠	(扭开再骂)我薛老大臭是臭,却一是一,二是二,哪像你阴一套,阳一套,欺下压下,贪赃枉法！
贾雨村	(冷笑)你这凶犯,诬蔑朝廷重臣,罪加一等。来,把他的嘴封了,押往刑部！
	〔家将塞薛蟠嘴,将薛蟠押下。
贾雨村	打道刑部！

〔切光。

〔一束追光照着冷子兴。

冷子兴 （抹汗）好吓人也！往日也知官场险恶，想不到竟险恶如此！看这势头，大风波还在后，且幸我在商不在官，赶紧脚底抹油——溜也！

第七场

〔追光中，一太监高声宣旨："奉天承运，皇帝诏曰：京兆府尹、大司马贾雨村，因婪索受贿、贪赃枉法诸罪，经三法司衙门审明定案，革职充军。朕今因海晏河清，万民乐业，大赦天下，贾雨村免去充军，递籍为民。钦此。"隐下。

〔青山隐隐，江水迢迢，暮霭沉沉，寒风潇潇。

〔贾雨村内唱："波谲云诡天地转——"苍老枯槁，身背包裹，踽踽行上。

贾雨村 （接唱）紫蟒瞬间换囚装。二十年来心费尽，
　　　　落得个革职充军递籍为民世人作笑谈！
　　　　人生至此已末路，回首往事情何堪？
　　　　望南天我把贤妻想，难得她一片冰心返故乡。
　　　　悔不该当日执迷不听劝，到如今纵使相见有何颜？
　　　　路漫漫未决此身将何往，水迢迢不知此地是何方。
我这是走到哪里了？（寻辨）啊！江边有一界碑，待我看来。（看界碑，念）"急流津、觉迷渡"，急流津、觉迷渡！好一处令人警省的地方啊！
（接唱）急流津头流正紧，觉迷渡口心迷茫。
　　　　人生觉迷谈何易？入世总在急流中。
　　　　可叹我急流中浑浑噩噩苦拼搏，到头来抛闪了真情至性美人间。
　　　　待到醒悟悔已晚，伫立江津独凄惶！

〔寒风渐紧，贾雨村瑟缩。

贾雨村 啊！日暮风寒，饥肠辘辘，此时该往何处？（观望）啊，那边有一小庙，就前往庙中歇息吧。

〔贾雨村踉跄前行，影现江边一破败小庙，贾雨村上前敲门。

贾雨村 庙中可有人在？庙中可有人在？

〔贾雨村饥寒不支，瘫倒。庙中一军犯打扮的人打开庙门，端详贾雨村

良久后,把贾雨村挽进庙中坐下,又端来一碗热粥。

军　　犯　老兄,先喝碗热粥吧。

〔贾雨村接粥,一口气喝完。

贾雨村　(缓过气,感激地)多谢老兄弟了,饥寒中一碗热粥,是救命的仙汤啊!

〔军犯默然无语。

贾雨村　老兄弟,看你这身装束,不是这庙里的人吧,不知老兄弟从何而来?

军　　犯　老兄台好眼力。在下是充军的犯人,遇大赦从边关回来的,老兄台,你呢?

贾雨村　我么……我本也是充军边关,幸得半途遇赦,递籍为民。

军　　犯　递籍为民?那你以前便是当官的了,我还是叫你老爷吧。请问老爷,因何落到这个地步?

贾雨村　唉,一言难尽啊!(避开话题,环视庙内)老兄弟,这庙的庙名是什么?

军　　犯　断壁残垣,庙名久隐,老爷欲问庙名,倒不如另起一个庙名。

贾雨村　另起庙名?

军　　犯　是啊,这庙里的和尚跑了,我倒想在此修持,本想自写庙名,今幸得老爷到此,还是请老爷题写吧!(端来笔、墨、砚,又拿来一块木牌)老爷,笔、墨、砚都不好,将就用吧,写在木牌上就行了。〔磨墨。

贾雨村　(颇感兴趣)好吧,你说说看,此庙要起什么庙名?

军　　犯　老爷,我不会引经据典,咱就用现成的名吧!

贾雨村　什么现成的名?

军　　犯　此庙就叫——葫芦庙吧!

贾雨村　(大惊)葫芦庙?你、你是谁?

军　　犯　老爷又是贵人多忘了,我是应天府的门子,葫芦庙的沙弥啊!

贾雨村　啊!(跌坐,良久)你、你恨我吧?

军　　犯　恨你什么?

贾雨村　恨我把你发配边关啊?

军　　犯　(苦笑)要说恨,我倒是恨自己,恨自己给你出那些歪主意,害了别人,也害了自己。

贾雨村　(颇感意外)那你不恨我?

军　　犯　(长叹)当时我若是你,或许也会那样做,无毒不丈夫嘛,何况又在官场中。

贾雨村　（想不到）你——真是贾某知音啊！

军　犯　知音不敢当，只是如今，你我同是天涯亡命人了！

贾雨村　是啊，同是天涯亡命人啊！

〔军犯与贾雨村拨亮炭火，促膝而坐。

军　犯　老爷，听说你后来官做得很大，怎么突然便革职充军呢？

贾雨村　唉！说来可叹，只因我那老同宗荣、宁两府与这次江南叛乱有牵扯，皇上为铲除祸根，却先加封我，让我查抄两府，两府倒了，便又据御史参奏将我也铲了。

军　犯　御史参奏是何罪名？

贾雨村　不外是欺上压下，贪赃枉法几款。这些条款，皇上倚重你时，参奏再多也无事；要剪除你，一款就够了。不过，其中金陵冯渊命案一款，倒让我吃惊，想不到这么多年了，还有人鸣冤翻案。

军　犯　（叹息）这才真是冤冤相报！早知如此，何必当初！

贾雨村　何必当初？

军　犯　是啊，老爷，我好后悔。只是，如今后悔也没用了。（起身拿笔）老爷，来，你还是先把这庙名写上吧！

贾雨村　（接笔，百感交集，念）

　　　　孽海回头奈若何？故人相对叹当初。
　　　　题名谁解其中味？梦醒葫芦遗恨多。〔挥笔写下庙名。

军　犯　好，好字！好庙名！老爷，昔年我在姑苏，老是安不下心当和尚，如今，我怕是要把这葫芦庙坐穿了。不知老爷有何打算？

〔贾雨村难以作答。此时，远处隐隐传来甄士隐的歌声："世人都说神仙好……"

贾雨村　（精神一振）甄老先生？是甄老先生，甄老先生来了！〔与军犯出门外凝神谛听。

〔歌声飘忽不定："世人都说神仙好，唯有功名忘不了。古今将相今何在？荒冢一堆草没了……"

贾雨村　（喊）甄老先生！你在哪里？甄老先生……

〔歌声止而又起，依然飘忽不定："世人都说神仙好，唯有金银忘不了，终朝只恨聚无多,及到多时眼闭了……"

〔贾雨村寻辨歌声方向,边喊边循声前往。歌声却忽东忽西。他由东折往西,由西又折向东,往复几次,茫然无措。军犯却冷眼旁观。

军　犯　(终于开口)老爷,你不用追寻了,甄老先生已是看透世情的高人,你是寻不到他,也追不上他的,你和他不是一条道上的人啊!

〔贾雨村怅然伫立。

〔军犯径回庙里取出写上庙名的木牌,在门口比划着要挂上。

贾雨村　(转身见状,万感齐发)葫芦庙,葫芦庙!想不到今日我又来到葫芦庙。哈哈哈!(抚木牌,由笑转哭)又来到葫芦庙……〔由哭又转笑,跌跌撞撞欲进庙,却被军犯挡住。

军　犯　(意味深长地)老爷,你和我也不一样,说到底,你不是这庙里的人,进不了这葫芦庙。(拿过木牌)多谢老爷写下这庙名,此时我就挂上。老爷你,你还是走你自己的路去吧!

〔挂上庙名,轻掩庙门。

〔贾雨村呆立门外。

〔甄士隐歌声的旋律隐隐飘来,又渐渐远去,消失于天际……

〔大幕徐落。

——剧终

选自《剧本》1998年第4期。

吉 剧

晴 雯 传

田子馥

人物

贾宝玉——贾府的公子

晴雯——宝玉的丫鬟

袭人——宝玉的丫鬟

春燕——宝玉的丫鬟

焙茗——宝玉的书僮

王夫人——宝玉的母亲

玉钏——王夫人的丫鬟

王妈妈——贾府的女管家

丫鬟甲、乙、丙、丁

仆人、婆子等

第一场 伴 读

〔残秋的一个傍晚。

〔怡红院内,贾宝玉的书房外间。窗外高墙,疏竹摇曳,残阳夕照,树影临窗。

〔幕后伴唱:"长空雁叫两三声,枫焦柳谢一时清。夕阳残照红楼景,萧萧落叶怨西风。"

〔幕启:晴雯率丫鬟甲乙丙丁各持一瓶芙蓉,舞上。

众丫鬟 (唱)怡红院里花寂寂,

晴　雯 (唱)斗霜还有木芙蓉。

丫鬟甲 (唱)霜重压枝它枝更挺,

丫鬟乙	（唱）露冷凝香它香更浓，
晴　雯	（唱）哪怕重重风又雨，
众丫鬟	（唱）重重风雨更见它，独立寒秋——
	（伴唱）独立寒秋枝上红！
晴　雯	（唱）宝二爷正在书房温日课，
	咱们脚步要放轻。

（伴唱）脚步轻哟轻。

〔晴雯等把花瓶放在案上。

〔突然，幕后喊声："哎哟，那是谁呀？不得好死的，遭踏花木！"

〔春燕跑上，王妈妈持棍追上。

春　燕	（呼救）晴雯姐！——
王妈妈	今个我非管教管教你这个小蹄子不可！〔举棍欲打，被晴雯架住，护住春燕。
晴　雯	（笑嘻嘻地）哟，王妈妈，啥事值得发这么大的火呀？
王妈妈	（一扬手中芙蓉）你瞧，她的胆子比三盆子大，竟敢遭踏花木。
晴　雯	（接过花，插入瓶内）原来是一束花呀。王妈妈，这不怪春燕，是我让她采的。
王妈妈	哼，我说嘛，天上无云不下雨，地上无风不起尘，还是你呀！
晴　雯	这花是我们自栽自种的，采折两枝玩玩何妨？王妈妈不要生气，下次我们不摘也就是了！
王妈妈	说的轻巧！下次，下次一眼照不到半拉园子都得给扑腾平了呢！
晴　雯	（毫不示弱）嗬，说下次不摘还不行。那好哇，要打要罚你就冲我来，请大管家奶奶治我个罪吧！
王妈妈	（气势汹汹地）晴雯，你听着：今日是太太念经敬佛之日，你竟敢采折花木，冲乱太太的佛经。
晴　雯	哟，这罪名还不小呢！我来问你，你脚下站在何处？
王妈妈	宝二爷的书房。
晴　雯	太太有何规距？
王妈妈	保持雅静。
晴　雯	着哇！为了让宝玉能安静地读书，这里平时连猫呼狗叫都不准，可你竟

敢上这来大呼小叫,管丫头,使威风,你该当何罪?

王妈妈　(气极败坏)你,你嘴尖舌快,我说不过你!

晴　雯　(十分锋利地)我嘴尖,也没狗仗人势逞豪作恶;我舌快,也没无事生非欺负软弱的丫头!

王妈妈　你,你跟我到太太那边评理去!〔拉晴雯。

春　燕　晴雯姐,祸是我惹下的,我去!

晴　雯　不,我去!(指王妈妈脚站的地方)你拿拖布擦擦地板。

王妈妈　(无地自容地)走!

〔宝玉、袭人从屏风后迎上。

宝　玉　且慢!

(唱)宝玉我捧起四书心乱如麻,

是何人胆大到此来喧哗?

王妈妈　(毕躬毕敬地)哟,打搅宝二爷啦!是这么回事。

(唱)小小晴雯犯家法,无由遭踏这些花。

宝　玉　待我看来。(看花)好花啊好花。

(唱)是我命她园中采,你不该如此责怪她。

王妈妈　(唱)都是你宝二爷心慈面软,你袒护她反倒惯坏了她。

袭　人　(唱)王妈妈本不在乎一束花,怎奈她犯了家规理应受罚,

但念她晴雯也是初犯,王妈妈怎么能不谅解她。

宝二爷也不能孤芳自赏,命我们献给太太一瓶芙蓉花。

春燕,快给太太送去吧!

〔春燕持一瓶花下。

王妈妈　哟,听袭人姑娘这么一说,倒是我莽撞了。(磕头,袭人搀起)二爷不怪,就是赏我的脸了。我走了。(退着瞪晴雯一眼)小晴雯,骑毛驴看唱本,咱们走着瞧!〔下。

晴　雯　呸!

袭　人　王妈妈,你老慢走哇!(转对晴雯)晴雯,以后小心点吧,太太最恨破坏她规距的人,这要拉到太太那里去,还能有你好果子吃。

晴　雯　(讥讽地)这么说,我得谢谢袭人姐姐救命之恩了!

〔袭人十分大度,不与计较。

〔宝玉看花出神。

袭　人　宝二爷,快快回房读书去吧。太太说,老爷就要回来了,仔细考问于你,你若答不上来,还得挨打,叫我们作丫头的也跟着受苦。

宝　玉　适才读了大半天,也没读出个子午卯酉来。好姐姐,让我在这儿读吧。

〔袭人无可奈何地下。

〔宝玉、晴雯相视一笑。

宝　玉　(拿起花瓶爱不释手)晴雯姐姐,怎么想起采这么多好花?

晴　雯　看你读书太苦,为你解闷儿。

宝　玉　(双关地)真是一束好花啊!

　　　　(唱)时过重阳九月八,秋风起处百花杀,
　　　　　　蜂藏蝶去人间冷,多谢你殷勤的芙蓉吐芳华。
　　　　　　有多少春兰秋桂我不喜,单喜它不卑不俗迎霜吐艳有骨气的花!

晴　雯　(有些难为情)宝二爷,还是读书吧!

〔读了一页,又停,拉住晴雯。

宝　玉　晴雯姐姐,你的眉毛是谁画的?

晴　雯　我自己。

宝　玉　哎!(皱眉)来来来,我给你重新画画。

晴　雯　唉呀,我的小祖宗,你赶紧读书吧。你不好好读书,袭人在太太面前也交不了账啊!

宝　玉　(央求)我实在读不下去了,让我解解闷儿吧!

晴　雯　还是不画的好。

宝　玉　画画何妨?

晴　雯　二爷呀!

　　　　(唱)炭笔短来画笔长,画得美来不相当。

宝　玉　怎么不相当?

晴　雯　太太不喜欢。

宝　玉　啊?

晴　雯　(顽皮地)我也不喜欢。

　　　　(唱)我就喜欢天然样,是工是拙是贤是愚不掩不藏。
　　　　　　是芙蓉虽出淤泥终不染,是竹竿节节空空难补偿。

宝　玉　岂能忘记巧夺天工之理,待我画来。

　　　　（唱）添一笔画成一个西子模样,
　　　　　　　添两笔敢比塞北昭君娘娘,
　　　　　　　添三笔胜过汉苑杨贵妃,
　　　　　　　画来画去画成个芙蓉仙子
　　　　　　　降下方!

　　　　〔袭人抱一大摞子书上。

宝　玉　（唱）问袭人看我画的美不美?
袭　人　（不满地）美,美!
　　　　（唱）美的你失魂落魄懒读文章。
晴　雯　（讽刺地）哟——
　　　　（唱）是谁家香醋辣子一块炒,
　　　　　　　室中有味快快打开窗。
袭　人　晴雯,你怎么越发没规距了?不好生侍候二爷读书,反倒让他画起眉来!
晴　雯　他要画嘛!
袭　人　他要画你就让画,明日太太怪罪下来如何是好?
晴　雯　哟,好大的威风啊!他是主子,你是第一等的贤人,我这粗使的丫头,啥事还不得听你们的?即使太太怪罪下来,又干我何事?何必又搬大石头吓人!
宝　玉　好了好了,都是我们的不是。你妹妹年纪小,就让她这一回吧!
袭　人　都是你宠的她!

　　　　〔晴雯冷笑一声,扭身急下。
　　　　〔焙茗急上。

焙　茗　报,报,报!禀二爷,大事不好!
宝　玉　（大吃一惊）啊!
袭　人　焙茗,何事惊慌?
　　　　（念）太太急令传,老爷回家转。

　　　　〔宝玉如痴如呆地站起身往外就走。

宝　玉　知道,知道!

焙　茗　（拦住）哎哎，别去，别去！老爷有话：叫你准备书，千万别偷懒！
宝　玉　啊！〔呆坐椅上。
袭　人　焙茗速回，有何情况，快快来报！
宝　玉　是了。〔下。
袭　人　（唱）读书令传到怡红院，袭人我心急火燎不消闲。
　　　　　　多蒙太太器重了我，伏侍宝玉我进了大观园。
　　　　　　不是咱女儿家心事重，度太太那心思我暗打算盘。
　　　　　　谁料想这位爷生性古怪，不爱功名不喜官。
　　　　　　我何不趁此良宵把他劝？
宝　玉　（唱）一提读书我心里格外烦！
袭　人　（趁势规劝）还呆坐干啥？趁时光还早，赶快温书吧，临阵磨枪，不快也光啊！
宝　玉　要读书读什么不好，非得读这些干巴无味的东西？
袭　人　这些可都是圣贤之书，读通这些才能博取功名啊！
宝　玉　还谈什么功名利禄……
袭　人　宝二爷啊！
　　　　（唱）为二爷叫我把心机使碎，软语箴规劝了多少回。
　　　　　　谁像你凤凰混在乌鸦队，谁像你自轻自贱去画眉，
　　　　　　谁像你和丫头小子称兄道妹，全不顾大家公子应有尊威。
　　　　　　你本该与那些达官贵人多相会，学一学待人接物礼让恭维。
　　　　　　不读书怎能够足登高位，不读书光宗耀祖依靠谁？
宝　玉　（大为逆耳）中了中了，你也太劳累了，歇息歇息去吧，待我理一理书。
　　　　〔袭人欣然一笑，下。
宝　玉　嗨，想不到琼楼闺阁之中，也染上了如此国贼禄蠹的臭气，可悲呀可悲！
　　　　〔袭人听了复上，一笑。
　　　　〔顷刻，晴雯端灯上，众丫鬟悄立两旁。
　　　　〔宝玉将书一本一本地翻过。
宝　玉　这四书五经虽不甚熟，还可塞责。哎呀，老爷临行时留下的八股文嘛，更是不通啊！（伸懒腰、打哈欠）（念）八股八股，害人入骨，比蜡难嚼，比胆还苦。

宝　玉　（呻吟）哎哟！

老　仆　是不是姑娘看花了眼，我们各处搜查，并无踪迹。

晴　雯　可能是你们查的不严，怎说没贼？看宝二爷脸都吓变色了。

宝　玉　（故意地）哎哟！

　　　　〔老仆下。

　　　　〔灯暗，幕后灯笼火把过场。

　　　　〔灯复明。宝玉仍卧在床上，袭人、晴雯维护左右。

　　　　〔早霞退去，红日东升。

　　　　〔玉钏上。

玉　钏　听说宝二爷病了，太太命休息几天，等好了再读书。

宝　玉　（床上欠身）谢谢太太！

玉　钏　宝二爷，身上可好？

宝　玉　玉钏姐姐一来，这病就去了大半。

袭　人　这病可怪，说来就来，说好就好了！

晴　雯　有啥可怪，是贼吓的叹！

玉　钏　那我回去了！〔下。

宝　玉　（推开窗户，兴高采烈）

　　　　（唱）看窗外天高气爽风平浪静，

晴　雯　（唱）看宝玉无病无苦一身轻松。

袭　人　（唱）看晴雯巧计施成多得意，

　　　　〔焙茗急上。

焙　茗　（唱）我焙茗慌慌张张报一声。

　　　　禀二爷，老爷命你速去书房回话！

　众　　（大惊）啊！

　　　　〔静场片刻。

宝　玉　（唱）忽闻一声老爷唤，真好似头上青天响雷霆。

　　　　不知是福还是祸，我战战兢兢走一程！

　　　　　　　　　　　　　　　　　　——幕落

(唱)夜静更深秋风凉,灯下枯坐念文章,
　　　世人笑我痴颠样,我笑世人忒疯狂。
　　　钓誉沽名都把那八股文章讲,骗取功名坑害贤良。
　　　咳,读破万卷终怅惘,误我青春好时光。
　　　怎奈这家规紧不容不让,八股经如绳似索把我心锁伤!

袭　人　宝二爷,你刹下心来,赶紧读吧!
晴　雯　(学袭人)赶紧读吧!
　　　(背唱)常说世上三宗苦,撑船打铁磨豆腐。
　　　　而今苦事又多一样,且看宝玉把八股文章读。
　　　　我有心劝他放下书去睡,又恐怕明日老爷考问书,
　　　　我有心伴他苦读到天亮,
　　　　又恐怕耗尽心血他八股九股也难背熟。
　　　　可气那袭人紧三锣慢二鼓督查实在紧,
　　　　宝玉他心中有苦说也说不出。
　　　　我这里苦思苦索生巧计,
　　　(思索有顷)春燕![耳语。

春　燕　哎![下。
　　　(唱)掩人耳目给他把苦除。
　　　[窗外远处"哗啦"一声响。
　　　[室内众人吓得惊叫。

袭　人　什么响?
春　燕　(跑上)好像有人跳墙。
晴　雯　莫不是有贼来了?快去叫老妈妈们前去捉贼!
　　　[袭人等众人下。
　　　[幕后人喊:"捉贼呀,捉贼!"
宝　玉　(吃惊地)果真有贼?
晴　雯　谁知是真是假,快快躺下,就说吓着了。
宝　玉　(会意)哎哎!(施了一礼)谢谢姐姐!
晴　雯　快躺下吧![伏侍宝玉躺下。
　　　[几个老仆提灯笼上。

第二场 遭 谗

〔紧接前场。

〔王夫人的卧室。桌椅床帐,布置豪华。右侧设佛堂一座。香烟燎绕,上有"大慈大悲"的横匾。

〔幕启:在极紧张的气氛中,几个丫头小声议论:"宝二爷挨打了!""打的挺重!""因为啥?"

〔一婆子上。

婆　子　找着作死呀!太太来了!

〔大家屏声敛气,待立两旁。

〔王夫人由玉钏搀扶上。

王夫人　(哭)我的儿呀!

(唱)宝玉儿遭毒打苦苦声声,只打得一块紫来一块青。
　　　好一似撕我肝肠裂我胆,撕肝裂胆扎心地疼。
　　　老爷呀!
　　　我的珠儿若还在,你打死宝玉我不伤情。
　　　我的儿呀!
　　　但凡能听我的话,你何必今日皮肉受苦刑。
　　　从今后你若有个好与歹,叫为娘白发残年靠谁送终!
　　　我的苦命儿呀!〔止住哭。
　　　宝玉因何遭毒打?今日我掏干北海要把底问清。

〔小丫头上。

小丫头　启禀太太,袭人求见。

王夫人　(吃惊地)啊?快叫进来!

〔袭人上。

袭　人　(叩见)袭人给太太叩头!

宝　玉　你来了。宝玉何人照管?

袭　人　宝二爷服了太太给送去的药,止住疼,如今已睡下。我叫春燕一旁轰蚊子,老妈妈们在院心照料,怕太太挂心,特来回话。

王夫人　你不管叫谁来说一声也就是了,何必亲自前来?

袭　人　怕太太有事吩咐,别人来记不明白。

王夫人　他吃了什么?

袭　人　只喝了两口汤,嚷着要酸梅汤。我想酸梅是收敛之物,刚挨了打,怕热毒热血归心,才劝他不吃,只拿那个糖腌的玫瑰卤子和了,吃了半碗又嫌不香甜。

王夫人　嫌不香甜,我这有木樨清露,一会儿给他拿去。〔拭泪。

〔玉钏给王夫人捶腿。

王夫人　老爷叫宝玉时,由谁跟着?

袭　人　书僮焙茗。

王夫人　(厉声)叫来!

〔王妈妈拎着焙茗一只耳朵嚷着上。在门外。

王妈妈　看你哪跑?

焙　茗　(痛得叫唤)哎呀哎呀!

王妈妈　(松开手)进去!

焙　茗　(揉着耳朵)哎呀我的妈呀!

（念）宝玉挨了打,焙茗也吓傻。

饶我一条命,(跪下)求求大管家,饶了我吧!

王妈妈　放你娘的屁!

（念）太太命我把你抓,向我求情也白搭。

是祸谁也躲不过,要杀要撑由着她!

你小子站在外边等,我进里边去回话。

（进内）给太太请安。回太太,焙茗抓到。

王夫人　叫来!

〔众传:"焙茗来见!"

焙　茗　(入内,叩头)奴才焙茗,给太太磕头。

王夫人　是你跟着宝玉?

焙　茗　是,奴才!

王夫人　宝玉因何挨打?

焙　茗　是,奴才!

王夫人　(厉声地)蠢货!

焙　茗　（大声地）是，奴才！

王妈妈　太太问话，你老个奴才奴才的，就你这样的，当奴才也不够料！

焙　茗　是，奴才！

王夫人　（转为和气地）别吓着他，他还是个孩子。我问你，老爷打宝玉，你在不在场？

焙　茗　奴才在。

王夫人　在场为何不来报信？

焙　茗　回、回、回太太，当时奴才也陪着二爷跪在地上，老爷不、不让动啊！

王夫人　宝玉因何挨打？

焙　茗　回太太，我不、不知道！

王夫人　给我拖下去！

焙　茗　太太饶、饶命啊！

王夫人　（装腔作势地威胁）快说！

焙　茗　我说，我说。老爷一边打一边说……

王夫人　说什么？

焙　茗　说的都是书上的文词，我也不懂啊！

王夫人　一句也不懂？

焙　茗　不，不懂！

〔王夫人坐起，扔下去一根棍子。

焙　茗　我说，我想起来了。老爷说：读书不长进，净和丫头混！

王夫人　还说什么？

焙　茗　我就记住这两句。真的！

王夫人　下去！

焙　茗　是！〔退下。

王夫人　果然如此，但不知因为哪个丫头？〔用目光询问袭人。

袭　人　（耐难开口）这个……

王夫人　前些日子我陪老太太进园子里，有个眉眼像林姑娘的……

王妈妈　（附和地）对，有这么个丫头。

袭　人　那，那是晴雯吧？

王妈妈　八成就是她了。（旁白）小晴雯，这回别怪奶奶不客气了！（讨好地）太太呀!

（唱）大观园里你不常走动,园里的丫头都像受皇封。

一个个像小姐不娇自宠,捅破老天谁敢哼一声。

顶数那尖嘴晴雯不是好饼,偏偏派在二爷房中。

仗着她模样长的好,

（夹白）您没看她那身打扮呢,今天挂绿明天穿红,螯螯道道,妖妖调调,天天打扮——

（唱）像个妖精。

她嘴尖舌快能说能顶,全不把家法家规放在眼中。

采花折柳凭任性,二爷的管教她不当耳旁风。

若不是身边有个勾魂鬼,

是怎么聪明的二爷呀,一捧书本就发懵。

王夫人　果真如此?

王妈妈　（唱）太太若是不实信,袭人姑娘最知情。

王夫人　袭人,我来问你,昨夜宝玉莫非不曾读书?

袭　人　读了一会儿,又病了。

王夫人　如何病得这样快?

袭　人　我也奇怪。

王夫人　宝玉因丫头挨打,你可知道?

袭　人　这这,……王妈妈说的虽属实情,可是,太太呀!

（唱）有句话在我心中几番辗转,今日冒死进一言。

按理说……[欲言又止。

王夫人　（一挥手,左右退下）大胆讲来。

袭　人　（唱）按理说宝二爷也该严管,这次挨打一点也不冤。

王夫人　（唱）我也知宝玉儿应该严管,怎奈是老太太一副心肝。

袭　人　（唱）哪一日哪一时我不把二爷劝,可惜他字字逆耳句句烦。

劝太太早把二爷搬出园子外!

王夫人　（吃惊）啊?莫非宝玉和谁作怪了不成?

袭　人　没有。

（唱）怕只怕花香蜜浓也伤肝。

　　　　　　人道是少年公子近尊远贱，谁似他丫头堆里滚成团。
　　　　　　寻常里捧着书本无心念，却有心画眉撕扇哄丫鬟。
　　　　　　还有那……
王夫人　（急切地）还有什么？
袭　人　（唱）还有那林家姑娘相居不远，每日里不顾防嫌来往倾谈，
　　　　　　怎不叫人把心悬。太太啊，
　　　　　　多半是无心者做事有心者看，人多嘴杂泼醋加盐。
　　　　　　倘若是二爷名声有污染，叫奴才粉身碎骨悔也难。
　　　　　　既派我二爷身边伏侍早晚，太太对我恩重如山。
　　　　　　怕二爷有个三长和两短，我思前想后夜难眠。〔跪在地上。
　　　　　　奴才我今日冒死倾肝胆。
王夫人　（感激地）我的儿，快快起来！
　　　　（唱）难得你小小年纪这样慧贤，
　　　　　　我索性把宝玉交给你。
　　　　　　别叫他遭踏身子要保全，决不能辜负你忠心一片，
袭　人　（唱）为二爷我不怕把心血熬干。
王夫人　我的儿，我自有主意，快回去吧！
　　　　〔袭人下。
王夫人　来人！
　　　　〔玉钏、王妈妈等众人复上。
王夫人　传晴雯来见！
　　　　〔一丫头应下。
王夫人　要有这样贱货，她自然不敢朝我的面，我一生最嫌的是这种没规矩的人。
　　　　〔小丫头上。
小丫头　回太太，晴雯来了！
王夫人　叫来！
　　　　〔众传："晴雯来见！"
　　　　〔晴雯容妆不整，疲惫地走上。跪下。
晴　雯　奴才晴雯，给太太请安！

王夫人　站起来,我看看!

〔晴雯站起身来,坦然大方。

王夫人　(冷笑)好个美人儿!真像病西施了,你天天打扮得这样轻狂给谁看?你干的事打量我不知道?且放着。我来问你,宝玉现在怎么样?

〔玉钏在王夫人身后急摆手。晴雯机灵地跪下。

晴　雯　回太太,我不大到宝二爷的房里去,又不常和宝二爷在一块,他现在怎样,我不知道!

王夫人　这就该打嘴,难道你是死人不成?

晴　雯　回太太!我原是侍候老太太的,今年派到园中外间屋里上夜,不过是看屋子。我原回过我笨,不会伏侍,老太太骂了我:"又不叫你管他的事,要伶俐的做什么?"我不敢不去,才去的。至于宝二爷的饮食起居,上有奶奶妈妈、下有袭人春燕,既然太太责怪,从此后我留心就是了!

王夫人　阿弥陀佛,你不近宝玉,就是我的造化了,谁让你操这份心!(吆喝)出去,我看不上这个花红柳绿的轻狂样!

〔晴雯哭着下。

王夫人　嗨,这几年我精神不佳,这样妖精似的东西,恐怕还有,王善保家的,仔细再查!

王妈妈　遵命!

——幕落

第三场　审　鸟

〔前场数日后。

〔怡红院晴雯等丫鬟的房中。木床、纱帐、箱子、桌子、镜奁等陈设。

〔幕启:晴雯面容憔悴,病卧在床。春燕端饭盒上。

春　燕　(唱)金钏已死晴雯病,十指连心心更疼。

　　　　　　有泪难流也难咽,我只好暗里多照应。

　　　　晴雯姐姐挺着吃点东西吧,你都三四天水米没打牙了。

晴　雯　(挣扎着坐起,安慰春燕)好妹妹,别难过,我实在吃不下呀!

春　燕　(伤感地)晴雯姐姐,挺着起来梳梳头吧,让太太看见,又是罪过!

晴　雯　你放心的去吧,浇浇花,小心别挨了打。

春　燕　（抹去眼泪）哎！〔下。
　　　〔晴雯刚强地挣扎着下床，但身体虚弱，吁喘不止。
晴　雯　（长叹一声，念）
　　　　　洁身自好招人怨，风里孤舟草上霜。
　　　（唱）帘外秋风紧，帘内懒晨妆。
　　　　　捧起菱花镜，镜中人比镜外黄。
　　　　　俊俏模样何处去，只余两眼泪汪汪。
　　　　　为什么模样好竟成大罪？〔使劲摔碎镜子。
　　　　　我理的什么鬓来梳的什么妆！
　　　　　没来由，遭诬陷，有谁能平这冤枉？
　　　　　世上多少不平路，偏用晴雯脚跟量？
　　　　　世上多少酸苦物，偏用晴雯嘴来尝？
　　　　　苦辣酸辛凭谁诉？倒叫我气难出，口难张，恨难消，仇难量，
　　　　　上天无路，入地无门，插翅难飞，痛断肝肠！
　　　〔玉钏上。
玉　钏　姐姐，你好点了吗？
晴　雯　（拉住玉钏，痛哭）玉钏！
　　　（唱）愁山恨海难医治。
玉　钏　（唱）劝姐姐静心息养莫心伤。
晴　雯　（唱）感谢你太太面前把我救。
玉　钏　（唱）只怕是躲过天黑难躲夜长。
晴　雯　（唱）为什么严霜偏来欺弱草？
玉　钏　（唱）草在石下难伸张。
晴　雯　（唱）张口伤人我不会，
玉　钏　（唱）会媚主花面善人你要提防。
晴　雯　（惊悟）啊？果真是她！
　　　（无限感慨地）我好苦哇！
　　　（唱）晴雯我投身人世在穷乡，荒歉年间骨肉丧。
　　　　　身似浮萍任风摆，浮萍有根我无娘。
　　　　　错把她看作亲姐妹，错把异乡当家乡。

　　　　　我只管嬉笑怒骂皆由性,谁料想卧兔巢边鹰犬藏。
玉　钏　（唱）劝姐姐也把脾气改一改,何苦的心直口快添祸殃。
晴　雯　（唱）大不了走你姐姐金钏路,作人要刚直作鬼要强梁。
　　　　〔宝玉端着药碗上。
宝　玉　（唱）走遍长街寻草药,为使晴雯早下床。
　　　　玉钏姐姐来了!（边走边用嘴吹药,尝药）晴雯,吃药吧!
晴　雯　吃药有什么用?
宝　玉　王太医说,吃了这药,再养上十天半个月的就好了。
晴　雯　二爷棒伤刚好,就亲自为我晴雯寻医求药,我死到那辈子去也领情了。只不过太太说,我不接近你,就是她的造化,等太太怪罪下来,那时莫说是王太医的药,就是太上老君八卦炉的仙丹,也救不了晴雯的小命啊!咱们今后还是远一点的好哇。〔泪下。
宝　玉　这话是从何说起呢?（苦思不解）自从那天我挨了老爷的打,你挨了太太的训,我伤好了,你病倒了。说话一点不顺茬,问你你不说,到底因何如此呀?
　　　　〔晴雯不语。
宝　玉　玉钏姐姐!
玉　钏　你问我,我问准去,还是问你那个又忠又孝的贤人去吧!
宝　玉　这我就更不明白了。
　　　　〔幕外小丫头报:"管事的王妈妈来了!"
玉　钏　那你就糊涂着吧。晴雯姐姐,我走了。
晴　雯　等我好了再去看你。
　　　　〔玉钏下,晴雯掩被躺下。
　　　　〔宝玉呆呆地出神。
　　　　〔王妈妈幕后大吵大嚷:"袭人姑娘,大喜呀!"上。
　　　　〔袭人出。
袭　人　王妈妈来了。
王妈妈　（媚态百出）哟,袭人姑娘恭喜呀恭喜!
袭　人　我们一个丫头,大门不出,二门不迈,喜从何来?想必是王妈妈在哪赢钱了,拿我来开心。

王妈妈	姑娘,真是大喜事呀!(从袖中摸出二两银子,托在手上)太太吩咐,每月月例给你增加二两银子,还说……
袭　人	(红着脸)还说什么?
王妈妈	还说,以后凡是赵姨娘、王姨娘有的,也有你的份子。往下的话,还用我说嘛!
袭　人	(一怔)这是真的?
王妈妈	真的。姑娘,快给太太磕头谢恩去吧!
袭　人	(羞涩地)王妈妈,我去过了。
王妈妈	嘿嘿"我去过了"。敢情了,听说领赏接两条腿跑。我老天八地地来报喜,还不快打二两酒请请我?

　　〔焙茗提个鸟笼子上,偷听。

袭　人	(掏出一串子钱)谢王妈妈。这一吊钱,不成敬意,给王妈妈打酒喝吧!
王妈妈	(接钱)嘻嘻,可别说我财黑了。〔下。
宝　玉	(喜不自禁)这回好了,看谁还敢来赎你去!
袭　人	(娇嗔地)你先别高兴,今后我就是太太的人了,要走要留,你也管不着了。
焙　茗	(顽皮地【数板】)

　　　　咚咚呛,咚咚呛,我来夸夸花姑娘。
　　　　又得银子又赏光,又受抬举又吃香。

袭　人	(又羞又娇)看我不打你嘴。
焙　茗	(数)花大姐呀细思量,打死我谁给你跑腿学舌买嫁妆!

　　〔袭人追打焙茗,宝玉拦住。

宝　玉	好了,你饶了他吧。人家没得银子,再挨顿打,那就太不公道了。焙茗,你手里拎的什么?
焙　茗	你不说给晴雯姐姐弄个鸟吗?
宝　玉	会唱戏的?
焙　茗	(举起雀笼子)二爷,你看这个玉顶,就会衔旗串戏!
宝　玉	(玩了一下)真好玩。
焙　茗	二爷,我去了〔下。
袭　人	(走到晴雯床前)好妹妹,你觉得怎么样啦?快起来坐坐,二爷给你买来

个会唱戏的鸟。

丫鬟甲　大家快来看呐,鸟还会唱戏呢!

　　　　〔众丫鬟上。

宝　玉　晴雯,你起来看看,高兴高兴,好吃点东西。

　　　　〔袭人等扶晴雯起来,春燕捧茶。

宝　玉　(玩鸟)晴雯,你瞧啊!

　　　　(念)这雀笼金经玉纬真可观,这雀儿也会画眉搭戏班。

　　　　　　那一个衔着小旗满台转,这一个扮作小丫鬟。

众丫鬟　(拍手称快)好,好!真好玩!

宝　玉　晴雯姐姐,你看好不好?

晴　雯　(生气地)你拿这个扁毛畜牲来形容打趣我们,还问好不好,真真是想气死我呀!

宝　玉　(诧愕地)这,这怎么是打趣你呢?

晴　雯　你们家把好人关在高墙深院,就如鸟在笼中,鱼在池里。今个你又弄雀来扮丫鬟,这不分明是骂我们当丫鬟的又是什么?

春　燕　姐姐说的对,反正你们有的是钱,翻过来调过去,拿我们当丫鬟的当玩物。

众丫鬟　唉!

宝　玉　咳,知道这么的,谁花二两银子买它呢?我放飞它。

晴　雯　别放,待我审审它。

袭　人　妹妹,你是病胡涂了,哑叭畜牲何罪之有哇?

晴　雯　(接过鸟笼子)这个鸟不同别的鸟,它是有罪的。

袭　人　无罪的。

晴　雯　有罪的。听我慢慢审来!

袭　人　我倒愿意听听!

众丫鬟　对,好好审审它!

晴　雯　玉顶,玉顶啊!

　　　　(唱)你也曾林中结伴度饥寒,高天林海任飞旋。

　　　　　　何时误入樊笼里,你把铁屋当乐园。

　　　　　　二两银子就把祖宗卖,痴心只往高枝攀,

做奴做狗你当作恩典,浑身媚骨不值半文钱。

让你串戏你就满台转,让你学舌你就下谗言。

我问你羞不羞来耻不耻,愧不愧来惭不惭?

像你这样无心无肺无胆无肝无皮无脸的畜牲,还有何趣活在人间!

众丫鬟 问得好!

宝 玉 (唱)她审得这鸟无耻厚颜。

袭 人 (唱)我欲辩不能有口难言。

晴 雯 (唱)晴雯我越审越恨汗流满面。

宝 玉 (唱)宝玉我越听越喜喜上眉尖。

袭 人 (唱)袭人我越听越觉横竖难咽,她指桑骂槐太刁蛮。

晴 雯 (唱)恼一恼撕开这张奴才脸,强似这含冤茹苦受熬煎。

宝 玉 (唱)看脸色一个黄来一个紫,倒叫我欲解难解左右为难。

袭 人 (唱)我这里听见就当没听见,任凭她笑骂我不以为然,

难忍要忍难咽也要咽,要学那宰相肚里能行船。〔摔帘而下。

晴 雯 (喘着笑着)宝二爷,我审完了,由你处置吧!

宝 玉 (开笼放鸟)可怜的玉顶,逃生去吧!

众丫鬟 (唱)鸟有双翼能飞远,

(伴唱)人无两翅出笼难!

——幕落

第四场 逐 雯

〔第二天夜晚。

〔景同前场。晴雯睡着了,春燕坐在一旁轰蚊子。

〔幕启:在紧张的音乐气氛中,玉钏倒退着急上,张望。见四处无人,进屋,闩门。

春 燕 (惊问)玉钏姐?

玉 钏 (气喘吁吁)她?……

春 燕 吃点东西,刚刚睡下。

玉 钏 (拉春燕至一旁)春燕,大事不好!

春 燕 (惊)啊?玉钏姐,出啥事啦?

玉　钏　他们,就要动手啦!

春　燕　什么?

玉　钏　今天夜里三更天,太太命人来抄检,借由子要把晴雯撵,治她于死地!

春　燕　啊![惊得几乎晕倒。

玉　钏　(扶住春燕)春燕春燕,快别这样,设法救人要紧!

春　燕　(呼叫)晴雯:晴……

玉　钏　(堵住春燕嘴)别喊,你要让她知道,躲无处躲,逃无处逃,急也得把她急死呀!

春　燕　那,我告诉袭人去!

玉　钏　(拦住)不行!傻丫头,她早知道,要没她事情也不能坏到这步天地!

春　燕　啊?!

玉　钏　太太说啦,谁要走漏了风,立即打死!

春　燕　那她算没救了?说又没处说,喊又不能喊,怎么办哪怎么办?[哭。

玉　钏　别哭,别哭,嗨,哪有工夫哭啊!咱们与她同命相连,才冒死来报信,怎能见死不救!(思索一下)有了,你快偷偷地告诉宝二爷,要他在关大门前找老太太求情,老太太发话把晴雯再收回去,晴雯岂不得救啦!

春　燕　(擦眼泪)哎,我这就去![欲下。

　　　　　[袭人、宝玉迎上。

袭　人　哟,玉钏来了,你们俩个叽叽咕咕地,什么事啊?

玉　钏　(随机应变)太太命宝二爷明天一早就过去,给北静王爷拜寿,还说,一定要穿上那件俄罗斯国产的金线孔雀裘。

袭　人　(冷冷地)知道了。

玉　钏　(给春燕使个眼色)那,我回去了![下。

宝　玉　哎呀,那件孔雀裘上次在舅爷家烧个窟窿,还没补上,让太太知道如何是好!

袭　人　我已经让焙茗到街里找裁缝去补了。

　　　　　[焙茗托孔雀裘上。

焙　茗　二爷!

宝　玉　焙茗,金裘可曾补好?

焙　茗　宝二爷呀!

(念)我从南城到北城,大街小巷找裁缝。
这个说是没见过,那个说是不能缝。
有心要买没处买,急坏了焙茗小书僮。

袭　人　咳,这乃是世上稀奇之物,莫说裁缝不会补,九天仙女也不行啊。
春　燕　(心事重重地)补不上就别穿了,二爷,我……
袭　人　哎呀,那怎么行,太太知道决不答应。
春　燕　(急了)二爷,我有急事要跟你说!
宝　玉　(焦急万分)嗨,还有比这更急的吗?
　　　　(念)买又买不到,缝又不能缝,
　　　　　　穿又穿不得,不穿又不行。
　　　　　　左右为难难坏了我,急得跺足又捶胸。
〔晴雯挣扎着坐起来。
晴　雯　拿来我瞧瞧,没有福气穿也就罢了,何必现在又急成这个样子。
宝　玉　谁说不是呢。
晴　雯　(接过一看)呀,果然是世上稀奇之物啊!可惜前襟烧了一个洞啊。
宝　玉　你看能补吗?
晴　雯　除非用界线!
宝　玉　什么界线?
晴　雯　须用雀金二线捻在一起,双层界密。不过,活计虽小最费工夫罢了。
春　燕　这屋子里,除了你谁会这个?
宝　玉　可你偏偏又病成这样,嗨!
袭　人　怎么?原来妹妹就会补啊!你的病可曾好了?
晴　雯　我好了,早就好了。
袭　人　(用手摸晴雯的额头,烫得缩手)啊哎,还没大好,不过……看把二爷急坏了。
春　燕　(用手摸晴雯的额头)啊?晴雯姐姐病得这样,三四天水米没打牙,怎么能干这么重的活,快找别人补吧!
袭　人　这,如何是好啊!
宝　玉　(摸摸晴雯的额头缩手)啊!这么烫啊?那就别补了。
春　燕　对,别补了别补了,二爷,还是救命要紧啊!

宝　玉　对,我弄的药,赶快给你姐姐吃上。

春　燕　不,我说的不是这个……

袭　人　春燕说的对,明个太太怪罪下来,岂不要人命了!

宝　玉　我明个宁可不穿,不去祝寿,也不补了。

晴　雯　(咳嗽几声)唉,也罢!

　　　　(唱)并不是我晴雯好胜争强,怎奈他等着穿急得心慌。

　　　　　　只怕他到明日险关难度,只怕他旧伤未平又添新伤。

　　　　　　岂能见燃眉之急不搭救,

　　　　　　管什么手腕子发酸、眼前发黑病在床。

　　　　　　咳,待我慢慢补来。

春　燕　(焦急地)晴雯姐姐,你不能补,不能补啊!

晴　雯　春燕不必担心,我能补的。

春　燕　(急得要哭)不不,他们……

袭　人　(制止)春燕,你怎么这样不懂事,既然晴雯能补,我们细心照料也就是了,何必急坏二爷啊!

　　　　[鼓打一更。丫鬟甲乙丙上。

春　燕　你!……[急到窗前张望。

　　　　(唱)窗外一片黑蒙蒙,窗内人心冷冰冰。

　　　　　　高墙红门上了锁,又恨樵楼响一更。

　　　　　　晴雯姐姐啊!

　　　　　　为救宝玉你把裘补,何人救你出火坑?

　　　　　　你怎知门外老鹰,

　　　　(伴唱)要伸毒爪?

春　燕　(唱)苦晴雯怎能逃过,

　　　　(伴唱)今夜三更。

春　燕　(唱)怎么办啊?

　　　　(伴唱)怎么办?

春　燕　(唱)莫消停啊,

　　　　(伴唱)莫消停。

春　燕　(唱)井里撑船,

　　　　　　（伴唱）无路可走，
春　燕　（唱）安能插翅，
　　　　　　（伴唱）飞出樊笼！
春　燕　（唱）宝二爷啊！
宝　玉　（唱）春燕呵，
　　　　　　　快给你姐姐配彩线。
春　燕　（无可奈何）嗨！〔下。
宝　玉　（唱）芳官啊，
　　　　　　　换上大蜡你端着灯。
　　　　〔丫鬟甲下。
　　　　　　　四儿啊，
　　　　　　　快给晴雯拿靠枕，
　　　　　　　再把痰盂放在床当中。
丫鬟乙　哎！〔欲下。
宝　玉　回来！
　　　　（唱）再把毛氅取两件，
　　　　　　　炉中加炭暖烘烘。
丫鬟乙　哎！〔下。
袭　人　麝月！
　　　　（唱）你去把姜汤预备好，
　　　　　　　再温黄酒两三盅。
宝　玉　（唱）你姐姐要是觉着饿，管叫那玉液琼浆都现成。
丫鬟丙　哎！〔下。
晴　雯　（笑个不住）哎呀，我的小祖宗，你可别铺排了，这孔雀裘不等补完，把他们腿也折腾折了。
　　　　〔春燕等众丫鬟陆续返上。
众丫鬟　（唱）只要你病体养好裘又能补，咱就是跑断两腿也认承。
春　燕　（唱）我给姐姐配成彩线。
丫鬟甲　（唱）我给姐姐端着灯。
丫鬟丙　（唱）我给姐姐披上貂皮袄。

丫鬟乙　（唱）我给姐姐端来莲子羹。
袭　人　（唱）我锁上园门将你伺候，今夜陪你到三更。
　　　　（伴唱）炉中啊加炭屋子暖，姐妹们心比炉火热几层。
晴　雯　（唱）晴雯我未从举针先落泪，心中一片感激情，
　　　　　　　难得呀——
　　　　　　　　难得姐妹心肠热，难得他知心知己情更浓。
　　　　（伴唱）为谢知心知己意，今宵拼命把裘缝。
　　　　〔晴雯挥针舞线缝补。
春　燕　（唱）银针走金线飞如波荡漾，云霞闪虹霓来如羽生光。
宝　玉　（唱）只见她强支撑冷汗流淌。
春　燕　（唱）缝一针喘两喘实在难搪。
丫鬟甲　（唱）缝两针歇一气浑身打晃。
丫鬟乙　（唱）缝三针缝四针抖如筛糠。
晴　雯　（唱）我咬紧牙关针来线往。
春　燕　（唱）累得她喘成一团脸色黄。
　　　　（伴唱）天旋地转身无主，哎哟一声仰卧床。
众丫鬟　（呼叫）晴雯姐姐，晴雯姐姐！
　　　　〔晴雯睁开眼，喝口水，挣扎着又要拿针。
春　燕　（上前夺下）你拚的哪分命啊，吃点药，快躺下吧！
宝　玉　快躺下，我宁可明天不穿，也不忍心叫你拚命了！
袭　人　（焦急地）呀！只怕太太不依呀！
宝　玉　（思索片刻）我就说，上次被舅舅看中，要留在府中观赏观赏。过个十天半月我再把它取回，等你好了，慢慢再补不迟！
春　燕　既有这法，何不早说！
袭　人　这样当然好，也免得晴雯妹妹受苦，不过……
晴　雯　嗬，使不得呀！没有家魔招不来外鬼，快拿来，让我慢慢地补吧！〔继续缝补。
　　　　（伴唱）绵绵长夜夜不明，风凄露冷更无情，
　　　　　　　　巧手补裘难补恨，怎知祸水自天倾。
　　　　〔更鼓三响。

吉　剧

春　燕　（惊叫）啊！三更啦！

　　　　（伴唱）忽听又打催命鼓，怎不令人更担惊。

晴　雯　哎哟，补好了，你们拿去吧！

宝　玉　（接过细看）哎呀，果真是好，看不出哪块是补的。

　　　　（唱）若没有裁云绣月神仙手，又怎能天衣无缝补金裘。

　　　　　　金线掩银线映龙飞凤走，织就了孔雀开屏吐彩球。

　　　　　　千针万线连心线，线线连心情意稠。

　　　　〔晴雯一阵咳嗽。

宝　玉　（急来安慰）春燕，快给你姐姐吃了这碗药，伺候她安安稳稳地睡上一觉吧！

春　燕　（旁白）只怕她安稳不了啦！（端起药碗泪流满面，见晴雯摆手不要）晴雯姐姐，这几年你处处疼我，让我最后伏侍你一次，你就喝了吧！

晴　雯　（惊闻，接过药碗）春燕……

　　　　〔小丫头上。

小丫头　禀二爷，外面灯笼火把的一些人奔怡红院来了，不知何事？

　　　　〔王妈妈带几个婆子，挑着灯笼，杀气腾腾地上。

王妈妈　（念）好汉杀人不用刀，三寸舌根摇几摇。

　　　　　　龙遭铁网难翻爪，虎落陷坑怎脱逃。

宝　玉　（迎上前）王妈妈，这么晚到来，有何急事？

王妈妈　（一脸得意之色）宝二爷，没你事，安歇去吧！只因丢了几件紧要东西，因为大家混赖，恐怕哪个丫头偷了，所以查查，去去疑儿。（神气十足地）这几个箱子都是谁的，还不快快打开？

　　　　〔袭人等纷纷打开箱子。

袭　人　这是我的，请王妈妈搜查。

王妈妈　（伸手关上箱子）快关上吧！

春　燕　这是我的。

众丫头　这是我的。

王妈妈　（到晴雯的箱子前，明知故问）这个是谁的，还不快打开？〔一下子把药碗弄掉地上，摔碎。

　　　　〔袭人欲替晴雯开箱子，只见晴雯挣扎起来，"当啷"一声将箱子往地上一扣,将所有衣物尽都倒出,扔掉箱子。

〔众人皆惊。

王妈妈　(大觉没趣,尴尬地)哟,我说姑娘啊,你也用不着生这么大的气,气大了伤了你价值千金的身板。我们也并非私自来的,原是奉太太之命前来搜查,你叫翻,咱们就看看;不叫翻,咱们还许回太太去呢。

晴　雯　(越发气恼)哼!你说你是太太打发来的,我还是老太太打发来的呢!太太那边的人我也都见过,就没见过你这么有头有脸的大管事的奶奶!

王妈妈　(又羞又恼)哼!我活了五十七,头回抢脸皮,今个若治不了你,就回娘家去!

晴　雯　(冷笑)王妈妈果然回娘家去,倒是我们的造化了,只怕你舍不得去,你去了,叫谁讨主子的好儿,调唆着折磨我们,把我们丫头当成贼啊!

王妈妈　(气极)你,你,你!

〔人报:"太太来了!"

〔玉钏挑灯,王夫人怒上。

宝　玉　(迎接)太太来了!

王夫人　(念)好个公子怡红院,离远就听叫连天。

王妈妈　(念)查赃查得一身骂,这位小姐不让翻。

王夫人　谁?又是你!不梳头不洗脸,瞅你那个样,狐狸精似的,调唆得宝玉装病书不念,画眉作鬼你心不端,翻!

王妈妈　(胡乱地翻了一阵)回太太,没有什么不轨的赃物。

王夫人　有赃没赃一样撵!来人,给我撵出大观园!

宝　玉　(跪下)太太!她病得很重啊!

〔众丫鬟跪下求情。

袭　人　(跪)太太息怒,晴雯病得很重,请您饶恕她这一回吧!

众　　太太开恩,就饶她这一回吧?

王夫人　(厉声地)住口!谁再敢说一个饶字!

晴　雯　(泪流满面,唱)

　　　太太要嫌凭你撵,说我调唆二爷实在冤,

　　无凭无证遭诬谄,纵到黄泉心不甘。

王夫人　你还强嘴!打量我不知道呢。我统共一个宝玉,难道就白白让你给勾引坏了不成！叫她姑舅哥哥吴贵儿来,把她给我拉出去！

王妈妈　（狠狠从床上拉晴雯）走！

晴　雯　（用力甩开她）我自己会走！太太呀！

（唱）都说太太心地慈善,为什么不敢听我把话说完。

王妈妈　你这大胆的奴才,竟敢口出恶言,要不是太太心慈面软,就扒了你的皮！

王夫人　（以手止之）阿弥陀佛,你还有何话可讲？讲！

晴　雯　（痛哭）太太呀！

（唱）都说你出身侯门心地宽,又行慈善在佛前。

知书识礼明大义,事事洞明学圣贤。

是谁勾引了你的贾宝玉？是谁心术诡不端？

你也该查一查来访一访,不该心邪信谗言。

依我看你有耳不辨非与是,有眼不分忠与奸。

王夫人　嗯？凭何为证？

晴　雯　（唱）讲什么对下人恩多威少,为什么金钏井内染黄泉。

我晴雯模样也是父母给,为什么生的俊来定是奸？

王夫人　大胆！（狠狠地）把她衣服给我扒下来！留给好丫头穿！

〔晴雯忿忿地脱下外衣,扔地。

晴　雯　（唱）晴雯身外无长物,只留青白在人间。

来是清净女儿骨,去是清净女儿颜。

质本洁来还洁去,血腥半点也不沾！

看起来天下乌鸦黑一色,你贾府没贤没圣更没青天！

王夫人　（气得抖成一团）拉,拉出去！

〔王妈妈等婆子把晴雯拉走！

宝　玉　（追呼）晴雯！

——幕急落

第五场　探　雯

〔前场次日。

〔晴雯的姑舅哥哥吴贵儿家。一间简陋的茅舍。窗棂纸破,柴门半掩,风雨飘摇。室内,煤炉黑台,绛红茶吊,一张破床,草绳绑腿,床上只有一领破席。晴雯蓬头散发,僵卧其上,被褥依旧,呻吟更沉。在伴唱中幕启。
(伴唱)风凄凄,雨森森,凄风苦雨叩柴门。
　　　　门外秋风折弱柳,门内秋雨逼杀人。

晴　雯　(痛苦地呻吟着)水,水——
　　　　(伴唱)风风雨雨秋无奈,泪比秋窗雨点勤。
　　　　　　　零落荒郊凭谁问,惨淡芙蓉碾作尘。

晴　雯　(呻吟)水——
　　　　(唱)茫茫四顾,(伴唱)无人影。
　　　　(唱)相伴只有,(伴唱)雨和风。
　　　　(唱)哀告苍天,(伴唱)天不语;
　　　　(唱)哭问大地,(伴唱)地不应。
　　　　(唱)宝玉呀宝玉!(伴唱)你在哪里?
　　　　(唱)一片衷肠,(伴唱)对谁倾?长叹一声昏过去,只闻残荷报雨声。
　　　　[焙茗撑伞、持芙蓉花,宝玉身穿金线孔雀裘上。

焙　茗　(念)路途多艰险,一步两个坎,
　　　　　　　好人白受冤,坏人得了脸,
　　　　　　　金钏跳井晴雯被撵,焙茗离坎也不远。
　　　　二爷,晴雯姐姐姓什么?

宝　玉　嗨,她自己也不知姓什么叫什么,是一小被赖大爷花二十两银子买进来孝敬老太太的,这十年也算娇生惯养,何尝受过这般委屈,这可如何是好哇!
　　　　(唱)怡红院里花一群,都遭禄蠹臭气熏,
　　　　　　　不攀高枝不畏权势,一身洁好属晴雯。
　　　　　　　千金散去容易得,红粉知己何处寻?
　　　　　　　她无辜受冤我心难忍,只怕她此一去叶露风灯断俏魂!

焙　茗　二爷不必伤心,吴贵儿的家到了。

宝　玉　(见如此荒凉)啊?晴雯就住在这儿?
　　　　(唱)半间茅屋风欺雨侵,
　　　　[二人进门。

焙　茗　(唱)柴门内只见风雨不见人。

宝　玉　（走到晴雯床边）

（唱）芦席之上她蜷身卧，幸喜盖的是旧被衾。
　　　　二目微合流苦泪，似醒似睡昏沉沉。

（呼唤）晴雯醒来，晴雯醒来！

焙　茗　晴雯姐姐，宝二爷来看你来了。

晴　雯　（略一抬头，见宝玉，又惊又喜又悲又痛）宝玉——［又昏过去。

宝　玉　（含泪呼叫）晴雯啊晴雯！

晴　雯　（醒来，泣不成声，宝玉扶她坐起）宝玉——

（唱）只道是今生今世难相见，

宝　玉　（唱）劝姐姐慢慢息养别伤神。

［焙茗将一束芙蓉插入瓶中。

焙　茗　（唱）一束芙蓉献给姐姐你，

晴　雯　（唱）只恐怕芙蓉能存我不存。

（咳嗽）你们来的正好，快倒碗茶来给我吧。

宝　玉　茶在哪里？

晴　雯　在炉台的吊子里。

［宝玉从桌上拿过一只碗，一闻有腥味，忙用水洗过，倒了半碗，先尝一口，立刻吐掉。

宝　玉　这哪是茶呀，又苦又涩。

晴　雯　快给我吧，这就是茶了。（接过碗来，一饮而尽）哎呀，可救了我了。我渴了大半天，连半个人也叫不着。

焙　茗　你的哥哥嫂嫂呢？

晴　雯　（泪珠滚滚）别提她了。

（唱）自从世上有晴雯，晴雯不知有亲人，
　　　不知父母名和姓，一叶飘零十六春。
　　　吴贵儿当年卖我进贾府，指望我打开荣华富贵门。
　　　一旦我若得了脸，他就依势逞威淫。
　　　如今我含恨遭逐撵，他夫妻恶言毒语更伤人。
　　　偿不尽哥嫂冤怨债，

焙　茗　（唱）却原来也是禽兽心。

姐姐,你别发愁,我去给你打好水去![下。

晴　雯　(一声唤)宝玉![泪如雨下。
　　　　(唱)只有你不以我身为下贱,
　　　　　　把我这个丫头当个人,
　　　　　　今日你不顾家规紧,
　　　　　　冒雨冒风来看我苦命的晴雯!
　　　　(哽噎难言)我是个丫鬟,这个地方又这么脏,不是你该来的地方。宝二爷,今日一见,虽死无恨,你快快回去吧,你快快回去吧。[闭上眼睛,泪潸然流下。

宝　玉　晴雯,晴雯![背脸抹泪。
　　　　(唱)一见她气息奄奄近黄昏,就好像万把钢刀刺我心。
　　　　　　晴雯啊:
　　　　　　你在贾府整十载,我与你两小无猜到而今,
　　　　　　贾府把人分贵贱,我与你同贵同贱又同心。
　　　　　　你也曾动气撕毁描金扇,你也曾病中补裘寄情深,
　　　　　　你也曾欲破樊笼审贱鸟,你为我无辜招来大祸临身。
　　　　　　最可恨,
　　　　　　最可恨宝玉混浊不堪用,无力平冤救晴雯。
　　　　　　我只能饮泪吞声将你看,你不该违心逆情撵我出门。
　　　　　　在贾府你伏侍我春去秋来十余载,如今我也该陪你几束光阴。
　　　　　　我不图玉堂金马登高第,我只盼高山流水得知音。
　　　　　　望求你今日留下肺腑语,浊宝玉一片衷肠报知心。
　　　　　　晴雯,趁此无人,有什么话快告诉我吧!

晴　雯　(极度伤感地)我还有什么可说的,不过是挨一刻是一刻,挨一日是一日罢了。只有一件,我死也不甘心。[欲言又止,咳喘。

宝　玉　一件什么?

晴　雯　你把门关好。(宝玉关好门)我虽然长得比别人好些,怎么一口咬定我是个"狐狸精"勾引了你!天知地知你我知,我何曾勾引过你?我又没有巴结作姨太太的野心!以我这等身份,岂能有非分之想?可是,难得你把我当人待,又知女儿心……如今既担了虚名,早知如此,悔不当

初……〔哭。

宝　玉　（呼叫）姐姐醒来,姐姐醒来!（晴雯睁开眼睛）快说当初又怎样啊?
晴　雯　（哭泣）宝玉!
　　　　（唱）晴雯也是父母养,也有一副女儿心肠,
　　　　　　　知情知义也知恩和爱,无奈何一缕情丝锁在心房。
　　　　　　　论贵贱我本无非分之想,论人情我与你一样肝肠。
　　　　　　　恨侯门梦到音难到,咫尺如隔山高水长。
　　　　　　　平素我我行我素无遮无碍,不提防她笑里藏刀刀沾砒霜。
　　　　　　　一夜间凭空架起瞒天谎,捕影飞来满地霜,
　　　　　　　既蒙冤说我勾引了你,悔不该当初无主张。
　　　　　　　恨狂风吹断情缘一根线,一霎时红消香退减容光。
　　　　　　　叹如今只落得泪珠儿咽在我的心白头上,可怜咱裙钗软弱黄泉路
　　　　　　　近余气不长!

　　　　〔吁喘不止。宝玉攥住她的手,轻轻地捶打。晴雯止住泪,抽回身,"咯吱"一声把两根葱管似的指甲齐根咬下。

　　　　（伴唱）收住泪,抽回身,咬下来两根指甲托手心。
晴　雯　（唱）这指甲后园栽过芙蓉蕊,这指甲夜读为你捻灯芯,
　　　　　　　这指甲撕过赃官描金扇,这指甲挑过金裘线千根,
　　　　　　　这指甲本是晴雯身上骨,它比镜明比水纯……
　　　　（伴唱）比金比玉纯几分,
　　　　〔晴雯又从头上剪下一缕青丝发。
　　　　（伴唱）从头上剪下一缕青丝三千丈,这青丝一尘未染赛乌云。
晴　雯　（唱）这青丝与你同照一个菱花镜,这青丝与你同洗一个紫金盆。
　　　　　　　这青丝你给打过芙蓉结,这青丝与你耳鬓厮磨近十春。
　　　　　　　这青丝本是晴雯身上血,它日里生夜里长……
　　　　（伴唱）千丝万缕连着心。
晴　雯　宝玉!
　　　　今日我玉甲青丝留给你,表表我知心知意相敬相爱,
　　　　（伴唱）一片心!
　　　　〔宝玉深情地捧着玉甲青丝。

宝　玉　（唱）手捧着玉甲青丝泪淋淋,恰似捧着一颗心。
　　　　　　晴雯你情比泰山重,宝玉我也不是负心人。
　　　　　　山断水断情难断,隔江隔海不隔音,
　　　　　　最可恨大观园里多颠倒,皂白难辨良莠不分。
　　　　　　为什么白玉无瑕蒙尘土,为什么却把烂铜当成金。
　　　　　　为什么模样好竟成大罪?

晴　雯　（唱）那是借口不是根。
　　　　　　你贾府小姐丫鬟有多少,哪一个不是天仙玉美人?
　　　　　　为何不容晴雯我,只因我缺少奴颜媚骨奴隶心。
　　　　　　你贾府一年三百六十日,每日里霜刀风剑逼冤魂。
　　　　　　苍天啊黄河尚有澄清日,此恨绵绵无期垠。
　　　　　　而今我离开血腥肮脏去,在人间留下耿直刚烈昭昭无瑕洁白的心!

〔袭人上,偷听。

宝　玉　（唱）你有苦来我有恨,却原来害你害我同一根。
　　　　　　晴雯你去我也去,上天无路我入空门!

袭　人　（大惊）呀!说说就下道了,我得赶紧堵住他的嘴!（进屋）原来二爷在此!（见宝玉不理,又对晴雯）可怜的妹妹,怎么病成这样?（拭泪）现在可好些?

晴　雯　（冷冷地）好,比好还好!

袭　人　（递包袱）这是你平时穿的衣服,背着太太,我给你拿来了。妹妹呀!（泣泪。唱）
　　　　　　苦瓜苦蔓连苦根,你我都是苦命人。
　　　　　　妹你一去我心如刀搅,房中缺少知心的人。
　　　　　　这有纹银二两整,留给妹妹买药补补身。

晴　雯　（唱）你我同是奴隶仔,同类同属不同心,
　　　　　　知你此物来得也不易,快快拿走你的血汗银。

〔用力将银子扔出门外,气得面如纸色,昏倒。袭人惊愕,拾银。

袭　人　（呼叫）晴雯,晴雯!

〔焙茗拎水桶急上,

焙　茗　晴雯姐姐,水来了!

袭　人	宝二爷,太太打发人到处找你,请二爷快快回去吧！〔欲拉下。
晴　雯	(凄然地呼叫)宝玉——〔宝玉挣脱袭人的手,跑到晴雯床边。
宝　玉	晴雯！
袭　人	(怒冲冲地拉起宝玉)老爷发火了！这难道是你久留之地吗？〔拉下。
晴　雯	(伸出一只手,插芙蓉的花瓶落地,粉碎,惨叫)宝玉！

〔音乐起,风雨大作,拍打窗棂,摇拽草屋。

——幕落

第六场　祭　　雯

〔前场次日晨。

〔怡红院后园,芙蓉池畔。

〔在欢快的音乐中幕启。

〔王妈妈乐颠颠地上。

王妈妈	今天是太太王夫人的六十大寿,一大早我就东跑西颠把寿银凑。
	〔幕后人报："太太来了！"
	〔袭人等从室内出来迎接。
	〔王夫人拄寿杖,由玉钏搀扶,款款走上。
	〔宝玉、袭人、王妈妈等跪拜："给太太拜寿,祝太太万福千秋！"
王夫人	(喜形于色)快快起来,在家不必拘礼。
王妈妈	还有一事回太太,今天也是袭人姑娘十八岁的生日。
王夫人	我的儿,何不早说。(对王妈妈)吩咐账房兑出二十两银子,作为袭人的寿礼！
王妈妈	遵命。太太,寿宴已摆在怡红院的前庭,一来……
王夫人	你就张罗吧,
王妈妈	是了。太太呀！
	(唱)看天公也为太太来祝寿,
	万里无云呐水儿清清流。
	〔幕后几声乌鸦叫。
王妈妈	(唱)百鸟来朝百花乱点头,
	祝太太多福多寿七十七,

八十八,九十九活也活不够,

荣华富贵永继千秋!

〔众人拥王夫人下。

〔宝玉呆呆地望着花圃中的芙蓉出神。

袭　人　（拉宝玉）走吧!今个是太太的千秋,咱们变着法儿让太太高兴才是,你怎么又愁眉苦脸的?

宝　玉　早晨起来头就晕,你先去吧,我自己在这儿消散消散!

袭　人　消散什么?告诉你吧,晴雯已经好了。她这一家去,倒净心养几天,等太太气消了,再求太太,叫她进来也不难。太太不过偶然听了别人的闲话……

宝　玉　什么闲话?我来问你,我们平时一些玩笑话,怎么太太都知道,又单单挑不出你的毛病来?

袭　人　这……

宝　玉　哼!好人,你先走吧,叫我一个人在此静一静。

〔袭人尴尬地下。

宝　玉　（面对芙蓉,长叹一声）嗨!

（唱）半月前芙蓉你含苞初露,

叹如今种花人已去天尽头。

她这里欢天喜地频添寿,

你那里又加风雨又加愁。

不知你壶中清水有没有,

也不知你眼中泪水够流不够流。

〔焙茗跑上。

焙　茗　宝二爷,大事不好!

宝　玉　（一惊）啊!

焙　茗　晴雯姐姐,她……

宝　玉　她,她怎样啦?

〔王妈妈急上。

王妈妈　（气冲冲地）我说焙茗,你小子作死呀,今天是太太的大喜日子,什么屁事,值得这样大呼小叫的?

〔王夫人、玉钏、袭人等上。

王夫人　何事喧哗?

　　　　［焙茗嗫嚅着不敢说。

王妈妈　(厉声地)跪下,说!

焙　茗　(跪下)吴贵儿在门外侍候。他说晴雯,刚,刚咽气!

袭　人　什么什么?

焙　茗　(哭泣)晴雯死了!

王妈妈　(吆喝)不许哭!

　　　　［众大惊,落泪。

王夫人　(哭泣)我可怜的孩子!

王妈妈　(见机陪哭)可怜的晴雯姑娘啊!

王夫人　唉!我昨个一时气极了,把她撵出去,原想气她几天,治治她的野性子,再接回来,谁知她就……［落泪。

袭　人　(拭泪相劝)太太最是慈善的人才这么想,依我看是她命薄福浅没有造化。太太实在感到过意不去,就多赏她几两银子,发送她,也就尽了主仆之情了。

王夫人　(拭泪)玉钏回去取五十两银子,交给吴贵儿,叫好生发送。再找个裁缝给她赶做两套衣服。

袭　人　太太,那怕来不及了。我这有两套衣服,还没穿呢,也是太太赏给我的,拿来给她岂不省事!

王夫人　我的儿啊,虽然这样方便,难道你就不忌讳?

袭　人　太太放心,我从不计较这些。她活着的时候也常穿我的衣服,况且我们姊妹又好一回。

王夫人　快去取吧,这样我就心安了。

　　　　［袭人取衣服后,交给玉钏,袭人等扶王夫人入内。

玉　钏　(长叹)嗨!又是五十两银子。

焙　茗　又是一条人命!

玉　钏　晴雯啊晴雯,你死得好苦哇!

宝　玉　(痴呆呆地)好好,死得好,晴雯不好怎么能死,晴雯不死怎么能好啊!晴雯啊!你就死在一个好字上啊!［哭。

　　　　［玉钏下。

311

焙　茗　二爷不要哭了,晴雯去时有恨无泪。你想吊慰冤魂,不如就在这芙蓉花下祭她一祭。我到那边看着,太太要来,我就报信。〔下。

宝　玉　哎,也罢!〔宝玉将玉甲青发放于芙蓉花间,尔后整衣拂袖,向芙蓉深深三拜。

宝　玉　(念)维太平不易之元,风雨多事之秋,怡红院浊玉,谨托秋艳芙蓉,聊达悼祭之诚!晴雯啊晴雯,是我害了你呀!〔泪下。

(伴唱)只见他万缕哀思未出口,禁不住滚珠抛玉诉衷情。

宝　玉　(唱)卿本仙艳非凡女,玉骨冰肌花月容。

　　　　人间匆度十六载,冤魂茹苦泣无声。
　　　　你那里有圣有灵来享祭,我这里无知无识只哀鸣。
　　　　你那里含恨千端无处诉,我这里离情万种向谁明。
　　　　你敬我不论尊卑知暖冷,我敬你不媚不俗尽真诚。
　　　　我为你被人陷谗受笞刑,我为你人间找遍还魂草。
　　　　你为我担了虚名遭逐轰,你为我留下玉甲青丝寄真情!
　　　　我这里万箭穿心肝肠断,

〔眼前出现幻景:芙蓉丛中,晴雯满面泪痕,飘然而立。

宝　玉　(惊呼)晴雯!

(伴唱)你血泪千行染芙蓉。

　　　　芙蓉洒下芙蓉泪,几时泪尽报清平!

〔幕后,鼓乐声大作。

〔众呼:"给太太拜寿喽!"

——幕急落·全剧终

选自《戏剧创作》1980年第5期。